Codename Valkyrjar

Zum Buch

Der Dritte Weltkrieg findet im Internet statt, er fordert kaum Opfer, fegt aber die Nationalstaaten von der Landkarte und bringt einen globalen Führer an die Macht, dessen religiöser Meritokratie die Menschen in den Megastädten willig huldigen.

Ein paar tausend Emigranten – Wissenschaftler, Militärs und Freidenker – haben sich an die eisfreien Ränder der Westantarktis geflüchtet und für unabhängig erklärt. Niemand weiß, wie lange der digitale Diktator die Abtrünnigen dulden wird.

Marineleutnant Ryan Frey und Ex-CIA-Agentin Ragna Norderstedt müssen schnellstmöglich ihrer Spionin Hilda einen Zugang zur Satellitenbodenstation in Sydney verschaffen, um die letzte Exklave zu beschützen.

Zum Autor

Alauda Roth, seit 2004 als Autorin tätig, seit 2017 freischaffend. Diverse Veröffentlichungen von Kurzgeschichten und Lyrik in Magazinen und Anthologien, mehrere Bücher im Eigenverlag Edition ANDRANN und bei BoD. Lebt mit zwei- und vierbeiniger Familie im südlichen Niederösterreich.

Alauda Roth

Codename Valkyrjar

Roman

Bibliografische Information der Deutschen Nationalbibliothek:
Die Deutsche Nationalbibliothek verzeichnet diese Publikation in
der Deutschen Nationalbibliografie; detaillierte bibliografische
Daten sind im Internet über http://dnb.dnb.de abrufbar.

Herstellung und Verlag: BoD – Books on Demand, Norderstedt

ISBN: 978-3-7448-8795-3

Freiheit ist nicht Freiheit zu tun, was man will,
sie ist die Verantwortung, das zu tun, was man tun muss.

Yehudi Menuhin

Christchurch, 22. Oktober 2084

Der Dritte Weltkrieg begann am 01. Jänner 2041 mit einer Mail und war in Lichtgeschwindigkeit vorbei. Er war ein Gewinnspiel. Menschen sind Spieler. Zeig ihnen einen roten Knopf mit »nicht drücken« …

Ob es ein User an einem Ein-Dollar-Computer-für-die-Welt war, der den Anhang geöffnet und weitergeleitet hat, oder ein Onlinejunkie im Reihenhaus eines Vororts – am Ende hat das keine Rolle gespielt. Einer hat gedrückt. Oder eine.

Eine Kaskade entstand und ein paar Minuten später haben die Industrienationen in ihrer bisherigen Form nicht mehr existiert. Kurz darauf ging die restliche Welt unter. Die wenigen Landstriche ohne Internetverbindung bekamen erst ein paar Tage später mit, dass die Machtverhältnisse andere waren. Aber den Bewohnern dieser entlegenen Dörfer war egal, ob sie diesem oder jenem Herrn dienten.

BUDDHA hatte die Macht ergriffen. Eine allsehende Präsenz, darauf fokussiert, das Beste für die Menschheit zu tun. Und das Beste war Hörigkeit. Es begann ein Regime des Lächelns.

Nur ein Ort leistete Widerstand. Nein, nicht ein gallisches Dorf. Sondern ein Dorf am Ende der Welt: MacTown.

Paul seufzt und schiebt den Text rauf und runter. »Etwas dick aufgetragen, oder?«

»Geht schon«, sagt die Redakteurin. »Ist ja nur für eine Einweihung zur Jahrestags-Feier. Da darf es schon ein wenig klassisch sein.«

»Kommt Präsident Frey?«

»Der zukünftige Präsident Frey – die Angelobung ist erst in zwei Wochen. Ja, er kommt. Übrigens: Hast du schon deinen historischen Rückblick für den Festakt entworfen?«

»In Grundzügen. Aber der Text kommt blutleer daher. Wenn du weißt, was ich meine.«

Sie runzelte die Stirn. »*Du* hast dich darum gerissen, etwas über die Widerstandsbewegung zu schreiben. Wir haben das für die Sondernummer zur Angelobung schon eingeplant, da musst du jetzt durch.«

»Ich will auch keinen Rückzieher machen. Mir liegt daran. Aber alles, was ich bisher habe, wirkt so glatt. Nein, glatt ist das falsche Wort.« Er dachte nach.

»Konstruiert?«, versucht es die Redakteurin.

»Auch nur fast. Alles ist so …« Paul trommelt mit den Fingern auf die Tischplatte. »So ohne Brüche, ohne Differenzen. Als wären sich alle immer einig gewesen. Ein gerader Weg ohne Verirrungen. Das kommt mir seltsam vor.«

»Geschichtsschreibung ist ein Rückblick, da ist immer alles schlüssig zusammengestellt, du wirst in den offiziellen Dokumenten nichts anders finden. Warst du schon einmal bei einem, der länger auf Ross Island in der Administration gearbeitet hat?«

Paul winkt ab. »Bei einem Techniker, aber der hatte nur langweilige Aufzählungen zu bieten.«

Die Redakteurin dachte nach. »Wie ist es mit den Eltern von Edward Frey? Die wohnen auf Ross Island. Halten sich ziemlich von allem fern. Admiral Ryan Frey und seine Frau Ella. Sie war übrigens meine Lehrerin in der Grundschule, bevor wir von McMurdo weggezogen sind. Sie konnte ganz tolle Geschichten erzählen. Mit den beiden solltest du sprechen. Obwohl – Ella Frey ist erst 2045 nach Antarktika gekommen.«

»Hm. Er ist ein Kriegsheld, nicht wahr?«

»Als Krieg würde ich die paar Scharmützel nicht bezeichnen. Aber Admiral Frey ist eine Legende unter den Seeleuten. Er hat lange die Marineakademie in Dunedin geleitet und das Segelschulschiff *AS Guardian* kommandiert. Nach 150 Jahren war er der erste Kapitän, der Kap Hoorn nur mit dem Wind umschifft hat. Keiner kennt den Südlichen Ozean besser als er. Vielleicht weiß er eine fetzige Anekdote aus den Tagen der Militärregierung, mit der sich dein Essay aufwerten lässt.«

Paul reibt sich das Kinn. »Wie alt sind die beiden? Mitte siebzig, oder? Zahlt sich das aus? Ist doch ein ziemlich weiter Flug.« Er springt auf und trommelt vor der Redakteurin auf den Schreibtisch. »Bin im Archiv. Muss zuerst mein Geschichtswissen aufpolieren.«

Die *New Press* hatte 2044 das Archiv der *The Press* übernommen, das noch immer im alten Redaktionsgebäude untergebracht war. Paul fährt mit dem Fahrrad in die Gloucester Street. In der Frühlingsluft treiben Blütenblätter vorbei und er kauft sich am Hagley Park bei einem Straßenhändler ein Eis. Auf einer Parkbank in der Sonne sitzend, beobachtet er die Menschen. Nur vereinzelt telefoniert ein Passant mit einem mobilen, netzwerkfähigen Gerät. Die Verwendung ist auf Regierung, Militär, Einsatzkräfte und medizinisches Personal beschränkt. Wie rückständig wir doch sind, denkt er. Und das selbstgewählt, wie bei den Amish in den früheren Vereinigten Staaten.

Vor einem Monat hatte Paul ein lange erwartetes Visum für ein Wochenende in Sydney erhalten, um eine Opernaufführung zu besuchen. Gleichzeitig konnte er seine Neugier auf eine der Megastädte des Nordens befriedigen. Kurz nach der Ankunft hatte er ständig geglaubt, dass die Leute ihn ansprechen. Bei ihnen konnte man die Kommunikationstechnik nicht einmal mehr erkennen. Ohne die kybernetische Führerin wäre er an diesem Ort der dauerhaften Vernetzung völlig verloren gewesen. Er war sich wie ein Alien vorgekommen. Die reizende Roboterdame war ihm anfangs ein wenig seltsam erschienen, aber dann das ganze Wochenende hinweg eine amüsante Begleiterin gewesen. Wieder zu Hause, hatte er zum ersten Mal schmerzhaft wahrgenommen, wie altmodisch seine Heimat war.

Beim Eingang zum alten Redaktionsgebäude winkt Paul dem Portier zu und radelt in den Hof. Die Brandschutztür zu den Räumen ist unversperrt, beim letzten Erdbeben in Christchurch hat sich der Rahmen verzogen und sie schließt nicht mehr ganz. Bisher haben sie noch keine Reparatur angefordert. Das Archiv ist öffentlicher Raum und wie eine Bibliothek geführt. Zwei Mitarbeiter achten auf die Ordner und Mikrofilme, teilen die Schreibtische zu und ermahnen Säumige, alles wieder ordentlich einzuräumen.

Paul zieht sein Tablet aus seiner Umhängetasche, legt es auf eine Filzunterlage und schließt es an. Mit einem Seidentuch reinigt er die Oberfläche, fährt das Betriebssystem hoch. Das Gerät war ein Geschenk zum Studienabschluss. Seine ganze Familie hatte zusammengelegt. Er hat die Aufführung von *Madame Butterfly* darauf festgehalten. Aufgrund von Quarantänebestimmungen durfte kein netzwerkfähiges Gerät über die Grenze gebracht werden, aber Paul hatte sein Tablet mit dem Journalistengepäck hinaus und wieder nach Christchurch zurück geschmuggelt. Er wollte einfach auf sein Zweitgehirn nicht mehr verzichten.

Trotz der früheren multimedialen Präsenz hatte die *The Press* – im Gegensatz zu anderen Medienunternehmen – bis zuletzt ihre Artikel ausgedruckt und physisch gelagert. Paul hebt ein paar Aktenordner vom Regal. Hätten sie das nicht gemacht, wären alle historischen Unterlagen vor 2041 verloren gewesen. Im Jänner 2042 hatte die Südinsel von Neuseeland alle Internetverbindungen gekappt und die meisten privaten Computer im Land wurden zur Bauteileverwertung für kommunale Steuerungssysteme beschlagnahmt.

Paul blättert durch die Ordner 2030 bis 2040: Der Fokus der Berichterstattung lag auf den wachsenden Spannungen zwischen den Anrainerstaaten der Arktis, die über die Grenzziehung der Fördergebiete stritten. Zum Vorteil der südpolaren Gebiete. Der Antarktisvertrag wurde einstimmig verlängert, auch weil eine Rohstoffgewinnung durch die zunehmenden Stürme auf 50° südliche Breite immer schwieriger wurde. Die meisten Staaten hatten ihre antarktischen Forschungsstationen aufgegeben, um die Gelder der Prospektion im Nordpolarmeer zufließen zu lassen. Die Vertragsunterzeichnung war das letzte Zusammentreffen der Staatengemeinschaft, danach war die UNO aufgelöst worden.

Im Juli 2040 war die Pandemie ausgebrochen, die einer halben Milliarde Menschen das Leben gekostet hatte. Im Jahr darauf wurde Pjöngjang durch Kobaltbomben aus Russland vernichtet und auf hunderte Jahre verstrahlt, nachdem ein verirrter Marschflugkörper aus Nordkorea die Stadt Wladiwostok getroffen hatte. China hatte nicht eingegriffen, sich aber im Anschluss die gesamte koreanische Halbinsel einverleibt. Auch das war ohne Sanktionen geblieben; die USA waren gerade innenpolitisch damit beschäftigt sich in Ost- und Weststaaten zu trennen und Alaska war aus dem Staatenbund ausgetreten, um sich Kanada anzuschließen.

Er sucht aber einen anderen Vorfall. Den Keim, der es möglich gemacht hatte, dass sich in McMurdo und Montalva der Widerstand formieren hatte können. Begonnen hatte es im argentinisch-chilenischen Grenzkonflikt, dem der zweite Falklandkrieg folgte. Der Fund einer ergiebigen Goldader am Cerro El Toro, die sowohl Chile als auch Argentinien für sich beanspruchte, hatte zu einem Einmarsch argentinischer Truppen in Chile geführt. Großbritannien kam seinem chilenischen Bündnispartner zu Hilfe; Brasilien mischte sich auf Seiten Argentiniens ein; Peru und Bolivien besetzten den Norden Chiles. Am Ende des Konflikts waren die Grenzen neu gezogen: Chile existierte nicht mehr. Dafür bildete jetzt der äußerste Süden Amerikas den Staat Patagonien mit der Hauptstadt Comodoro Rivadavia, in den ein Großteil der chilenischen Bevölkerung flüchtete.

Paul schließt den letzten Ordner aus 2040. Im nächsten findet er eine Grafik über die Routen der Klima-Flüchtlinge und die eisernen Vorhänge, die der Neue Norden aufgezogen hatte.

Die Archivarin, eine junge Frau mit rotbraunem Pferdeschwanz, schaut um die Ecke. »Kaffee?«

Paul schaut auf. »Haben Sie welchen? Wirklich?«

Sie nickt und winkt ihn verschwörerisch mit sich. Paul nimmt seinen Computer und folgt ihr in eine kleine Küche. Der Duft des frischgebrühten Kaffees lässt ihn schwindeln.

»Kleines Geschenk von einem Verehrer«, sagt sie. »Aber ohne einen Plausch schmeckt er nur halb so gut.«

Die Archivarin schenkt ihm eine Espressotasse ein, sie stoßen an und nippen. »Suchen Sie etwas Spezielles?«

»Das weiß ich noch nicht. Ich verschaffe mir gerade einen historischen Überblick. Gibt es nicht mehr zu den Jahren zwischen 2041 und 2044 als die paar Mappen?

Besonders über Antarktika? Ich dachte, es wurde jede Besprechung der Militärregierung dokumentiert?«

»Nicht bei uns. Vielleicht ist noch etwas bei der Administration in McMurdo?« Sie überlegt. »Aber eigentlich ist alles aus Asgard nach Christchurch geschafft worden. Das Taylor Valley wurde geräumt, nur die Richtantennen sind geblieben.«

Er spitzt die Lippen. »McMurdo? Wen kann ich dort kontaktieren?«

»Kann ich Ihnen nicht sagen, da müssen Sie ins Ministerium.« Sie trinkt ihren Kaffee mit genussvoll geschlossenen Augen zu Ende.

Paul kehrt zu seinem Leseplatz zurück, säubert noch einmal die Oberfläche seines Tablets und blättert weiter durch die Ausdrucke, Notizen und Fotos. Ein Blatt weckt sein Interesse, er fotografiert es ab: Der Funkspruch vom 02. Jänner 2041, der damals die Kapitäne einiger Schiffe im Südpolarmeer dazu gebracht hatte den Befehlen ihrer Kommandozentralen zu misstrauen und die Antarktis anzulaufen: »*Mayday Mayday Mayday – this is National Science Foundation, Polar Station McMurdo McMurdo McMurdo. Position Ross Island.* Folgen Sie keiner Anweisung von Sendern mit Standpunkt nördlich von 60° südlicher Breite. Globale Machtübernahme durch nicht identifizierte Gruppe befürchtet. Trennen Sie alle Satelliten- und Internetverbindungen und nehmen Sie Kurs auf Marinestützpunkt Montalva auf King George Island. *Over.*«

Kein Vermerk weist darauf hin, wer diesen Funkspruch abgesetzt oder veranlasst hat, aber Paul nimmt an, dass einem IT-Spezialisten etwas im Datenverkehr aufgefallen sein musste. McMurdo konnte damals relativ rasch reagieren, da sie zwar über Satellit an das weltweite Netz angebunden, aber in ihrer lokalen Verwaltung autonom gewesen waren. Nach dem Ausdruck mit diesem Funkspruch sind nur noch fragmentarische Unterlagen abgelegt und die Dokumentation geht erst nach der September-Offensive 2042 weiter. Viele von Pauls Fragen bleiben unbeantwortet. Was war genau in diesen zwanzig Monaten des antarktischen Widerstandes passiert? Ein Gefühl der Dringlichkeit baut sich in ihm auf, dessen Ursache er nicht ergründen kann. Er weiß nur, dass das ungemein wichtig ist. Wen soll er als nächstes befragen? Eine Idee setzt sich in ihm fest. Paul packt rasch zusammen und eilt dem Ausgang zu.

»Mister Norton, sind Sie noch da?« Die Stimme der Archivarin hält ihn zurück.

»Bereits auf dem Sprung.«

»Warten Sie. Ich habe da etwas. Ein Blatt aus einem verwitterten Karton, mit der Aufschrift *Asgard* ... Alles andere daraus wurde vernichtet, aber die eine Seite hat man übersehen.« Sie legt sie ihm hin. »Können Sie als Andenken behalten, ist nichts besonders.« Sie gibt ihm eine Klarsichthülle.

Paul überfliegt die Liste, eine Aufstellung von Ausrüstungsgegenständen, und sie kommt ihm ganz und gar besonders vor. Vor allem die Unterschrift elektrisiert ihn: *Ryan Frey*.

In der neuen Redaktion angekommen, bucht er sofort einen Platz am wöchentlichen Flug nach Ross Island und fragt bei der Administration von McMurdo nach einem Besuchstermin bei Admiral Frey. Die Ablehnung kommt prompt und bestärkt Paul in seinem Vorhaben. Er muss unbedingt nach *Himinbjörg*, zur Himmelsburg.

Ross Island, 26. Oktober 2084

Holpernd setzt die alte Lockheed LC-130 J auf dem Phoenix Flugfeld auf. Fast meint Paul, das Eis unter sich knirschen zu hören. Er hält sich an den Seitenstreben seines Sitzes fest. Immer wieder sagt er sich, dass das Ross Schelfeis tragfähig genug ist. Die Maschine stoppt und er seufzt. Die Sonne blendet ihn, als er die Gangway betritt, und der Wind reißt ihm fast seine Reisetasche aus der Hand. Ächzend öffnet sich am Heck des Flugzeuges die Laderampe und Arbeiter fahren Container heraus. Ein blaues Raupenfahrzeug steht neben der Lockheed, um Passagiere aufzunehmen.

Während er auf den Transfer wartet, betrachtet Paul die weiße Landschaft. Vom Meer ist hier nichts zu sehen, rundum erstreckt sich nur windgefurchte Eisfläche. Vor dem Bus kann er in der Ferne die Berggipfel von Ross Island erkennen: Mount Terror, der niedrigere Mount Terra Nova und Mount Erebus, an dessen langgestrecktem, südlichem Ausläufer die Stadt McMurdo liegt.

Oder wie die Einheimischen sagen – *MacTown*.

Stockend setzt sich der Raupenbus in Bewegung, Paul stößt sich das Knie. Der Fahrer schnauzt ein paar Sätze ins Mikro, die Paul nicht versteht. Er schließt die Augen und denkt mit Sehnsucht an den Gleitflug nach Sydney. An die sanft wiegenden, autonomen Solarkapseln, die alle Reisenden einzeln am Flughafen aufnehmen und automatisch gesteuert an jeden gewünschten Ort in der Stadt absetzen. Auf dem Weg dorthin mit der Noosphäre der Stadt verbinden, die alle nötigen Informationen personalisiert bereitstellt.

Langsam ruckeln sie über das Schelfeis, erklimmen eine felsige Anhöhe und die Stadt taucht auf. Noch immer leben knapp dreitausend Menschen in McMurdo und auch wenn einige Bauten inzwischen aus verputztem und bunt angestrichenem Isolierbeton bestehen, wirkt die Siedlung im grellen Sonnenlicht provisorisch. Ein Haufen Blöcke und Zylinder, in Jahrzehnten wahllos hingeworfen. Ungeordnet wie in einem Kinderspielzimmer, nur dass hier zuerst wissenschaftliches Personal und Militärs hatten spielen dürfen. Heute leben Familien hier, es gibt einen Kindergarten und eine Schule mit allen Schulstufen. Was treibt Menschen bloß dazu im ewigen Wind und endlosem Eis zu leben? Ohne es zu müssen.

Das Raupenfahrzeug hält. Paul steigt als Letzter aus und sieht sich suchend um. Eine Hand tippt ihn an, der Fahrer zeigt auf ein grüngestrichenes Gebäude ein paar Meter die schneematschige Straße hinunter. Paul dankt und marschiert zur Administration. Längst sollte sie Stadtverwaltung heißen und der gewählte Volksvertreter Bürgermeister. Aber die Bevölkerung hat beschlossen, die Bezeichnungen aus jener Zeit beizubehalten, als McMurdo noch eine US-amerikanische Polarstation der *National Science Foundation* war und vom Pentagon verwaltet wurde. Unerwartet schnell bekommt Paul seine Bestätigung für die Weiterreise, ein Ticket für das Helikoptertaxi und einen Fahrer, der ihm zum Heliport bringt.

Im Gegensatz dazu war der Beginn seiner Reise holprig gewesen. Mehrere Anläufe und die persönliche Fürsprache von Kapitän Inga Frey waren nötig, damit Paul eine Einladung nach Himinbjörg bekam.

16

Er kannte die ältere Schwester des neuen Präsidenten von einem Interview, das er vor zwei Jahren anlässlich der Schiffstaufe der Fregatte *AS Albatros* gemacht hatte, einem der neuen Patrouille-Segler. Seitdem führte er Ingas Nummer unter seinen nützlichen Kontakten.

Am Ende ihres Telefonates sagte sie noch: »Das wird nicht so einfach sein, Paul. Mein Vater ist ganz schön eigenwillig und meine Mutter nicht minder. Sie sind ziemliche Eigenbrötler. Wir nennen ihn heimlich *Last Sea Lord*.«

Der Skidoo-Fahrer bringt ihn zum Heliport und Paul steigt sofort in die kompakte Flugmaschine mit der großen Glaskuppel, steckt die Hände unter die Achseln. Trotz des Sonnenscheins ist ihm kalt.

Der Pilot schaltet die Standheizung höher, dreht sich um und sagt: »Noch ein paar Minuten, Sir, wir nehmen auch gleich Vorräte mit.«

Während ein Mann in Overall den Frachtraum belädt, öffnet Paul ein Bild auf seinem Tablet und zoomt hinein. Es zeigt den Befehlsstab kurz bevor die Schiffe in das entscheidende Gefecht ausgelaufen waren: Im Vordergrund Luftwaffengeneral Victor Haldan, ein korpulenter Mann, der ihn an den früheren US-Präsidenten Donald Trump erinnert, ohne dessen ewig schmollenden Ausdruck; rechts von ihm ein hochgewachsener Mann in Marineuniform, mit auffälliger Hakennase, zerfurchten Gesichtszügen und sanften Augen, die Bildunterschrift weist ihn als Admiral Edward Byrne aus; links von Haldan ein kleinerer Mann mit dichten, schwarzen Locken, einer violetten Narbe über der Wange, die ihm ein kriminelles Aussehen verleiht, und der Einzige, der breit grinst. Paul hat ihn einmal kennengelernt: Greg Yetman, ein Astrophysiker und bis zu seiner Pensionierung der Administrator von McMurdo. Hinter dem Triumvirat der damaligen Militärregierung reihen sich weitere Leute, Frauen und Männer des Beratergremiums. Paul sucht ein bestimmtes Gesicht, identifiziert es anhand der Bildbeschreibung, zoomt weiter hinein. Ernst starrt Ryan Frey in die Kamera: einen halben Kopf größer als Admiral Byrne, stahlgraue Augen unter markanten Augenbrauen und ein energisches Kinn. Die Haarfarbe lässt sich unter der Uniformmütze nicht erkennen. Neben seiner Schulter ein Kopf mit rotblonder Strubbelfrisur und gewitzten Augen. Eine mollige Frau, die Paul nur zu gut kennt, da sie die Rektorin seiner Universität gewesen war – Doktor Inga Helskjør.

Trotz der Windböen bringt der Pilot den Helikopter ruhig in die Höhe und steuert die linke Flanke des Vulkans an. Zwanzig Minuten später geht das Helitaxi tiefer und Paul sieht am Sockel des rauchenden Mount Erebus zu ersten Mal in natura Himinbjörg. Dramatischer geht es kaum mehr, denkt er. Feuer und Eis. Was für ein abgefahrener Wohnort.

Das mehrstöckige Haus, das ein ganzes Dorf enthält, war einmal ein Kreuzfahrtschiff. Überraschend wenig musste umgebaut werden, um eine dauerhafte Siedlung darin unterzubringen. Der frühere Name ist verwittert, aber Paul kann ihn noch am Heck entziffern: *EUROPA, Nassau.*

Der Pilot landet neben der mit Stahltrossen fixierten Falltreppe und Paul klettert heraus. Eine vermummte Frau, mit einem dick verpackten Kleinkind an der Hand, wartet bereits und besteigt das Helikoptertaxi, nachdem Paul im Freien ist.

Der elegante weiße Bug von Himingbjörg zeigt nach Norden. Als hätte das Schiff gerade auf Cape Evans angelegt und die Touristen strömten gleich heraus, um das Kapitän Scott-Museum zu besuchen, bevor man sie nach Cape Royds zur Kolonie der Adeline-Pinguinen schippern würde. In Wirklichkeit war der Rumpf im Felsboden der Insel verankert worden.

Neben der Luke in der Schiffswand wartet ein uniformierter Wachposten und hält ihn auf. »Sicherheitskontrolle, Mister Norton. Bitte kommen Sie mit.«

»Ich bin angemeldet. Bei den Freys«, protestiert Paul.

»Natürlich, Sir, hierher kommt man nur mit Anmeldung. Aber trotzdem wird jeder Besucher kontrolliert.«

Eine Frau mit Bürstenhaarschnitt, gleichfalls in Uniform, schickt ihn in einen Körperscanner und räumt seine Tasche aus. Entsetzen packt ihn, als sie seinen Computer in eine Metallkiste legt und auch das Medienarmband, mit dem er das Gespräch hatte diskret aufnehmen wollen.

»Keine Elektronik, Sir«, sagt der Uniformierte.

Er kann sich nicht verkneifen zu sagen: »Befürchten die beiden Herrschaften etwa ein Attentat?«

Die Frau zieht eine Grimasse und der Wachposten erwidert: »Wir haben hier auch ein sehr exklusives Hotel, das bestimmte Leute aus Nordantarktika als Rückzugsort betrachten. Ein paar Mal haben schon Klatschreporter versucht sich einzuschleichen. Sie verstehen?«

Paul gibt seinen Widerstand auf, Promis haben den längeren Atem. Die Soldatin versperrt die Kiste, stellt sie in ein Regal hinter sich und gibt Paul wortlos die Schlüsselkarte. Der Uniformierte drückt ihm grinsend einen Block und einen Stift in die Hand, weist ihm den Weg.

Am Vordeck angekommen, nimmt Paul den Aufzug zum Loft, das einmal die Brücke des Schiffes gewesen ist, und in dem jetzt Admiral Frey und seine Frau residieren. Bevor er zur Wohnungstür geht, schaut er sich noch einmal um. Wie muss es hier oben sein, wenn die Winterstürme um den Stahlkoloss toben, fragt er sich.

Paul klopft an die Eingangstür und sofort wird ihm aufgemacht. Er hatte eine Haushaltshilfe erwartet, aber der Admiral öffnet ihm persönlich. Niemand sonst ist in dem großen Raum mit der weißen Holzdecke zu sehen und Paul betritt den seltsam leeren Wohnraum.

Ryan Frey hat die aufrechte Haltung und den wachen Blick, die viele Männer auszeichnet, die ein Leben lang im Dienst der Marine gestanden haben. Er begrüßt Paul mit einem festen Händedruck und führt ihn zu einem wuchtigen dunkelgrünen Ledersofa. An einem Ende liegt ein sorgfältig gefaltetes Plaid. Das Sofa steht mitten im Raum, gegenüber einer dem Schiffbau geschuldeten schräggestellten Fensterfront, die das ganze vordere Halbrund einnimmt. Die Blickrichtung ist so geschickt gewählt, dass der Eindruck entsteht, auf ein Triptychon zu schauen: rechts der Vulkankegel des Mount Erebus, in der Mitte die blauweißen Eisschollen der Polynya des McMurdo Sound, im linken Teil die Bergkette der Asgard Range. Surrend kommt ein Couchtisch von nebenan, mit Teekanne, Tassen, einem Tablett voller Sandwiches und einem aufgeschnittenen Marmorkuchen. Erst jetzt bemerkt Paul die schlanke Frau, die dem Admiral in seiner aufrechten Haltung gleicht.

»Meine Frau Ella«, stellt Admiral Frey sie vor. Eine hellbraun getönte Brille mit Goldrand ziert ihr schmales Gesicht und ihr weißes Haar ist zu einer komplizierten Frisur aufgesteckt. Sie legt die Fernsteuerung des Robotertisches auf eine Anrichte neben der Küchentür, zieht ihre dunkelrote Stola zurecht und nickt Paul kurz zu. Dann setzt sie sich an den Esstisch in der Ecke und schiebt einen Korb mit Strickzeug zu sich her. Wie in einem Heimatfilm, denkt Paul und sieht sich weiter um.

Auf einem Wandbrett über der Anrichte steht ein zerlesenes Buch, ausgestellt wie ein Kunstwerk. Ein schmales Schriftwerk mit blauem Leineneinband, darauf der mattgoldene Aufdruck eines Zweimasters mit gerafften Segeln – Joseph Conrad: *Die Schattenlinie*. Ein Buch aus einer ganz anderen Zeit.

Paul schmunzelt über diese Marotte. Während der Admiral ihnen einschenkt, holt sich Paul einen Stuhl vom Esstisch, setzt sich auf die andere Seite des Tisches, dessen Oberfläche eine Blumenwiese abbildet.

Picknick, wie nett, denkt Paul, und hier soll ich eine gute Erklärung bekommen? Schon bereut er, die anstrengende Reise auf sich genommen zu haben.

Er betrachtet ein bronzefarbenes Astrolabium, das an einer Kordel an der Wand gegenüber hängt. Admiral Frey folgt seinem Blick und sagt: »Ein letztes Andenken vom Antarctic Ship *Edinburgh*, es hat mich mein ganzes Seefahrerleben begleitet.«

»Sie waren schon Offizier auf der Fregatte, als sie noch ein britisches Kriegsschiff war, nicht wahr? Wie hatte es das Schiff nach Montalva verschlagen?«

»*Global Combat Ship*, um genau zu sein. Wir waren auf Patrouille und haben die *HMS Protector* begleitet. Der Eisbrecher hatte gerade Wissenschaftler von der Halley-Station abgeholt, als wir einen seltsamen Funkspruch der Admiralität erhalten haben. Kapitän Craig und Kapitän Pickard entschieden sich, diesem nicht zu folgen. Kurz darauf kam schon die Warnung aus McMurdo. Wir sind in Montalva eingelaufen und haben versucht herauszufinden, warum die Welt verrückt geworden war.«

»Was war Ihr erster Eindruck?«

»Mein persönlicher?«

»Ja.«

»Ich habe nicht darüber nachgedacht. Kapitän Craig hat befohlen und wir sind ihm gefolgt. Er war ein guter Kommandant, gerecht und erfahren. Wir hätten nie seinem Befehl widersprochen.«

»Aber sie müssen doch einmal nachgefragt haben?«

»Das war nicht nötig. Sofort nach unserem Einlaufen in Montalva haben sich alle Angehörige der Royal Navy in der Versammlungshalle eingefunden und Vize-Admiral Byrne hat uns informiert. Besser gesagt, die Nachrichten weitergegeben, die er aus McMurdo und Punta Arenas hatte. Zum Rest der Welt bestand kein Kontakt mehr. Außer der *Edinburgh* und der *Protector* waren noch das Global Combat Ship *Plymouth* und das Atom-U-Boot *Achilles* am Stützpunkt eingelaufen. Gefolgt von der *Princess of the Sea*, einem Kreuzfahrtschiff, und der *Vostok*, einem Eisbrecher, der illegal auf Fischfang im Südlichen Ozean war.« Nachdenklich blickt Admiral Frey beim Panoramafenster hinaus, seine Gedanken scheinen abzuschweifen, hin zu den längst recycelten Schiffen.

Paul kennt das von seinem Großvater, wenn der von früheren Zeiten erzählt, und räuspert sich, um den alten Seemann wieder in die Spur zu bringen. »Eines konnte ich in keiner Aufzeichnung finden: Wann wurde der Entschluss gefasst, sich dem gesamten Norden entgegen zu stellen?«

»Entschluss?« Admiral Frey runzelt die Stirn. »Nein, Entschluss gab es keinen. Zumindest nicht so, wie Sie sich das vielleicht vorstellen, mit Diskussionen und Meetings.«

»Wie hat es dann angefangen? Die Idee vom Widerstand? Von einer antarktischen Gemeinschaft?«

»Eines Morgens wurden wir durch Rufen und Schreien geweckt. In zehn Minuten waren alle auf den Beinen, starrten einen blauweißen Punkt im Meer an, der sich näherte. Die Jerrys fielen auf die Knie und weinten, wir jubelten und die Iwans begannen zu singen. Die Patagonier wussten nicht so recht, welche Verrücktheit uns Europäer plötzlich befallen hat. Und dann war sie da und ankerte neben unseren Schiffen. Die alte Dame der Polarforschung hatte Kapstadt fluchtartig verlassen und auch den Weg nach Montalva gefunden. Seitdem ist sie das sentimentale Symbol unser aller Hoffnung.«

»Die *Polarstern*«, flüstert Paul.

Der Admiral nickt. »An Bord Norweger, Briten, Deutsche, Japaner, Franzosen, Dänen und Amerikaner. Die *Polarstern* war dann noch Jahrzehnte im Einsatz und niemand hätte sich je getraut sie zu verschrotten. So ist sie ein schwimmendes Denkmal in Dunedin geworden.« Er beugt sich vor, nimmt seine Tasse und trinkt einen Schluck Tee. »Fragen Sie mich nicht warum – vielleicht, weil dieses Schiff der Inbegriff für Zusammenarbeit war, unabhängig von Staaten und Ideologien – aber von diesem Morgen an wusste jeder von uns, dass wir gemeinsam versuchen würden hier auf Dauer zu überleben. In dieser Eiswüste, in der Leben gegen jede Wahrscheinlichkeit existiert.«

Plötzlich erkennt Paul, warum ihm dieser Raum so seltsam vorkommt: Keine einzige Pflanze ziert die Wohnung. Bei einem früheren Besuch auf Ross Island hatte er in jedem Büro und jedem Haus eine Batterie von Zier- und Gemüsepflanzen gesehen, manchmal auch kleine Obstbäume und Orchideen. Das Ehepaar Frey scheint nichts dafür übrig zu haben. Wie hält man diese Kargheit bloß aus, denkt Paul. Das Gespräch ist ins Stocken geraten und er weiß nicht so recht, wie er sein eigentliches Anliegen vorbringen soll. Die Frage, die ihn seit Tagen immer wieder beschäftigt.

Admiral Frey scheint ihn zu durchschauen, auch wenn dessen unbewegte Miene fast nicht zu lesen ist. »Warum sind Sie denn zu uns gekommen? Was wollen Sie wirklich wissen?«

»Äh … alles scheint so glatt und dann gibt es da einen auffälligen Bruch in der Geschichtsschreibung. Von einem Tag zum nächsten plötzlich diese Meinungsänderung bei allen Beteiligten. Wie ist es dazu gekommen? Zu dieser Kooperation mit … mit … *Meister Buddha*.«

Der Admiral zieht die Brauen minimal hoch und Paul beeilt sich zu sagen: »Ich weiß nicht, wie man ihn richtig anspricht. In Sydney haben sie ihn so genannt.«

»Sie waren im Norden?«

»Nur drei Tage und zwei Nächte. Sonst wüsste ich es vielleicht besser. Gemessen an der Modernität dort ist Christchurch ziemlich zurückgeblieben. Ich bin eben ein Landei.« Dann fällt sein Blick auf die Isolation rund um das Stadtschiff und er verstummt. Was fasle ich da nur für einen Schwachsinn, denkt Paul, und wechselt lieber das Thema. »Was ist *Valkyrjar*?«

Dieses Mal zieht der Admiral deutlich die Brauen hoch und mustert ihn eingehend. »Wo haben Sie diesen Ausdruck her?«

»Aus dem Archiv. Ein einzelnes Blatt, aus einem Ordner mit Materialanforderungen.«

»Was stand dort genau?«

»Eine Ausrüstungsliste, die mir seltsam vorgekommen ist. Und darunter: *Code Valkyrjar*. Von Ihnen genehmigt.«

Ryan Frey neigt den Kopf und putzt ein paar unsichtbare Krümel von seiner dunkelblauen Hose. »Wenn ich Ihnen von Valkyrjar erzähle, junger Mann, muss ich Sie danach erschießen.«

Paul zuckt zusammen. Ella Frey legt ihr Strickzeug weg und kommt zu ihnen herüber. Sie setzt sich auf die Sofalehne, legt ihrem Mann die Hand auf die Schulter und sagt: »Erzähl es ihm ruhig, mein Lieber. Es ist so lange her. Die meisten sind tot und vergessen. Und er wird nichts davon veröffentlichen.«

Paul hat sich wieder gefasst. »Das kann ich Ihnen nicht versprechen, Madame Frey. Die *New Press* lässt sich nicht zensieren.«

Ihre Mundwinkel ziehen sich leicht nach unten. »Das müssen Sie auch nicht.«

Sie geht zu ihrer Strickerei zurück, wickelt den Faden um ihren Finger. Paul nimmt den Stift und malt Kringel auf den Schreibblock. »Also, was ist Valkyrjar?«

»Nicht was, sondern wer«, sagt Admiral Frey. »Valkyrjar ist der Codename für eine Gruppe, die in Buddhas Kern eingedrungen ist.«

Paul lässt den Stift fallen.

März 2041

Das Schott fiel zu und der Luftdruck wehte die Spielkarten davon. Ein rothaariger Hüne schleuderte sein Blatt auf den Tisch. »Scheiße, Alter. Ich glaub du brauchst ein paar …« Der Mann, den Ryan wegen seiner Statur sofort Thor nannte, warf ihm einen bösen Blick zu, sah die Uniform unter der Parka und verstummte.

Es roch nach Alkohol und Hanf. Ryan fragte sich, woher der verwahrloste Trupp beides hatte. An einem Ort, an dem selbst ein Laib frisches Brot ein Glücksfall war. Seine Augen hatten sich an die schwache Innenbeleuchtung im Container gewöhnt und er erkannte hinter der Pokerrunde einen weiteren Tisch, an dem eine Frau saß. Die Füße weit von sich gestreckt, sah sie den Spielern mit halbgeschlossenen Augen zu. Als er sich näherte, schlug sie die Beine übereinander, die Jeans rutschte ein Stück hoch und gab silberbeschlagene Cowboystiefel frei. Dazu trug sie ein schwarzes Sakko. Ryan blieb vor ihr stehen und nahm die Uniformmütze ab. »Commander Norderstedt?«

Sie nickte und eine blonde Strähne löste sich aus der Aufsteckfrisur.

»Kapitänleutnant Ryan Frey von der *Edinburgh*. Ich wurde Ihnen als Verbindungsoffizier zugeteilt.«

Sie lachte leise. »Nicht so förmlich, Limey. Wir sind hier alle *casual*. Mein Name ist Ragna.« Sie winkte ihn näher. »Und warum meint der alte Hal, dass du zu uns passen könntest?«

»Sie haben General Haldan nach jemandem mit Erfahrung im Gerätetauchen gefragt, Commander. Mein Profil hat gepasst.«

Ragna holte eine unbeschriftete Flasche aus einem Karton hinter sich und schenkte zwei Gläser ein. »Zieh dir den Stock aus dem Arsch. Taucherfahrung also? Schnorcheln in der Karibik?«

Die Männer am Nebentisch kicherten.

»SBS. M-Squadron«, antwortete Ryan.

»Uh. Special Boat Service. Antiterroreinheit.« Ragna drehte sich zu ihren Leuten hin. »Seid nicht frech, Jungs, der Limey kann zuschlagen.« Ihre rauchig geschminkten Augen blitzten. »Jetzt setz dich endlich, Ryan. Stoßen wir auf eine gute Zusammenarbeit an.«

Er zog einen Stuhl heran, hängte die Parka über die Lehne. »Ich trinke keinen Alkohol.«

»Wir sind gerade nicht im Dienst …«

»Auch privat nicht.«

Sie zog einen Schmollmund. »Jetzt wird es schwierig.«

Ein drahtiger Mann, den Ryan wegen der Narben im Gesicht Machete nannte, stellte ihm eine Limonade hin.

»Siehst du? Das nenne ich eine Mannschaft«, Ragna grinste, »ich brauch gar nichts sagen, die wissen von selbst, wann sie zu spuren haben.«

Sie stieß mit ihrem Glas gegen die Flasche, trank aus und schenkte sich nach. »Also, was habt ihr Navy-Leute die letzten Wochen so getrieben?«

Ryan runzelte die Stirn, jeder wusste von den Evakuierungsmaßnahmen. Ragna schien seine Frage zu ahnen und sagte: »Ich war einige Wochen in Patagonien unterwegs.«

Ryan antwortete: »Menschen und Material von allen zugänglichen Forschungsstationen holen. Wir können alles und jeden an Ressourcen brauchen. Es wird nicht so bald Nachschub von außen geben.«

»Du bist also zwei Monate herumgeschippert. Keine Kampfeinsätze?«

»Nun, Eisbären gibt es hier bekannterweise nicht und die Wissenschaftler sind freiwillig mitgekommen.«

Ragna stützte das Kinn auf ihre Hand und musterte ihn. »Die Reflexe solltest du noch draufhaben und du siehst trainiert aus. Na gut – willkommen im Team.«

»Wir unterstehen General Haldan?«, wollte Ryan wissen.

Sie nickte und beugte sich vor, gewährte ihm einen Blick in den Ausschnitt ihrer Bluse. »Bleiben alle Forscher hier. Wie viel ist ihnen bekannt?«

»Ähnlich wie bei den Schiffsmannschaften und den Touristen. Ein paar haben kleine Kinder, die wollten zurück und wir haben sie nach Tasmanien gebracht. Die Behörden in Hobart schleusen sie weiter. Aber die meisten haben beschlossen zu bleiben und abzuwarten, nachdem wir ihnen die Analyse von Doktor Yetmans Team vorgelegt haben. Wobei – am Ende hat sie wahrscheinlich Syawal überzeugt.«

»Wer ist Syawal?«

»Ein Programmierer aus der Aktivisten-Gruppe, die aus EVOKE den Buddha-Algorithmus entwickelt haben. Kurz vor der Freisetzung hat Syawal nicht mehr mitmachen wollen und sich abgesetzt.«

»In die Antarktis?«

»Die Mondflüge waren ausgebucht.«

»War das gerade ein Versuch witzig zu sein?«

Ryan zog eine Braue hoch. »Seine Worte, nicht meine.«

»Somit haben wir noch Glück gehabt, den Typen hier zu haben. Und er hat Glück, dass wir ihn brauchen.«

»Ich glaube, für ihn war das Projekt anfangs ein positiver Beitrag zur Gesellschaft. Ein Werkzeug, um Wege zu finden, die akuten Klimaprobleme zu lösen. Mit dem umfassenden Datensatz hätte das eigentlich gut funktionieren müssen. Mit EVOKE waren weltweit in Online-Spielen tausende Lösungsansätze gesammelt worden.«

Ragna lehnte sich zurück und wippte mit der Stiefelspitze. »Was ist dann schiefgelaufen?«

»Buddha ist ein komplexer Deep-Learning-Algorithmus und hat anscheinend in Kürze gelernt, wo das eigentliche Problem dieser Welt liegt: In der menschlichen Natur.«

»Oder das spiegelt die Philosophie seiner Erschaffer wieder«, warf Ragna ein.

»Schon möglich, am Ende aber egal. Buddhas Auftrag ist, das Beste für die Gesellschaft zu tun und dabei die Umweltressourcen zu schonen. Das hat es unverzüglich gemacht und den Menschen die Befehlsgewalt entzogen. Und wären die Probleme nicht so vielschichtig, hätte es auch Antarktika gleich okkupiert und wir hätten keine Zeit gehabt uns abzunabeln.«

»Warum interessiert es sich überhaupt für uns paar Ausreißer?«

»Seiner Ideologie nach haben wir hier nichts verloren. Die Antarktis gehört der ganzen Welt und wir haben sie unrechtmäßig besetzt. Buddha hat in den Ballungszentren mit der Umgestaltung der Gesellschaft begonnen. Syawal meint, dass wir noch eine Gnadenfrist bekommen.«

Ragna nickte. »Dann werden wir einmal in die Hände spucken und uns vorbereiten. Übrigens: Wie schätzt du den Kommandanten von Montalva ein? Vize-Admiral Byrne?«

»Er hat noch nie die Segel dem Wind überlassen«, antwortete Ryan.

»Wie bitte?«

»Er überlässt nichts dem Zufall. Ein guter Militärstratege, als Mensch eher zurückhaltend.« Er trank den Rest der Limonade aus. »Ich bin direkt vom Schiff gekommen und muss mich noch um ein Quartier kümmern.«

Sie nickte und zupfte an seinem Ärmel. »Morgen um neun Einsatzbesprechung. Und dann bitte keine Uniform. Besorg dir einen Kampfanzug oder einfach Jeans, Pulli und Funktionsjacke. Waffen bekommst du von uns.«

Ryan stand auf, um zu gehen.

»Ach – und noch was …«

Ryan stoppte, drehte sich zu Ragna hin. Sie trank ihr Glas Vodka in einem Zug leer und sagte: »Verschon uns bloß mit Seemannskauderwelsch. Wir sind Landratten. Verstanden?«

Ohne einer Erwiderung verließ Ryan den Container.

Am übernächsten Morgen glitt die Sonne in wässerigem Orange über den Horizont. Bald würde sie nur noch für sechs Stunden am Tag auftauchen und die Bewohner der Südlichen Shetlandinseln würden lange, kalte Nächte erdulden müssen. Seit ein paar Jahren fror das Packeis auch im Hochwinter die Inselränder nicht mehr vollständig zu, deshalb hatte die Royal Navy die Station als Marinestützpunkt ausgewählt. Außerdem war die östlich gelegene Bucht von King George Island durch den Inselrücken vor den Tiefdruckstürmen der Westströmung geschützt.

In den drei Monaten ihres Exils war Montalva entlang der asphaltierten Küstenstraße mit den benachbarten Stationen Große Mauer und Bellinghausen und der zivilen Ansiedlung *Villa Las Estrellas*, der Sternenstadt, zu einer Siedlung mit knapp zweitausend Einwohnern zusammengewachsen. Eine farbige Ansammlung von Häusern, Tanks, Hallen und Containerreihen in der grauweißen Landschaft. Selbst die Kirche und den Leuchtturm aus Marambio hatte man hergeschafft, obwohl die Sternenstadt mit der *Santa María Reina de la Paz* bereits eine Kapelle hatte.

Das Zentrum bildeten das Bürgeramt, die Post und die Schule, das Hotel *Estrelle Polar* und ein Souvenirladen, der jetzt Waren aller Art anbot. Ein Stück hinter den Wohngebäuden erstreckte sich die Forschungseinrichtung mit weißen Funkschüsseln und der Terminal mit der Flugpiste. Zwischen McMurdo und Montalva war ein wöchentlicher Frachtflug eingerichtet worden, um Fachpersonal und Materialien auszutauschen. Heute würde Ryan aber für einen außertourlichen Flug einchecken. Nach Punta Arenas. Die patagonische Hafenstadt war Ragnas Ausgangspunkt für ihre Einsätze im Norden.

Eine Containerhälfte im frisch errichteten Wohnpark war Ryan als Quartier zugeteilt worden, eine Kammer, fast so klein wie auf der Fregatte. Mit einem Feldbett, einem doppeltürigen Stahlschrank, einem Waschbecken, dessen einarmige Armatur lauwarmes Wasser spuckte, und einem schlichten Holztisch samt zwei Hockern. Neben dem mit Eisenjalousien gesicherten Fenster vervollständigte ein oranger Plüschfauteuil das Mobiliar; offenbar ein Teil von der *Princess of the Sea*, die gerade zerlegt wurde. Durch die Trennwand hörte er im angrenzenden Containerteil einen unbekannten Nachbarn rumoren, der scheinbar seine Einrichtung umstellte. Spätestens beim Weg ins Gemeinschaftsbad würde er ihn kennenlernen.

Ryan schlüpfte in einen dunklen Kampfanzug, schob das Karambit-Messer in die Oberschenkelscheide und zog eine Parka über. Für den Weg zum Terminal verzichtet er auf Thermostiefel und legte die Strecke lieber im Laufschritt zurück. Die *Toyboys*, wie Ragnas Männer von den Marineleuten genannt wurden, warteten bereits und Thor warf Ryan sein Einsatzgepäck zu. Er verpasste jedem der Männer einen Spitznamen, eine Angewohnheit aus SBS-Zeiten, sie hatten sich in seiner Schwadron immer nur mit Alias angesprochen.

Zuletzt kam Ragna, dämpfte ihre Zigarette an der Wand aus. Im Flugzeug teilte sie ihnen den Auftrag mit: Ein paar Kilometer hinter der patagonischen Grenze sollten sie in ein argentinisches Militärlager eindringen, um elektronische Bauteile zu erbeuten, die sie für die Steuerung von stationären Flugabwehrgeschützen brauchten.

»Wie erkennen wir das Zeug?«, fragte Wikinger.

»Mit der Schwarzlichtlampe. Ein Sympathisant hat uns markiert, was wir mitnehmen müssen.«

Machete kratzte sein vernarbtes Kinn. »Klingt einfach.«

»Das Lager ja, der Rücktransport nein. Wir müssen verdeckt bis nach Sarmiento.« Ragna zeigte ihnen die Strecke auf der Karte.

»Welche Tarnung?«

»Rotes Kreuz. Alt aber gut.«

Milano studierte das Gelände, durch das die Straße nach Süden führte. »Ein Transporter?«

Ragna nickte. »Ja, genügt. Steht schon bereit.«

Nach einem letzten Ausrüstungscheck saßen sie still im Flugzeug. Die Bauteile waren so wichtig, dass General Haldan, ein US Air Force Mann und gerade der ranghöchste Offizier in Antarktika, den außertourlichen

Treibstoff sofort genehmigt hatte. »Ohne Flugabwehr brauchen wir erst gar nichts aufbauen«, hatte er über Funk gepoltert. Der General hatte seine Kommandozentrale in einem notgelandeten Airbus A380 eingerichtet, der sich bei Buddhas Machtergreifung gerade auf einem Überstellungsflug von Singapur nach Perth befunden hatte. Mangels GPS-Daten war der Pilot in den Sturmgürtel der Antarktis geraten.

Ein unwahrscheinliches Glück hatte Administrator Greg Yetman den Umstand genannt, dass dem Pilot die Notlandung im Taylor Valley gelungen und die Treibstofftanks unversehrt geblieben waren. Ein willkommener Vorrat an Kerosin für die anderen Flugzeuge.

Neben dem Airbus, auf den jemand in Anspielung auf Haldans Führungsanspruch *ASGARD* gepinselt hatte, wurde ein Lager der US Air Force eingerichtet, das passend dazu den Namen *Walhall* erhielt. Zwar bot McMurdo mehr Komfort, aber die Funkverbindung war in den Trockentälern besser und der Airbus ein schwerer anzugreifendes Ziel als die allgemein bekannte Polarstation auf Ross Island.

Administrator Yetman hatte diesem Arrangement sofort zugestimmt und versorgte die *Air-Dales*, wie die Wissenschaftler die Luftwaffen-Soldaten nannten, mit allem Nötigen. Er konnte im Gegenzug dafür seine Wissenschaftsgemeinde weiterführen.

Gerade einmal viertausend Einwohner in Victoria-Land und sofort ging die Politik wieder los, dachte Ryan. Das liegt wohl auch in der Natur der Menschen.

Sie landeten pünktlich in Punta Arenas und eine Lockheed, die früher zur chilenischen Luftwaffe gehört hatte, flog sie sofort weiter in die Provinz Rio Negro. Obwohl die patagonische Regierung sich noch nicht im Klaren war, wie sie mit der neuen Ordnung im Norden umgehen sollte, unterstützte das Militär die Anfragen vom britischen Marinestützpunkt.

Ein paar Stunden später sprang Ragnas Team in der einsetzenden Dämmerung aus dem Flugzeug und landete östlich des Gebäudekomplexes. Ryan packte seinen Fallschirm sorgfältig zusammen, traf auf Schiwa und eine halbe Stunde später hatte sich der ganze Trupp gesammelt. Ragna hielt die Karte unter eine Taschenlampe und sah sich um. Ryan tippte auf einen Punkt. »Wir sind hier.«

»Sicher?« Ragna runzelte die Stirn.

»So sicher, wie ich Navigator bin.«

Sie nickte, deutete ihnen die Richtung und sie sprinteten los. Nach einem kleinen Umweg um einen tiefen Graben fanden sie die beiden Fahrzeuge und Ryan stellte erstaunt fest, dass Ragna von dem Lauf kaum außer Atem war. Eine Gestalt tauchte aus dem Schatten und seine Hand zuckte zum Holster, aber Ragna hielt ihn zurück. »*Blue Contact.*«

Der Indio in abgerissener Jeans und Sweater reichte Ragna die Autoschlüssel und zeigte ihnen das betreffende Gebäude. Ragna drückte ihm wortlos einen kleinen Jutesack in die schwieligen Hände und er verschwand so lautlos, wie er aufgetaucht war.

»Womit hast du ihn bezahlt?«

»Antarktische Meteoriten. Ruhe jetzt.« Ragna deutete auf Milano und Machete, dann auf den Jeep. Die beiden nickten und rollten ohne Scheinwerferlicht mit dem Geländewagen davon. Sie würden die Straßen nach Sarmiento kontrollieren und ihnen mögliche Probleme melden.

Einen Teil der Ausrüstung verstauten sie in der Ambulanz. Ragna zog ihre Gesichtsmaske hoch, stülpte den Kampfhelm über und kontrollierte ihre ballistische

Schutzweste. Dann zeigte sie auf ihr Ziel und sie liefen los. Wie sie vorhergesagt hatte, war das Lagerhaus nur wenig bewacht. Sie schnitten sich durch den Zaun und der kleinste ihrer Gruppe, den Ryan Brownie nannte, überbrückte die Alarmanlage. Das Team drang schneller als vorgesehen in das Gebäude ein. Eilig sammelten sie die markierten Kisten zusammen, stopften sie in Rucksäcke und sprinteten, ohne bemerkt zu werden, zurück zum Wagen. Ryan lobte Ragna innerlich für die perfekte Planung.

Nachdem sie alles ordentlich verstaut hatten, nahm Wikinger Kontakt zu den anderen beiden Teammitgliedern auf. »Die Jungs melden eine Straßensperre in dreißig Kilometern. Sie kontrollieren die Fahrzeuge.«

»Menschen oder Cybocops?«

»Menschen.«

»Gut, da kommen wir mit dieser Tarnung durch.«

»Und wenn sie uns durchsuchen?« Brownie zog die Brauen zusammen und musterte den Rettungswagen.

Ragna nickte. »Guter Einwand. Dann brauchen wir einen Verletzten.« Sie zog ihre Pistole, schraubte den Schalldämpfer auf und schoss Brownie ins Bein. »Sonst noch Fragen?«

Alle schüttelten den Kopf und Thor versorgte den kleinen Agenten. Wikinger setzte sich ans Steuer, Ragna und Schiwa auf den Beifahrersitz. Ryan blieb bei Brownie und Thor im hinteren Bereich.

Als sie durch ein Schlagloch fuhren, stöhnte der kleine Mann. Thor zog die Mundwinkel nach unten, holte eine Ampulle aus seiner Weste, spritzte eine Dosis daraus in den Infusionsschlauch.

Ryan sagte: »Warst du schon vorher Sanitäter?«

Der rothaarige Hüne nickte. »*Uncle Sam's Confused Group*.«

»Küstenwache? Warum bist du dann nicht bei uns? Vize-Admiral Byrne nimmt dich mit Salut.«

»Wegen ihm«, er tippte Brownie auf die Brust. »Er wird seekrank. Aber im Moment ist er glücklich und denkt an Muschis.«

Der kleine Agent grinste belämmert hinter der Sauerstoffmaske. Ryan verschränkte die Arme und lehnte sich zurück. Nach der von der Vorhut gemeldeten Strecke war keine Straßensperre zu sehen und sie fuhren ungehindert weiter. Thor rümpfte die Nase, drehte sich im Sitz um und warf einen verächtlichen Blick in die Fahrerkabine. Dann klopfte er Brownie auf die Schulter und reckte den Daumen. Zwanzig Minuten später stoppte der Wagen abrupt. Thor spähte nach vorn und sagte: »Kontakt.«

»Argentinisches Militär?« Ryan zog Lederhandschuhe und Gesichtsmaske über.

»Eher Wegelagerer. Sie wirken uniformiert, aber nicht einheitlich.«

Brownie versuchte etwas zu sagen, aber Thor legte ihm sanft die Hand auf die Sauerstoffmaske und der kleine Mann verstand.

»Wie viele?«, flüsterte Ryan und öffnete das Holster.

Thor linste wieder beim Fenster zur Fahrerkabine hinaus. »Sechs, soweit ich sehe.«

Ryan nickte, packte sein Minimi Para, öffnete lautlos die Hecktür einen Spalt und glitt in die Dunkelheit.

Ragna ließ das Seitenfenster herunter und lächelte den Uniformierten an, der mit der Waffe im Anschlag zum Wagen kam. »*Comandante*, einen schönen Abend.«

»Spät unterwegs«, sagte der Mann.

Wikinger am Lenkrad blinzelte und nieste. Einer der Männer richtete seine Waffe auf ihn, aber der Mann am Wagen hob die Hand.

Ragna sagte in süßlichem Spanisch: »Wir haben einen Verletzten drin. Eine Schießerei nach einem Kartenspiel. Wir bringen ihn nach Esquel. Darf ich raus?«

Der Uniformierte nickte. Ragna hatte keinen Holster um, als sie ausstieg. »Wir können uns sicher einigen. Seine Familie hat Landbesitz.«

»Nicht mehr lange«, sagte der Uniformierte und spuckte zu Boden. »Und Pesos sind nichts mehr wert.«

»Aber das Morphium ist noch genauso gut wie früher.« Ragna spitzte die Lippen. »Schauen Sie doch selber nach, wir haben volle Laden.«

Ryan hatte die Gruppe umgangen, sich an den Straßenrand gelegt. Verflucht, was macht sie da, dachte er. Wenn sie ihn suchen lässt, findet er das Einsatzgepäck und die gestohlenen Kartons.

Der Uniformierte rief nach hinten. »Öffnen Sie die Tür.« Thor gehorchte und schob die Seitentür auf, der Mann stieg ein, begutachtete Brownie und sprang wieder auf die Straße.

»Durchsuchen«, befahl er und Ragna stieß ihm ein Messer in den Hals. Die anderen Uniformierten fuhren aus ihrer lässigen Haltung auf, rissen die Waffen hoch.

Ryan feuerte. Nach ein paar gezielten Salven aus dem Maschinengewehr herrschte Stille. Ragna reckte den Daumen hoch und Ryan sprang zurück in den Kastenaufbau. Sie hielten sich nicht damit auf, die Toten zur Seite zu schaffen.

Thor klopfte ihm auf die Schulter, kontrollierte den Infusionsbeutel, sagte dann: »Scheiße, Mann. Mehr Glück als Verstand.«

Ryan zog eine Braue hoch. »Meinst du mich?«

»Aber nein, Kumpel, du hast alles toll gemacht. Unsere *Sexy Hexy* ist gerade ein unnötiges Risiko eingegangen. Aber manchmal hat sie so Anfälle.«

»Sexy Hexy?«

»So nennen sie die Air-Dales. Und das ist sie doch auch, oder?« Der rothaarige Mann sah Ryan prüfend an.

Mit ihrem klassischen Profil, den weiblichen Kurven und ihrer kleinen Zahnlücke war Ragna das ohne Zweifel. Trotzdem vermied Ryan eine direkte Antwort und fragte: »Ist sie etwa dein Geschmack?«

Thor schmunzelte. »Scheiße, Mann, ganz und gar nicht. Ich mag starke Frauen, aber nicht solche, die wie Männer agieren. Und wenn sie noch so *foxy* sind.«

»Trotzdem bist du in ihrem Team?«

»Hat sich so ergeben. Muss aber nicht so bleiben.«

Sie fuhren über Bodenwellen und Thor hielt Brownie auf der Trage fest. Ryan schloss die Augen und döste, bis sie in Sarmiento ankamen.

Der Flug zurück nach King George Island war ruhig und niemand erwähnte den Vorfall an der Straßensperre, doch Thor musterte Ragna missmutig. Brownie wurde ins Krankenhaus gebracht. Gähnend streckte sich Ragna und sagte: »Das Tolle an der neuen Ordnung ist, dass kein Sesselfurzer einen Einsatzbericht verlangt. Wie ich die immer gehasst habe. Jetzt muss ich nur liefern und gut. *See you.*« Sie schlenderte davon.

Wenigstens habe ich ein Quartier für mich allein, dachte Ryan und marschierte zur Kantine, um sich eine Thermoskanne mit Tee zu holen. Sein Nachbar, ein Klimatologe, wie er inzwischen wusste, begegnete ihm an der Ausgabe und rümpfte leicht die Nase.

»Ein Problem?«, brummte Ryan.

Der dünne Mann schob seine Brille hoch und lächelte gutmütig. »Nicht mit Ihnen, nur mit Ihrem Geruch. Tut mir leid. War es so auffällig?«

Ryan fuhr sich müde über die Stirn. »Kumpel, ich komme gerade von einem dreitägigen Einsatz in der Pampa. Da hat man sich selbst so in der Nase, dass man das nicht bemerkt.«

Sein Nachbar nickte. »In der Kälte draußen fällt es eh nicht auf. Nichts für ungut. Hier – für den Rückkehrer.« Er drückte ihm eine halbe Packung Schnitten ihn die Hand und Ryan bedankte sich herzlich. In seinem Quartier angekommen, trank er die Thermoskanne leer und aß das Schokogebäck, schlüpfte danach aus seiner Kleidung und knüllte sie in einen Wäschesack. Die Sanitärräume lagen in der Mitte der Containerreihen, für den Weg dorthin musste er sich wieder anziehen. Das Außenthermometer zeigte -5°C.

Im ersten Raum stopfte er seine Klamotten in eine Waschmaschine, zog den Trainingsanzug aus und hängte ihn in einen Garderobenkasten. Er freute sich auf das heiße Wasser. Im angrenzenden Raum stand Ragna unter der Dusche und er wollte wieder gehen. Sie sah ihn im Spiegel und rief: »Bleib nur, ich bin gleich fertig. Aber vielleicht willst du auch mit drunter?«

Für einen Moment zögerte er, dann ging er hinaus und nahm den zweiten Duschraum. Er hatte sich gerade eingeschäumt, als ihn ein Handtuchzipfel am Gesäß traf. Ragna stand nackt vor ihm. »Feigling.« Sie grinste, spitzte die Lippen zu einem Kussmund und verschwand.

Wahrscheinlich war sie die einzige Frau am Stützpunkt, die Männer provozierte und sich nicht vor einem Übergriff fürchtete. Zu Recht, wie er inzwischen wusste. Im Gegensatz zu so manchem Mann war Ragna Norderstedt außen hart und innen hart.

Mai 2041

Gedämpft drang Schlagermusik und Lachen durch den grünen Wollstoff, der als Windschutz hinter der Tür aufgezogen war. Ryan schob den Vorhang zur Seite und betrat die Kneipe. Nur die Bar war beleuchtet und ein Rundtisch, an dem sechs Männer Karten spielten. Ryan ging an die Theke und bestellte einen Kaffee.

Während der Mann umständlich einen Filter einsetzte und Wasser wärmte, dachte Ryan über den Einsatz in Kapstadt nach. Vor kurzem hatte die *Plymouth* ein Containerschiff aufgebracht, die Fracht war aber unbefriedigend gewesen: Autos, Spritzgussmaschinen und Kinderspielzeug. Thor, Brownie und er hatten den Auftrag bekommen einen Zugang zu Ladungsverzeichnissen zu finden, waren aber erfolglos geblieben. Zwar konnten sie in ein 2M-Büro der Maersk-MSC-Gruppe einbrechen, aber keine Daten abgreifen. Laut Brownie war alles auf dem zentralen Server in der Hauptniederlassung Johannisburg verschlüsselt. Ryan seufzte innerlich, er wäre lieber an Bord der *Plymouth* gewesen, als durch ein staubiges Bürogebäude zu kriechen.

Der Rest des Teams war vorgestern von einem Einsatz in Sydney zurückgekommen und Ragna hatte sie alle nach Punta Arenas beordert, für eine geplante Kommandoaktion in Comodoro Rivadavia.

Der Barkeeper bekam endlich den Kaffee fertig und Ryan schaute sich um: Aus einer schummrigen Ecke winkte ihm Thor zu und Ryan setzte sich zu ihm an den

Tisch. Der Rotbärtige legte ihm einen Flyer hin. »Hast du das schon gesehen?«

Ryan beugte sich vor und las den Text: »*Mercado de Novia. Ushuaia. 12-15 Octumbre.* Heißt das Brautmarkt?«

»Ja«, Thor grinste, »sollte ich mir vielleicht vormerken.«

Ein sehniger Mann in einer Bomberjacke drehte sich im Barhocker um, winkte Ryan zu und kam herüber. Ein chilenischer Kutterkapitän. Er erinnerte sich an ihn. Der Mann begrüßte Ryan freundlich. »Eure Leute suchen ein paar Frauen zum Wärmen. Es herrscht wohl ein gewisser Mangel in dem Kühlschrank, den ihr jetzt euer Zuhause nennt.« Der Seemann lachte.

Thor kratzte seinen Bart. »Und da meldet sich jemand?«

»Oh ja. Das Grenzland ist voll alleinstehender Bäuerinnen, deren Männer von den marodierenden Banden aufgerieben und deren Höfe niedergebrannt worden sind. Eine Menge Flüchtlinge strömen gegen Süden.« Er seufzte. »Wird Zeit, dass wir einen ordentlichen Grenzschutz bekommen.«

Thor stimmte zu und lud den Kapitän zu einem Bier ein. Der setzte sich, dankte und sah Ryan an. »Waren Sie wieder einmal Zuhause, Boss?«

Ryan verzog den Mund, sagte aber nichts. Er liebte die Inseln über alles und er hatte gute Gründe sie möglichst zu meiden.

»Wo ist sein Zuhause?«, fragte Thor.

»Der Boss hat Bennys auf den Falklands«, sagte der Seemann zu Thor, »er ist dort geboren.«

»Uh, ein Pinguin, hätte ich mir denken können, er hat so eine kalthäutige Art«, mischte sich Ragnas Stimme vom Nebentisch ein.

Der Kapitän warf ihr einen abfälligen Blick zu. »Eher frisst er Pinguine. Wir haben immer Orcas zu ihnen gesagt. Sie sind genauso: stark, schnell und schlau.«

»Wer?«, fragte Thor.

»Na, die Männer von der britischen Spezialeinheit. Ohne die säße ich heute nicht hier. Niemand ist wie die. Da sind die Army Rangers Weicheier dagegen.« Er schnippte sich mit den Fingern übers Kinn.

»Ah, jetzt geht mir ein Licht auf. Ich müsste so ein SAS-Girl sein, dann hätte ich gleich mehr Respekt von solchen wie dir.« Ragna kullerte mit ihren blauen Augen und schenkte ihm ein Kusshändchen.

Der Kapitän stieg nicht ein. »Die Special Forces nehmen keine Frauen.«

»Ein letzter Männerhort also? Wie traditionell. Und inzwischen Geschichte«, schnappte Ragna.

Ryan mischte sich ein. »Und auch wenn du ein Mann wärst – du hättest die Aufnahmeprüfung nicht geschafft.«

»Wer sagt das?«, schnauzte Ragna.

»Ich sage das. Die Special Forces machen keine langatmigen Psychospielchen, um ihre Kandidaten auszuwählen. Wer den Einstand in den walisischen Bergen erfolgreich absolviert, kommt nach Belize in den Dschungel. An einem Ende schicken sie dich mit leichtem Gepäck in Vierertrupps los und wer eine Woche später am anderen Ende herauskommt, der ist dabei.«

»Und du meinst, ich wäre nicht taff genug, diesen Dschungel zu durchqueren?«

»Nun, *du* würdest sicher durchkommen. Aber aufgenommen wird nur, wer mit seinen drei Kameraden am Ende dort steht. Du kämst wahrscheinlich allein an.«

Ragnas herablassendes Lächeln erkaltete zu einer Fratze, sie stand auf und ging zur Theke. Als sie mit einer Flasche Bier zurückkam, wollte Ryan einlenken und sagte: »So jemand wie du wäre dort auch Verschwendung.«

»Wie meinst du das?«, fragte sie argwöhnisch.

Er versuchte ein charmantes Lächeln. »Sieh dich doch an. Ein Kampfanzug – der steht dir doch nicht wirklich. Eine Frau mit deinen Vorzügen und deiner Intelligenz spielt in einer ganz anderen Liga als ein paar dreckfressende Adrenalinjunkies.«

Er hatte wohl das Richtige gesagt, denn ihre fröhliche Laune war wieder da. Der Kapitän verdrehte die Augen und kehrte zu den Einheimischen an der Bar zurück.

Im Nebenraum dröhnte eine Musikanlage. Ranga nahm Ryans Hand und zog ihn hinüber. »Komm, zur Wiedergutmachung tanzt du jetzt mit mir.«

»Ich bin kein guter Tänzer.«

»Das macht nichts. Ich führ dich schon.« Sie zog ihn an sich und er ließ sie gewähren, versuchte, sich ihrem wiegenden Rhythmus anzupassen.

»Geht ja gar nicht so schlecht«, gurrte sie und drückte ihre Hüften gegen seine. »Ich habe deine Frechheiten vermisst, Seemann.«

Sie blies sich eine lose Strähne aus dem Gesicht und öffnete zwei Knöpfe ihrer Hemdbluse. Aus dem Ausschnitt blitzte ein Spitzenrand. Ihre Lippen öffneten sich leicht. Sie näherte ihr Gesicht dem seinen und sah ihn aus halbgeschlossenen Lidern an. Feuchtwarm strich ihr Atem über sein Kinn und der orientalische Geruch ihres Parfüms ließ seine Nasenflügel zittern. Einen Herzschlag lang war er versucht ihr Angebot anzunehmen. Doch der gierige Zug um ihren Mund wirkte wie ein Kübel Eiswasser. Er nahm ihre Hände, löste sie von seiner Hüfte und trat einen Schritt zurück.

Sie starrte ihn an, presste die Lippen zusammen und holte einen Joint aus der Innentasche ihres Jacketts. »Haben sie dir in Südkorea die Eier abgehackt?«

Wie konnte sie von dem Sabotageeinsatz vor fünf Jahren wissen? Alle SBS-Operationen wurden geheim gehalten. Auch vor der CIA. Er antwortete: »Dein Interesse ehrt mich, Ragna, aber es wäre rangmäßig unpassend darauf einzugehen.«

»Ah, da ist er wieder – der Stock im Arsch. Wie habt ihr Briten jemals ein Weltreich erobern können?« Sie zündete sich ihren Joint an, blies ihm den Rauch um die Ohren. »Selber schuld. War ein einmaliges Angebot.«

Sie drehte sich um und ließ ihn stehen. Ryan fühlte sich unerwartet erleichtert. Mit einer Bierflasche an den Lippen kam Thor zu ihm geschlendert, klopfte ihm auf die Schulter und sagte: »Gute Entscheidung, Mariner. Diesen Nahkampf hättest du verloren.«

Ryan holte sich noch einen Kaffee und versuchte zu erraten, warum Ragna um den nächsten Einsatz so ein Geheimnis machte.

Juni 2041

Ein Löschzug heulte vorbei. Die Augen der Deckwache folgten dem Einsatzfahrzeug bis zu der Rauchfahne, die aus der Fischhalle gegen den grauen Himmel kreiste. Auch der Brückenoffizier drehte sich um und richtete sein Fernglas auf die Stadt.

Nur eine Person beobachtete den schlanken Mann, der an Deck stieg und in einer Luke der *Almirante Lynch* verschwand. Aber Isa konnte nichts sagen oder die Schiffsbesatzung warnen; sie saß gefesselt und geknebelt an einem Stuhl, der ans offene Fenster gerückt worden war.

Zornige Tränen strömten ihr aus den Augen und tropften auf ihre Brust. Sie rutschte herum und versuchte die Stricke zu lösen. Ihr eigener Mann hatte sie hier angebunden, eine Matratze neben den Stuhl gezerrt, danach einen unförmigen Rucksack aus seiner Sporttasche gezogen und sich umgelegt. Ein Kabel ragte seitlich heraus und sie erahnte den Inhalt. Das Klebeband erstickte ihr Kreischen, degradierte es zu einem hilflosen Jammern. Flüchtig hatte er sie auf die Stirn geküsst, ihren Bauch gestreichelt und war dann wortlos verschwunden.

Eine Detonation zerriss das Schiff, die Druckwelle warf Isa auf die Matratze, lockerte gleichzeitig die Stricke um ihre Füße und sie konnte sich vom Sessel strampeln. Für ein paar Minuten blieb sie erstarrt am Rücken liegen, dann löste sie die restlichen Fesseln und zog sich das Klebeband vom Mund. Kaum war sie hochgekommen, stürmten vier maskierte Männer in die Dachwohnung und warfen sie wieder zu Boden. Ihre Proteste erstickten sie mit einem Klebeband und Isa rollte sich zusammen, um ihren ungeborenen Sohn zu schützen.

Sie kannte das Gebäude. Die von Schimmel zerfressenen Fresken und die vernagelten Fenster. Ein Kreuz lehnte schief in der Ecke und ein Luftzug wehte Papierfetzen aus einer Bibel vor sich her, als einer der Männer bei der Tür hereinkam. Entgegen ihrer Befürchtung hatten die Entführer ihr nichts zuleide getan, sondern sie nur gefesselt zwei Blocks weitergetragen. Ins Refektorium des alten Klosters. Einer hatte ihr mit einem Strohhalm eine Kakaomilch durch ein Loch im Klebeband zu trinken gegeben.

Jetzt lag sie zugedeckt auf einem Campingbett mit Luftmatratze. Flüsternd diskutierten die Männer in einer Ecke. Soweit Isa verstand, versuchten sie jemanden zu erreichen, der sie abholen sollte. Drei verschwanden wieder und einer, dessen rote Augenbrauen bei den Gucklöchern seiner Maske herausragten, blieb auf einem Stuhl nahe dem Bett sitzen. In den behandschuhten Händen hielt er eine Pistole.

Isa betrachtete die Stockflecke an der Steindecke und dachte nach. Sie konnte sich beim besten Willen nicht vorstellen, warum jemand sie entführen sollte. Auch wenn ihr Stiefvater wohlhabend war – er saß in Santiago de Chile fest, das jetzt Santiago la Paz hieß, und Patagonien hatte seit dem Krieg keine diplomatischen Kontakte mehr mit Argentinien. Nicht einmal ein regulärer Grenzübertritt war möglich. Jorge und sie hatten gerade einmal so viele Einkünfte, dass es zum Leben reichte.

Es musste etwas mit Jorges Aktion zu tun haben. Warum hatte er bloß den Rucksack auf das Kriegsschiff getragen? Und wenn er erpresst worden war, warum hatte man sie *nachher* entführt? Das ergab alles keinen Sinn.

Sie konzentrierte sich auf den Mann neben dem Bett. Auch wenn sie seine Mimik unter der Maske nicht lesen konnte, er hatte ihre Schwangerschaft gesehen und die anderen dazu angehalten sie vorsichtig zu behandeln. Sie stöhnte und er drehte den Kopf in ihre Richtung. Mit Hüftwackeln versuchte sie, ihm ein dringendes Bedürfnis klarzumachen.

»Lass es ins Bett, wir geben dir neue Wäsche«, sagte er ruhig. Sie rollte mit den Augen und versuchte, sich aus der Decke zu winden.

»Ja, ja, ist schon gut. Ich würde auch nicht in Pisse liegen wollen.« Er stand auf, schaute sich in den Nebenräumen um, steckte die Pistole weg, schnitt den Kabelbinder an ihren Fußgelenken durch. Er half ihr hoch, zog sie am Ellbogen in die Küche und weiter in die Speisekammer.

Prüfend sah er sich in dem Raum um, nahm einen Blecheimer von einem Regal, wischte mit dem Ärmel darüber und stellte ihn in die Mitte der Kammer. Er wartete. Sie sah auf den Kübel, auf ihn und wieder auf den Kübel. Er verstand und flüsterte: »Fünf Minuten. Genau.«

Sie nickte und er ging hinaus. Isa erinnerte sich an die Speisekammer von der Erkundungstour, die sie im Dezember mit Jorge durch die alten Gemäuer gemacht hatte. Es gab eine schräge Klappe, die zu einem Vorratskeller führte und der hatte einen Ausgang in den ehemaligen Gemüsegarten, dessen Tor ausgehängt und anderweitig verwendet worden war.

Kaum hatte der maskierte Mann die Tür angelehnt, sprang sie vom Kübel, zerrte die Schiebetür ein Stück auf und zwängte sich durch. Sie rannte durch den Keller, hin auf die lichte Öffnung zum Garten. Vermied es krampfhaft sich umzusehen und hetzte die Stufen ins Freie hoch. Bloßfüßig lief sie über den Wildwuchs hinter dem Kloster, erschrak, als zwei Tauben aus dem Gestrüpp an der Mauer aufflogen, blieb mit Haaren und Kleid im Geäst hängen. Sie riss sich los und schlüpfte bei einem Durchbruch zur Straße hinaus. Auf umgekehrten Weg waren Jorge und sie damals hereingekommen, er hatte das abenteuerlich gefunden.

Im Laufen zerrte Isa sich das Klebeband vom Mund und biss den Kabelbinder auf, mit dem ihre Handgelenke gefesselt waren. Sirenen und Lautsprecherdurchsagen dröhnten durch die Straßen. In der nächsten Quergasse traf sie auf eine Gruppe, die vom Hafen weg eilte. Kaum hatte sie sich den Familien angeschlossen, bemerkte sie einen Polizisten, der die Menschen wie Straßenverkehr in eine bestimmte Richtung leitete. Atemlos wollte Isa ihm ihre Situation erklären, aber der Polizist hörte ihr nicht zu, sondern winkte sie ungehalten mit der Menschenschlange weiter. Ein paar Meter weiter kam sie zu einer Straßensperre, die alle Leute überprüfte, die vom Hafen Richtung Innenstadt wollten.

»ID«, herrschte sie ein Soldat mit Schnauzbart an.

Flehend sagte Isa: »Ich wurde entführt, *Sargento*, ich habe überhaupt nichts bei mir. Bitte helfen Sie mir.«

»Entführt? Im Hafen?« Er wirkte ungerührt.

»Man hat mich im Kloster eingesperrt und ich konnte flüchten.«

Ein zweiter Soldat flüsterte dem großen Uniformierten etwas ins Ohr. Der nickte und sagte in gemäßigtem

Tonfall zu Isa: »Gehen Sie mit dem *Cabo*, er wird sich Ihrer annehmen.«

Sie folgte dem Soldaten, der sie bat in einen Bus einzusteigen. Dort wurde sie von zwei uniformierten Frauen gepackt und an einen Sitz gekettet. Isa strampelte und schrie, doch eine der Polizistinnen drohte ihr mit einem Teaser und sie verstummte.

Ein blasses Mädchen in einer verschlissenen Tunika flüsterte: »Die *Carabinero* nehmen alle mit, die keine Identität vorweisen können. Zur Überprüfung.«

Noch vier Frauen wurden verladen und genauso bedroht wie Isa, schließlich schloss sich pfeifend die Tür und der Bus ruckelte los. Sie fror und unterdrückte ein Zähneklappern. Eine Frau mit Doppelkinn, die vor ihr saß, drehte sich mühevoll um und legte ihr eine Strickweste auf den Schoß. Isa bedankte sich flüsternd und breitete die Jacke über ihre nackten Beine, schlüpfte mit den Füssen in einen Ärmel.

Automatisch griff sie an ihre Brust, fand aber nicht, was sie suchte. Ihr Medaillon, sie hatte ihr Medaillon verloren! Tränen kullerten ihr aus den Augen, sie biss sich auf die Zunge, um nicht zu schluchzen. Die Polizistin warf ihr einen bösen Blick zu und Isa drehte den Kopf zum Fenster. Als der Bus die Stadtgrenze erreichte, begann es zu dämmern.

»Wo fahren sie uns hin?«, raunte sie dem blassen Mädchen zu.

»Zur Grenze nach Rio Negro. Dort ist ein Internierungslager für Subjekte wie uns.«

»Ruhe«, herrschte sie die Polizistin an.

Die Anspannung der letzten Stunden ließ nach und das Schaukeln machte Isa müde. Sie lehnte den Kopf an die Scheibe. Beobachtete wie Häuser, Bäume und Fahrzeuge in der Nacht versanken und sich nur noch ihr Gesicht geisterhaft in der Scheibe spiegelte.

Ein Stoß schreckte sie auf. »Endstation.« Die Polizistin riss an ihren Haaren, löste die Fesseln und stieß sie zum Ausgang hin. Isa klammerte sich an die Strickweste, die dicke Frau war nirgends zu sehen.

Der Bus parkte in einem betonierten Hof. An drei Seiten ein mehrstöckiges Gebäude mit vergitterten Fenstern, hinter manchen leuchtete schwach Licht. Die vierte Seite bildete ein hoher Zaun mit Stacheldraht. Hinter dem blassen Mädchen stolperte sie ein paar Stufen hoch in eine Eingangshalle und weiter in ein Zimmer mit schlichten Schreibtischen und hochwertiger Elektronik.

Ohne aufzusehen fragte ein Mann, auf dessen Jackentasche das Logo eines Sicherheitsdienstes prangte: »Name und Adresse?«

Isa nannte beides und er schaute hoch, musterte sie. »Das kann nicht sein. Der Attentäter Jorge Fuerte und seine Komplizin Isadora wurden bei dem Bombenanschlag auf die *Almirante Lynch* getötet. Die Behörden in Comodoro Rivadavia haben das soeben bestätigt. Sei froh, dass du nicht diese Fotze bist, sonst wären wir nicht mehr so freundlich. Na, wir werden dein hübsches Gesicht schon identifizieren.«

Zwei Frauen in der gleichen Security-Aufmachung stießen sie in einen Nebenraum, zwangen sie in einen Stuhl und ein schmallippiger Mann rasierte ihr die Haare ab. Dann wurde sie weiter gescheucht, sie musste sich ausziehen, wurde in eine Dusche gesteckt; man gab ihr einen ausgebleichten Gefängnisoverall, bei dem sie Ärmel und Beine hochkrempeln musste, und ein paar einfache Slipper. Zuletzt wurde sie fotografiert und gescannt. Betäubt ließ sie sich die Prozedur gefallen und nur ein Satz hämmerte in ihren Kopf: Jorge ist tot, Jorge ist tot.

Weinend reihte sie sich am Ende einer Reihe rasierter Frauen ein und folgte dem Tross über den Hof. Das Gebäude glich einer Kaserne, allerdings waren die Sicherheitskameras nicht nach außen, sondern auf den Innenhof gerichtet.

In einem kahlen Gang mussten sie warten. Isa wischte sich das Gesicht trocken und dachte an ihren jüngeren Halbbruder Diego. Sie hoffte inständig, dass niemand ihn mit Jorge oder ihr in Verbindung brachte. Er studierte Meeresbiologie an der *Universidad Nacional de la Patagonia* in Puerto Madryn und war im letzten Jahr nur zweimal bei ihnen zu Besuch gewesen.

Am Ausgabepult drückte ihr ein feister Mann, assistiert von einem pickeligen Jungen, einen Stapel Bettzeug in die Arme und schnalzte mit der Zunge, als sie weiterging. Eine Security-Frau teilte ihnen die Zimmer zu.

Die Einrichtung bestand aus vier Stockbetten, einem Waschtisch und einem Toilettenstuhl für die Notdurft. Unter dem vergitterten Fenster, das zum Hof führte, stand ein Regal und drei Sesseln. Zuerst waren sie zu sechst, dann brachte eine uniformierte Frau noch ein Zwillingspärchen. Isa schätzte sie auf höchstens vierzehn Jahre. Die Mädchen drückten sich aneinandergeklammert in eine Ecke und begannen zu weinen, als sie die beiden trösten wollte.

»Lass sie«, sagte eine alte Frau. »Die sind *retrasado*.« Sie tippte sich an den Kopf. Isa legte sich auf ein Bett und überlegte. Wenn niemand ihre Identität bestätigen und man sie über die Grenze abschieben würde, könnte sie ihren Stiefvater in seiner Firma kontaktieren. Die größte Gefahr bestand darin durch den Norden der Provinz Rio Negro zu kommen, der seit dem Krieg ein gesetzloses Niemandsland war. Sie würde die Pampa meiden und versuchen über die Anden nach Puerto Montt zu fliehen.

Die Zellentür ging auf und eine Indiofrau stellte ihnen eine Transportkiste mit acht Schüsseln hin. Der gesalzene Maiseintopf schmeckte überraschend gut und Isa aß ihre Ration bis auf den letzten Löffel. Nach einer Stunde holte die Frau das Geschirr wieder ab, bevor sie aber zuschließen konnte, drängte sie der Mann aus der Wäscheausgabe zur Seite und sie verzog sich eilig. Hinter ihm lugte der pickelige Junge in den Raum.

»Auf zur Schulstunde, *hijo*«, schnaufte der Dicke. »Ich zeig's dir. Wir fangen mit der Hübschesten an, dann flutscht es besser.«

Der Junge errötete und seine Pusteln färbten sich violett. Der feiste Mann packte Isa am Arm und schleppte sie auf den Gang unter die Neonröhre. »Zuerst nachschauen, ob ohne Ausschlag.« Er zerrte den Reißverschluss ihres Overalls auf und verzog den Mund. »*Merde*, die hat schon einer angefüllt, da steck ich nichts rein.«

Der Dicke stieß Isa in die Zelle zurück und packte eines der Zwillingsmädchen. Deren Schwester wollte nicht loslassen und der Mann grölte: »Passt schon, kannst auch mit.«

Er zerrte die Mädchen an den Haaren hinter sich her. Isa protestierte, aber die alte Frau legte ihr eine Hand auf den Mund. »Misch dich nicht ein, du musst auf dein eigenes Kind aufpassen.«

Der Junge warf die Zellentür zu. Kurz darauf fing das Schreien an und Isa hielt sich die Ohren zu. Die Schwestern kamen nicht zurück.

Die nächsten beiden Tage vergingen in drückendem Schweigen. Ab und zu schaute eine Security-Frau vorbei, die aber ihre Fragen nicht beantwortete, sondern nur Frauen holte, deren Identität durch Verwandte bestätigt worden war.

Isa wanderte in der Zelle auf und ab. Sie verdrängte jeden Gedanken an Jorges unfassbaren Selbstmord, vermied jedes Gespräch und verkroch sich tief in die dunkle Wärme, in der ihr Sohn gerade begann sich zu regen.

Noch ein weiteres Mal griff sich der Dicke ein Mädchen und Isa schaute weg, damit sich die entsetzten Augen nicht in ihre Seele brannten. Wie oft hatte sie bei ihren Reisen gesehen, welche Risse die Körper und Seelen der Frauen verunstalteten, wenn die Landstriche der Verwüstung sie wieder ausspuckten.

Mitten in der dritten Nacht wurde die Zellentür aufgerissen, man scheuchte sie hoch und verfrachtete sie in einen Kleintransporter. Isa versuchte den Gesprächen der Männer vor dem Wagen zu folgen, vernahm nur die höhere Stimme ihrer Wärterin: »… wird keiner vermissen.«

Die stickige Luft im Laderaum ließ Isa schwindeln, keine der anderen Frauen sprach ein Wort, doch sie konnte in ihren Gesichtern ihre eigene Angst gespiegelt sehen. Sie biss sich auf die Lippen, um nicht laut aufzuheulen. Klammerte sich an den Gedanken, dass man sie nun über die Grenze schaffen und in der Pampa aussetzen würde.

Als sich die Türen wieder öffneten, stöhnte sie auf. Man hatte sie in ein Zeltlager auf einer verlassenen Ranch gebracht, von deren verbrannten Gebäuden nur mehr eine Scheune halbwegs intakt aussah. Sie hob die Hand gegen die blendende Nachmittagssonne. Hinter dem Transporter stand ein blassblonder Mann in sauberer Camouflage-Kleidung und mit einer umgehängten

Maschinenpistole. In Respektabstand neben ihm ein paar unrasierte Gauchos.

Der Blonde richtete sein Barrett, ließ sie nebeneinander Aufstellung nehmen und prüfte sie wie eine Viehherde. Isa sah sich hektisch um, fand aber keinen Fluchtweg, den nicht eine Salve sofort beendet hätte.

Vor der alten Frau, mit der sie die Zelle geteilt hatte, blieb der Blonde stehen und schaute den Fahrer scharf an. Der grinste verlegen. »Als Putzfrau, *Comandante*. Hat kräftige Hände und Füße.«

»Solche Vetteln haben wir inzwischen genug.« Der blassblonde Mann hob seine MP, erschoss die alte Frau und spuckte aus. »Schade um die Munition.«

Isa war zu schockiert, um zu schreien. Das Mädchen neben ihr nässte sich ein. Ein dürrer Alter, in abgerissenen Hosen und nacktem Oberkörper, schleifte den Leichnam fort und die Männer trieben die restlichen Frauen in die Scheune, stießen sie in kleine Käfige. Unsäglicher Durst plagte Isa, aber man hatte die Gefangenen allein gelassen und sie konnte niemanden um Wasser bitten. Durch eine Dachluke sah sie die Sonne wandern. Ein paar Frauen schluchzten, andere beteten, aber Isa hatte weder Tränen noch Gebete übrig. Nur das kleine Leben in ihr füllte die Leere, die sich in ihr ausbreitete.

Die Dämmerung hatte die Scheune erreicht, als die Gauchos wiederkamen. Isa flehte sie um Wasser an, aber sie ignorierten ihr trockenes Flüstern, zerrten sie aus dem Käfig und klebten ihr den Mund zu. Die Männer störte ihre Schwangerschaft kaum und sie entfernten, nachdem sie mit ihr fertig waren, diesen Makel auf ihre Art; ließen sie blutend auf einer verschimmelten Matratze liegen. Der alte, knochige Mann spritzte zuerst Isa und dann den Boden rundum mit einem Schlauch sauber, warf eine Decke über sie und rannte fort, als Schüsse durch die Türe peitschten. Isa kümmerten weder das kalte Wasser, noch die Gefechte oder das Gebrüll. Alles wurde übertönt durch das Kreischen in ihrem Inneren.

Himinbjörg, 26. Oktober 2084

Einen Moment lang schweigen die Stricknadeln genauso wie die beiden Männer, dann setzt das gleichmäßig Klimpern am Fenster wieder ein.

»Sie waren im Hafen als die *Almirante Lynch* gesprengt wurde?«, fragt Paul gespannt.

Der Admiral nickt. »Aber nicht an Bord oder am Anleger, sondern beim Hafenmeister. Die Druckwelle hat alle Fenster geborsten, aber die Mauern haben uns geschützt. Die Menschen auf der Promenade hatten nicht so viel Glück. Das Attentat war richtungsweisend. Mit diesem Anschlag hat sich die zuerst zögerliche patagonische Regierung auf die Seite von Antarktika gestellt und sich dem Widerstand angeschlossen.«

»Gab es jemals eine Bekennerbotschaft?«

»Nein. Die Beweggründe von Jorge Fuerte wurden nie ermittelt.«

Paul malt ein Strichmännchen auf den Block und überlegt. »Trotzdem diese Entscheidung?«

»Regierungen setzen sich aus Menschen zusammen, zumindest bis damals. Und Menschen sind emotional.«

Paul sieht sich im Wohnzimmer um. »Haben sie kein Mediencenter?«

Der Admiral deutet auf die Türen der Anrichte. »Wir verwenden es nicht häufig.«

»Sehen Sie sich gar nicht die Übertragung der Feierlichkeiten an? Ihr Sohn fliegt extra ein.«

»Zu welchem Anlass?«, fragt der Admiral und schaut zu seiner Frau hin.

Paul sagt: »Heute vor 180 Jahren ist die *Endurance* von Buenos Aires aus in See gestochen. Shackletons Antarktisexpedition. Man will die neue Ansiedlung in Südgeorgien, die anstelle von Grytviken neben Sir Shackletons Grab errichtet wurde, nach General Haldan benennen. Beide haben sich um Antarktika verdient gemacht.«

Ella Frey dreht den Kopf und wirft Paul einen warnenden Blick zu, der Admiral erwidert: »Verdienste? Hören Sie bloß auf – Shackleton war ein egomanischer Narr, der eine falsche Entscheidung nach der anderen getroffen hat. Hätte er auf Kapitän Worsley gehört, hätten sie die *Endurance* erst gar nicht verloren. Und ohne dessen überragenden navigatorischen Fähigkeiten wäre Shackleton 1916 im Weddell-Meer ersoffen oder erfroren. Kein Mensch wüsste mehr etwas von dem ruhmsüchtigen Adeligen. Man muss ihm aber natürlich anrechnen, dass er durchgehalten und keinen seiner Männer aufgegeben hat.« Er atmet tief durch, trinkt einen Schluck Tee und spricht milder weiter: »Geschichte wird von den Einflussreichen geschrieben. Die wahren Helden verschwinden einfach, bleiben oft namenlos. So war es mit den Valkyrjar. In den historischen Aufzeichnungen finden Sie die Schlacht am fünfzigsten Breitengrad. Aber alle unsere Schiffe und Helikopter wären zum Meeresgrund gebombt worden, hätte es die Valkyrjar nicht gegeben. Aber *Ragnarök* war eine Geheimoperation und so blieb am Ende nur General Haldans glorreicher Widerstand im Gedächtnis. Der Verteidiger von Antarktika. Ha!«

Dann erzählt er weiter seine Geschichte.

Juli 2041

Knirschend drückte sich die *Achilles* zwischen die Eisschollen in der Bucht. Sie hatten den provisorischen Anleger bei Montalva erreicht. Entfernt hörte Ryan die Befehle des Kapitäns vom Kommandostand, während Ragna ihn in eine Kammer zog. »Ich habe ein Geschenk mitbekommen. Lass es uns auspacken.«

Ryan war sich nicht sicher, ob sie das wörtlich meinte, sah aber dann eine schmale Holzkiste mit Luftschlitzen, die neben einen Kasten gezwängt war.

»Wieso ist die nicht im Lagerraum ...«

»Gehört mir persönlich. Da soll keiner seine Nase reinstecken.« Sie klopfte auf die Oberseite. Aus der Kiste waren Laute zu hören. Ryan konnte aber nicht erkennen, um welches Lebewesen es sich handelte.

»Was, zum Teufel, hast du da eingesperrt?«

Ragna grinste. »Eine zweibeinige Kriegsbeute.«

»Einen Menschen? Wieso die Kiste?«

»Schmuggelware. Niemand soll sehen, dass ich sie mitgenommen habe. Offiziell ist sie bei einem Bombenanschlag ums Leben gekommen.«

»Eine Frau?«

»Jetzt frag nicht so dämlich. Natürlich eine Frau. Eine Gefangene, die uns noch sehr nützlich sein wird.«

»Dafür die ganze Aktion in der Provinz Rio Negro? Wir haben zwei Männer verloren!«

»So war es auch nicht geplant. Diese Deppen hätten sie schon im Hafen zu mir bringen sollen, haben sie aber entkommen lassen und sie hat den falschen Bus erwischt. Der ist ins Internierungslager gefahren und beim Weitertransport ist sie Menschenhändlern in die Fänge geraten. Oder die Wärter haben sie verkauft, so genau weiß ich das nicht. Von den Banditen musste ich mir mein chilenisches Kätzchen wiederholen und sie an der Polizei vorbeischmuggeln. Ganz nebenbei haben wir eine Horde ganz übler Burschen erledigt, das sollte es dir wert gewesen sein.«

Ragna schlug zwei Riegel zur Seite und die Klappe fiel polternd zu Boden. Ryan schaute in die Kiste. Zusammengekauert hockte eine Frau in einem schmutzigen Overall auf einer Decke und stierte ihn aus aufgerissenen, grünlichen Augen an. Er schätzte sie auf Ende zwanzig. Sie hatte die Figur einer Sportlerin, hellbraune Haut, eine Stoppelglatze und ein schmerzlich schönes Gesicht. »Eine Chilenin? Sie sieht nicht so aus.«

»Geboren auf Reunion als Zahai Defar. Uneheliches Kind einer äthiopischen Hure und eines französischen Piraten. Die Mutter kam später nach Dubai, lernte dort einen chilenischen Geschäftsmann kennen, der sie geheiratet und seine Stieftochter mit zehn Jahren adoptiert und Isadora genannt hat. Seit der Aufteilung Chiles lebte sie in Comodoro Rivadavia.«

»Du kennst sie?«

»Vor allem kannte ich ihren Ehemann: Jorge Fuerte.«

»*Der* Jorge Fuerte. Das Bombenattentat?«

Ragna verzog die Mundwinkel. »Nicht unser größter Tag.«

Die Frau hatte den Namen ihres Mannes gehört und fing wieder an zu Schluchzen.

»Das hält ja keiner aus!« Ragna sprang auf, zog ihren Teaser vom Gürtel und setzte die Frau außer Gefecht. Sie wollte auf die Bewusstlose eintreten, aber Ryan hielt sie zurück. »Lass das. Warum hast du sie mitgenommen, wenn du sie nicht ausstehen kannst?«

»Ich brauche ihre Hilfe. Sie sieht jemanden zum Verwechseln ähnlich. Mit etwas Geschick bekommen wir Zugang zu *SingTel*.«

»Wie?«

»Wir haben bei unserem Einsatz in Sydney die Identität einer Hilda Clay gestohlen und manipuliert, die – nun ja – einen Unfall hatte. Sie war eine Angestellte von SingTel in Sydney. Kein hohes Tier, aber nah genug an der Führungsebene dran.«

»Für *was* nah genug?«

Ragna seufzte und sagte in einem Tonfall, als würde sie mit einem beschränkten Kind sprechen: »Gott, das fragst du noch? Du musst sehen wie Männer sie anstarren. Wie du sie anstarrst. Wenn sie will, kann sie alles von einem Mann haben. Und von so mancher Frau. Was will man mehr von einer Spionin?«

»Eine Honigfalle also?«

»Nicht nur. Sie ist gebildet. Sie war sechs Jahre Auslandkorrespondentin bei der Santiago Media Group, ist politisch engagiert, beherrscht fünf Sprachen fließend und kennt sich im großstädtischen Umfeld aus. Mit der richtigen Motivation ist sie das perfekte Werkzeug.«

»Welcher Motivation?«

Ein harter Zug erschien um Ragnas Mund. »Das lass meine Sorge sein.«

»Im Moment wirkt sie nur äußerst verzweifelt.« Ryan hob die Bewusstlose auf das Bett und deckte sie zu.

»Wenn du schon edler Ritter spielst, kannst du gleich dafür sorgen, dass sich das ändert. Mit allen Mitteln. Du verstehst?«

»Ist das ein Befehl?«

Ragna schnitt eine Grimasse. »Ja, Ryan, das ist ein Befehl. Direkt von General Haldan. Isadora Fuerte gehört jetzt uns. Du wirst sie den Leuten unter ihrem neuen Namen Hilda Clay als deine Cousine von den Falklands vorstellen. Mach mit ihr, was immer du willst. In drei Wochen nehme ich sie nach McMurdo mit und sie geht entweder freiwillig nach Sydney oder unfreiwillig zurück ins Internierungslager. Und vorher dürfen meine Männer ihren Spaß haben.«

»Du kannst ganz schön grausam sein.«

»Dafür wurde *ich* ausgebildet. Und das magst du doch, oder?« Ragna stand auf, hauchte ihm einen Kuss auf den Mund und ließ ihn mit der Gefangenen allein.

Er fuhr sich über die Lippen und wartete, bis es in den Gängen ruhiger wurde. Ragna kam nicht zurück. Na toll, dachte Ryan, das hat sie sich gut ausgedacht. Er kramte im Kleiderschrank einen Daunenmantel hervor, packte die Bewusstlose hinein. Schob ihr gefütterte Stiefel über die nackten Füße und zog ihr eine Schneemaske über ihren Kopf. Allein würde er sie aber nicht durch die schmalen Gänge und die Leiter hinaufbringen.

Auf dem Anleger stand Thor und rauchte. Ryan winkte ihn zu sich. »Personentransport.«

Der Sanitäter nickte und stieg mit ihm in das U-Boot hinunter. Die Deckwache runzelte die Stirn, als sie mit der verpackten Gestalt vorbeikamen, hielt sie aber nicht auf. Nachdem sie die Frau in Ryans Quartier auf das Bett gelegt hatten, drückte ihm Thor eine Kette in die Hand. »Hatte sie verloren«, murmelte er. Kurz zögerte der Hüne, schien noch etwas sagen zu wollen, trollte sich aber schweigend.

Ryan zog seiner Gefangenen Haube, Stiefel und Mantel aus, holte ein Paar Handschellen aus seinem Seesack und fesselte sie an das Feldbett. Er hängte ihr die Kette mit dem Anhänger um den Hals, betrachtete das bunte Emaille-Bild auf dem Deckel des Medaillons. Seltsam, dachte er, seltsam. Ein Nebelhorn schallte über die Siedlung, rief die Einwohner zu einer Versammlung, die vor zwei Stunden angekündigt worden und für die beide Kommandeure aus McMurdo eingeflogen waren.

Mehrere Schneesturmvögel segelten wie Geister über den beleuchteten Häusern. Ryan bewunderte die antarktischen Feen, sie waren echte Extremisten und verbrachten auch den Winter in der Antarktis, unbeirrt von Sturm und Finsternis. Geboren aus Eis und Nacht, dachte er, mit weichen Federn und weißen Herzen.

Vize-Admiral Byrne fing ihn am Eingang der Veranstaltungshalle ab: »Leutnant Frey, bleiben Sie nach der Versammlung noch hier. Wir machen anschließend eine Einsatzbesprechung.«

Ryan bestätigte den Befehl und lehnte sich gegen die Wand, während der Kommandant nach vorne schritt. Ryan überflog die Leute, die sich auf der provisorischen Bühne versammelt hatten. Sofort stach ihm der Mann ins Auge, der auch heute nachmittags das Sagen haben wollte: General Haldan, ein vierschrötiger Mann, kompetent und erfahren, mit genug Intelligenz, um diese Aufgabe zu bewältigen, und zu wenig Fantasie, um sich vor ihr zu fürchten. Ryan konnte ihn nicht leiden.

Das lag weniger daran, dass er ein General der US Air Force war, sondern mehr an seinen offensichtlich machtpolitischen Ambitionen.

Die Versammlungshalle war vollgestellt mit Menschen. Trotzdem hatte nur ein Teil der Bewohner von King George Island darin Platz gefunden, daher wurde die Ansprache auch im Inselradio übertragen.

Der General richtete sein Headset, räusperte sich und begrüßte alle, schüttelte Vize-Admiral Byrne förmlich die Hand. »Ich möchte sie über den Stand der Dinge informieren«, begann er. »Doktor Yetmans Truppe von Wissenschaftlern und Technikern haben eine stabile Kommunikation zwischen McMurdo und Montalva hergestellt und wir konnten uns einen Überblick verschaffen: Wir sind in Summe 6712 Emigranten, davon ein Drittel Militärs. An Schiffen haben wir drei Eisbrecher, davon ist einer ein Fischkutter, der noch einen Fang an Bord hatte, zwei polartaugliche Global Combat Ships, ein Atom-U-Boot der Astute-Klasse. Die beiden eingelaufenen Kreuzfahrtschiffe zerlegen wir gerade, um Infrastruktur zu schaffen und die Mannschaften der anderen Schiffe aufzustocken. An Flugzeugen stehen zwei C-20 und eine Galaxy der US Air Force am Phönix-Flugfeld, dazu zwei zivile Hubschrauber und eine speziell für den Einsatz im antarktische Winter gebaute Dornier. In Montalva zwei eistaugliche Lockheed-Propellermaschinen und ein Wasserflugzeug. Die Schiffe sind in Summe mit sieben Hubschraubern bestückt, vier davon Wildcats zur U-Boot-Abwehr. Flüge müssen wir aber sorgfältig planen, da wir nur begrenzt Treibstoff haben.«

Er blätterte durch eine Liste. »Wir haben in beiden Siedlungen Vorratslager angelegt, zusätzliche Wohncontainer errichtet und die Kantinen ausgebaut. Die Grundnahrungsmittel werden bis zum Frühjahr reichen. Wir müssen noch herausfinden, wie stabil der Einfluss des neuen Machthabers ist. Und wenn wir Montalva und McMurdo halten wollen, brauchen wir zuerst technisches Equipment und ab Oktober laufenden Nachschub an Versorgungsgütern. Soweit wir es den wenigen Funkmeldungen entnehmen konnten, haben auch Patagonien, Tasmanien und die Südinsel von Neuseeland jedwede Verbindung zu den nördlichen Gebieten getrennt, um sich deren Einfluss zu entziehen. Damit sind sie für uns optionale Partner. Das patagonische Militär hat in Punta Arenas den Stützpunkt ausgebaut und wir dürfen ihn mitbenutzen. Der Großteil der Soldaten von dort befindet sich aber inzwischen zum Grenzschutz und zur Friedenssicherung weiter nördlich.« Er räusperte sich, trank einen Schluck Wasser und strich über die Karte vor sich. »Wie wir es im Moment beurteilen, ist alles ab 40° nördlicher Breite unter Kontrolle des neuen Machthabers. Zwischen Argentinien und Patagonien besteht ein Niemandsland, in dem sich Marodeure breitmachen. Die Dörfer dort sind nur eine Stufe von der Hölle entfernt. Unklar ist die Situation in Tasmanien und der Südinsel von Neuseeland. Aber wir hoffen, in Kürze auch dorthin eine Kommunikationsleitung zu haben.«

»Wann können wir unsere Familien kontaktieren?«, rief eine Frau aus dem Publikum.

»Außer zu den eben genannten Gebieten wird das vorerst schwierig sein. Wir haben Kontakt zu einigen Widerstandsgruppen südlich des Äquators, der läuft aber derzeit nur über Kuriere, daher gibt es kaum Möglichkeiten individuelle Schicksale auszuforschen. Wenn es Sie beruhigt: Soweit wir dem Funkverkehr entnehmen konnten, gibt es in der nördlichen Hemisphäre kaum Unruhen oder Ausschreitungen. Der Alltag scheint wie gewohnt weiterzugehen und Ihre Lieben fragen sich höchstens wo Sie abgeblieben sind.«

Eine männliche Stimme tönte aus der Menge: »Werden wir wieder nach Hause können?«

General Halden schaute direkt in das Publikum. »Das Zuhause, das sie gekannt haben, existiert nicht mehr.

Das muss Ihnen allen glasklar sein. Im Oktober kann sich jeder von Ihnen noch einmal entscheiden, ob er in dieses neue Gesellschaftsgebilde zurückkehren will, das von einem nichtmenschlichen Führer bestimmt wird, oder hier im Exil bleibt. Ausgenommen sind die engsten Mitarbeiter der Kommandeure, aber diese Personen haben sich schon fix entschieden, wie ich meine.«

Er wartete bis das Gemurmel im Saal leiser wurde. »Wir alle sind in Antarktika, weil wir selbstbestimmt leben wollen. Uns hat es an einen der lebensfeindlichsten Orte dieser Erde verschlagen. Um gemeinsam hier zu *über*leben müssen wir uns an strenge Regeln halten und manchmal auch harte Maßnahmen setzen. Das funktioniert nur unter einer Militäradministration. Mir ist klar, dass einige von ihnen jetzt denken werden nur eine Diktatur gegen eine andere vertauscht zu haben. Aber ich versichere ihnen: Im ersten Winter werden wir ums Überleben kämpfen, als wären wir auf einem anderen Planeten gelandet; im zweiten Winter wird sich beweisen, ob wir es geschafft haben eine stabile Gemeinschaft zu bilden und unsere Versorgung sicherzustellen. Und dann können wir uns um demokratische Strukturen kümmern und um gewählte Volksvertreter. Bis dahin bilden wir ein Triumvirat aus drei Kommandeuren«, er deutete auf Vize-Admiral Byrne, Doktor Yetman und sich selbst, »und das Militär übernimmt die Exekutive.«

»Nach den Gesetzen welches Staates?«, warf jemand ein.

»Wir haben darüber lange diskutiert und entschieden, dass wir der Historie folgen. Amundsen war als erster am Südpol, also gelten in Antarktika norwegische Gesetze, bis wir eine eigene Legislative haben.«

Erstauntes Murmeln folgte, dann klatschten die Anwesenden. Ryan musste General Haldan Respekt zollen, er hatte seine erste Ansprache gut gemacht.

»Und damit wir alle immer daran erinnert werden, warum wir hier sind und wohin unsere Reise gehen soll, der erste Grundsatz, mit der unsere zukünftige Verfassung einmal beginnen soll.« Der General drehte sich um und enthüllte eine Holztafel an der Wand, eine alte Tür, auf die mit blauer Farbe gemalt war:

Die Würde des Menschen ist unantastbar.

Ryan zuckte innerlich zusammen und dachte an die verschreckte Frau, die in seinem Wohncontainer ans Bett gefesselt war.

Nachdem die Zuhörer den Versammlungsraum verlassen und viele eine Broschüre mit den wichtigsten gesetzlichen Bestimmungen mitgenommen hatten, schritt Ryan zum Tisch auf dem Podest und stellte sich neben Vize-Admiral Byrne. Außer den drei Kommandanten saßen rundum eine mollige, rotblonde Frau, deren Namen Ryan nicht kannte, Syawal, der indischamerikanische Programmierer, der ständig blinzelte, und zwei ältere Männer. Verspätet kam Ragna, zwinkerte Ryan zu. General Haldan unterbrach sein Gespräch mit Administrator Yetman und musterte Ryan vom Haaransatz bis zu den Stiefeln, schob die Unterlippe vor und redete schließlich weiter: »Was mir am meisten Sorgen macht sind Drohnenangriffe. Die Flugabwehr der Schiffe hat eine begrenzte Kapazität und bis wir an Land soweit sind ...« Er schüttelte den Kopf.

Administrator Yetman, ein Mann mit einem Piratengesicht und gescheiten Augen, winkte ab. »Bis in den November hinein ist das kein großes Problem. Der Sturmgürtel schüttelt die Dinger so durch, dass nur ein kleiner Teil bis in die *Screaming Sixties* vordringen kann. Ein Algorithmus wie Buddha wird das richtig einschätzen und keine Ressourcen verschwenden. Ich bin sowieso gegen den Aufbau einer landgebunden militärischen Abwehr. Das verstößt gegen Artikel 1 im antarktischen Vertrag.«

»Der mir im Moment am Arsch vorbeigeht«, antwortete Haldan. »Wie sieht es mit Radio und Fernsehen aus, haben alle Bewohner inzwischen Funkempfang?«

Yetman sah zu Syawal hin, der nervös nickte.

»Wichtiger ist das Angebot. Zum Glück waren ein paar Medienleute auf der *Princess of the Sea,* die hierbleiben wollen. Sie werden sich mit unseren Leuten vor Ort zusammentun und um die Berichterstattung und die Unterhaltung kümmern. Sonst werden die Winternächte verdammt lang. Nur auf die begrenzte Technik müssen sich alle noch einstellen. Ist nichts mehr mit Multimedia.« Die mollige Frau lachte und Yetman zwinkerte ihr zu.

General Haldan nickte. »Wir sind auf die technischen Möglichkeiten der Jahrtausendwende zurückgeworfen. Das kann aber auch ein Vorteil sein, da wir mit simplerer Technik auch weniger angreifbar sind. Auch können wir alle vorhanden Ressourcen so effizienter einsetzen.«

Syawal griff nach einem Wasserglas und stieß es um. Ragna konnte gerade noch die Satellitenfotos auf dem Tisch retten.

»Mann, passen Sie auf. Wir haben keinen Versandhandel für Druckerpatronen mehr zur Verfügung und Papier ist auch knapp«, schnauzte General Haldan, hatte sich aber gleich wieder gefasst. »Wir benötigen noch eine stabilere Kommunikation. Wir müssen Schiffe, Flugzeuge und Mannschaften rasch koordinieren können und brauchen eine dauerhafte Verbindung nach

Patagonien und nach Nordantarktika, wie sich die Süd-insel jetzt nennt. Dazu müssen wir überirdische Hilfe nützen. Wie ihr wisst, werkeln die *Bigheads* gerade an einer Richtantenne im Taylor Valley und haben sich über die CNES-Station auf den Kerguelen einen Satelliten ausgespäht.«

Administrator Yetman fuhr fort: »Optus C7 der Sing-Tel ist für unseren Standort erreichbar. Wenn wir ihn unter Kontrolle und seine geostationäre Position optimiert haben, verschafft er uns ein eigenes Telekommunikationsnetz und Datenaustausch.«

»Haben wir dann nicht wieder das gleiche Problem mit Buddha?«, warf Byrne ein.

Yetman schüttelte den Kopf. »Wir quantenverschlüsseln die Übertragung. Das allein würde natürlich nicht reichen, aber Optus C7 hat Verteidigungstechnologie an Bord. Gegen Weltraumschrott. Die können wir auch gegen neugierige Sonden einsetzen. Und er kann sich tarnen und die Sentinels ablenken, damit wir den Erd-beobachtern nicht weiter auffallen. Optus C7 wurde vorwiegend für militärische Zwecke verwendet, das macht ihn so interessant für uns.«

Haldan ergriff wieder das Wort. »Deshalb ist eine Übernahme schwerer als bei Standard-Satelliten und wir müssen direkt in die Kontrollstation. Noch dazu mög-lichst unauffällig, damit der Diebstahl in Folge als Aus-fall maskiert werden kann. In vier Wochen sind die Antenne und die Kontrollstation in Antarktika bereit. Zu diesem Zeitpunkt muss auch unser Mann für Sydney bereit sein. Commander Norderstedt?«

»Unsere Frauen, Sir. Wir haben eine Agentin, die den technischen Part übernimmt, und einen Lockvogel, der sich in das SingTel Gebäude einschleust und die Ver-bindung zur Technikerin draußen herstellt. Beide werden gerade instruiert und sind in vier Wochen abreisebereit.«

Instruiert, dachte Ryan, was für ein Zynismus. General Haldan und Doktor Yetman schienen zufrieden und packten ihre Notizen zusammen. Das informelle Meeting war zu Ende.

Ryan salutierte vor Vize-Admiral Byrne: »Sir, darf ich Sie sprechen?«

Der Kommandant nickte und winkte ihn zur Seite. »Stehen Sie bequem, Leutnant. Was gibt es?«

»Commander Norderstedt benötigt weder einen Kampfschwimmer noch einen Verbindungsoffizier. Ihre Truppe kommt ohne meine Einsprüche besser zurecht und meine Fähigkeiten werden auf einem Schiff mehr geschätzt. Bei allem Respekt, Sir.«

Ein feines Lächeln verzog die Lippen des Kommandeurs. »Ich weiß, was Sie meinen, Leutnant. Oh ja, ich weiß es. Und ich bin ganz Ihrer Meinung.«

Er drehte sich um und ging zum Kartentisch zurück.

»Noch auf ein Wort, General Haldan«, sagte Byrne, »Sie werden ab sofort auf Leutnant Frey verzichten müssen.«

Ragna schaute erstaunt und Haldan verschränkte die Arme. »Wenn Sie mir einen guten Grund dafür geben …«

»Wir haben kein GPS mehr, das wird auch der eine Optus-Satellit nicht ändern, und unsere Schiffe benötigen jeden Mann, der navigatorische Fähigkeiten hat. Leutnant Frey hat dieses Können und Kapitän Craig hat ihn ausdrücklich angefordert. Noch dazu kennt der Leutnant alle Tücken des Südpolarmeeres – das ist ihm in die Wiege gelegt worden, wenn sie so wollen. Die *Edinburgh* soll in den *Roaring Fourties* auf Kaperfahrt gehen und ohne erstklassigen Navigator wird das noch mehr ein Himmelfahrtskommando als es ohnehin schon ist.«

Prüfend betrachtete ihn der General. »Der Leutnant hat noch eine Aufgabe zu erledigen. Wenn die Agenten nach Sydney aufbrechen, können Sie ihn wiederhaben.«

Vize-Admiral Byrne nickte. »Früher brauchen wir ihn auch nicht.« Er klopfte Ryan auf den Oberarm und marschierte hinaus. Ragna flüsterte Haldan etwas ins Ohr und dessen Gesichtsausdruck entspannte sich. »Dinner, werte Mitstreiter, nicht vergessen.« Er winkte Yetman und den anderen nach.

Ryan und der General blieben allein am Tisch stehen und maßen sich mit Blicken. Schließlich sah der General auf seine Unterlagen hinunter und Ryan wusste: Er hätte nachgeben sollen, der General würde sich diesen Moment merken. Ryan schlug den Kragen hoch und stieg vom Podest.

»Gar kein flotter Spruch zum Abschied?«, rief ihm General Haldan hinterher.

Ryan ließ sich nicht provozieren. »Launiges bekommen Sie von mir nicht zu hören, Sir, dazu müssen Sie das nächste Mal Kapitän Craig als Berater einladen. Er rettet uns immer die Abende in der Offiziersmesse. Einen angenehmen Aufenthalt noch.«

Kaum war er im Freien und atmete die frischklare Luft, versperrte ihm eine Gestalt den Weg. Sie schlug die pelzverbrämte Kapuze zurück und lächelte ihn an.

Ryan stoppte. »Ragna – ich dachte du bist zum Dinner eingeladen?«

»Ich habe noch Zeit.« Sie fasste nach seinem Arm. Langsam strichen ihre Finger über seinen Handrücken. »Was ist, Seemann, ein kleiner Drink auf den erfolgreichen Abschluss unserer Mission?«

Ryan schüttelte den Kopf. »Ein anderes Mal vielleicht, ich muss in mein Quartier. Du weißt doch.«

»Ach ja, ich vergaß, du hast ein Haustier zu füttern.« Ragna winkte ihn fort.

Ryan ging die drei Stufen zum Wohncontainer hoch, der letzte in einer Reihe von zwanzig Stück, die auf Stelzen montiert waren. Eine ID-Karte lautend auf Hilda Clay baumelte an einem Band am Knauf. Ryan nahm sie ab, sperrte auf und betrat sein Quartier. Ihre Gestalt auf dem Feldbett rührte sich nicht, sie lag mit dem Gesicht zur Wand. Er konnte nicht erkennen, ob sie wach war. Sofort stach ihm ein vertrauter metallischer Geruch in die Nase. Er sog die Luft ein und trat ans Bett. Ein roter Fleck verschmutzte die Matratze und ihren Overall. Verdammte Ragna, dachte Ryan, von einer Verletzung hat sie nichts gesagt. Zuerst wollte er die Frau befreien und ins Krankenhaus schaffen. Aber damit würde er den Auftrag öffentlich machen und er wollte seine Rückversetzung auf die *Edinburgh* keinesfalls gefährden.

Im Laufschritt legte er die zwei Kilometer zum Hospital zurück und suchte nach einer Ärztin. Eine Krankenschwester schickte ihn zur Klinikleitung und dort traf er auf die mollige Frau, die er bereits bei der Besprechung gesehen hatte. »Leutnant Frey, was führt sie zu mir? Aufputschmittel habe ich nicht.«

»Eine Verletzte, die ich nicht hier behandeln lassen kann. Es ist dringend.«

Eine steile Falte bildete sich auf ihrer Stirn. »Ich hatte gehofft, bei unserem Neustart würden wir wenigstens so etwas hinter uns lassen.«

Er zuckte mit den Achseln. »Ich habe die Geheimhaltung nicht angeordnet. Die Frau wurde mir gerade erst übergeben. Haben Sie eine Ärztin, die mit mir kommen kann?«

»Welche Verletzungsart?«

»Kann ich nicht genau sagen. Aber ich tippe auf Unterleibsläsion.«

Sie seufzte schwer, stand auf, holte einen Arztkoffer und drückte ihm eine Metallkiste in die Arme. »Ich komme mit. Ich bin übrigens Doktor Helskjør.«

Als sie ihr den Overall auszogen, begann Hilda zu Schreien und um sich zu Schlagen. Ryan hatte die Handschellen abgenommen und konnte sie nur mit Mühe festhalten, bis die Ärztin ihr eine Beruhigungsspritze geben konnte.

»Höhere Dosis Benzodiazepin«, sagte Doktor Helskjør, »das verursacht auch gleich eine Amnesie. Das macht es nachher leichter.«

Ryan ließ der Ärztin Platz für Untersuchung und Behandlung, setzte sich an den Tisch und blätterte unkonzentriert in einem seiner Bücher. Nach einer Stunde schlug sie die Decke über Hilda. »Sie ist nicht lebensgefährlich verletzt. Sie hatte vor kurzem einen Abortus, der nicht fachgerecht verarztet wurde. Ich habe das jetzt nachgeholt und in ein paar Tagen geht es ihr wieder halbwegs. Zumindest körperlich.«

Ryan horchte auf. »Eine Abtreibung?«

Mit einem Blick, den er nicht deuten konnte, sagte Doktor Helskjør: »Keine freiwillige. Man kann noch Blutergüsse sehen.«

»Wer macht so etwas?«

Sie lachte bitter. »Das machen Leute, die Sexsklaven handeln. Schwangerschaft mindert den Wert der Ware.«

Ryan fühlte ein Würgen aufsteigen und schluckte schwer. Er mochte sich gar nicht vorstellen, was es bedeuten würde, wenn Ragna ihre Gefangene wieder in ein Lager abschob, das anscheinend die Banden im Niemandsland belieferte.

Die Ärztin stellte die Infusion nach und schloss ihre Tasche. »Sie mögen die Frau?«

»Hilda tut mir leid. Ich war eine Woche in der Grenzregion unterwegs. Dort herrscht pure Anarchie.« Er betrachtete die Antibiotikapackung, die ihm die Ärztin in die Hand gedrückt hatte. »Geben Sie mir einen Rat?«

Doktor Helskjør nickte. »Worum geht es?«

»Meine … äh … Cousine Hilda muss in drei Wochen dienstfähig sein. Ich weiß nicht so recht, wie ich ihr dabei helfen soll.« Ryan versuchte ehrlich zu klingen.

»Wären die Umstände anders …« Die Ärztin legte die Stirn in Falten. »Drei Wochen? Das reicht nicht für eine übliche Therapie.«

»Ich bekomme nicht mehr, um sie einsatzfähig zu machen«, sagte er leise.

»Norderstedt? Ihr Lockvogel für Sydney?«

Er fühlte sich ertappt und nickte. Die Ärztin stellte die Tasche wieder ab und schürzte die Lippen. »Es gibt eine andere Behandlung. Sehr wirksam. Vor allem, da die junge Frau anscheinend ein schlimmes Trauma erlebt hat. Ist Ihnen die Methode der Isolationsidentifikation vertraut?«

»Das widerspricht der Genfer Konvention.«

»Ich dachte nicht, dass ihr Geheimdienstleute auf so etwas Rücksicht nehmt.« Sie hob die Tasche auf und verließ den Container.

Ryan wägte seine Möglichkeiten ab, rannte ihr nach und fasste sie am Arm. »Warten Sie. Was muss ich dabei genau tun?«

Die Ärztin lächelte traurig. »Sind Sie sicher?«

»*Was* muss ich tun?«

Die Wirkung der Tranquilizer ließ nach einigen Stunden nach, das Schreien und Schlagen kehrte nicht zurück. Wenn er fortging, fesselte er Hilda ans Bett und sie ließ es sich still gefallen. Manchmal hörte er sie weinen, wenn er vor dem Container stand, aber sie verstummte, sobald er eintrat. Nach einer Weile begriff sie, dass nur er ihr Gesellschaft leistete und sprach ein paar Worte mit ihm. Er brachte ihr neue Kleidung, Essen und heißes Wasser, da er sie nicht ins Gemeinschaftsbad führen wollte. Und er holte ihr einen alten Bildschirm mit DVD-Player, besorgte ein paar Silberscheiben, erlaubte ihr einen Film am Abend. Bei all dem erklärte er ihr nicht, warum sie hier gefangen gehalten wurde – und sie fragte nicht. Sie unterhielten sich über banale Dinge: das wechselhafte Wetter, den Gemüseanbau im Glashaus. Er spielte mit ihr Karten, ließ sie gewinnen, brachte ihr Eiscreme aus der Kantine und borgte ihr ein paar seiner Romane. Nachts schlief er auf dem orangen Fauteuil oder lauschte ihren Alpträumen. An einem Abend lächelte sie freundlich, als er von der Einsatzbesprechung kam. Ab da legte er sich zu ihr ins Bett, rührte sie aber nicht an.

Nach drei Wochen brachte er sie zum Notfalltraining und der Einweisung, die alle Neuankömmlinge in der Antarktis absolvieren mussten. Er stellte sie als seine Cousine Hilda Clay vor. Sie zog die Brauen hoch, sagte aber nichts. Am Abend war sie aufgekratzt und ihre falsche Fröhlichkeit bestürzte ihn.

Am nächsten Morgen war die Frist abgelaufen und Ragna nahm Hilda für ein Gespräch mit. Eine Stunde später saß sie wieder bei ihm im Quartier und schaute ihn unverwandt an.

Er wich ihrem Blick aus. »Commander Norderstedt hat dir erklärt, was von dir erwartet wird?«

»In groben Zügen.« Sie flüsterte fast. »Was wirst du jetzt machen?«

»Zurück zur Marine. Die *Edinburgh* läuft morgen um neun aus.«

»Ins Polarmeer, also?«

»Nicht ganz. Kaperfahrt in den Atlantik. Zur Route der Containerschiffe. Wir brauchen Versorgungsgüter und Treibstoff. Ich bin erst in drei Monaten wieder hier. Du kannst das Quartier einstweilen behalten.«

Tränen standen in ihren Augen. »Meinst du etwa, dass ich das noch brauche?«

Er hatte keine Antwort und legte sich schlafen. Als er am nächsten Morgen aufwachte, hatte sie sich violette Datenkontaktlinsen eingesetzt und die kurzen Haare blond gefärbt.

Die Kantine war fast leer. Kalter Fettgeruch stand in der Luft. Er hatte ihre Reisetasche gleich mitgenommen und sie aßen schweigend. Um eins hielt ein Raupenfahrzeug vor den Quartieren, das Hilda mit anderen Passagieren zum Flugzeug bringen würde. Ryan stand auf. »Der Transporter wartet.«

»Warum hast *du* nicht mit mir darüber gesprochen?«

»Das war nicht mein Auftrag.« Ryan fixierte die Reste des Kartoffelbreis vor sich.

»Du hast also nur Befehlen gehorcht?«

»Wir tragen einen Überlebenskampf aus, falls du das noch nicht mitbekommen hast. Im Moment zählt der Einzelne weniger als die Gemeinschaft.«

Sie sprang auf. »Wofür lohnt sich dann das Risiko? Dafür? Dass wir so miteinander umgehen?«

»Ich bin Soldat. Ich habe es mir nicht ausgesucht«, sagte er ungerührt und stand gleichfalls auf.

»Ich hasse dich.« Fast hätte sie ihn angespuckt.

Er packte sie an den Schultern. »Gut. Das ist gut. Hass ist ein starker Antrieb. Er wird dich leben lassen. Die Trauer tötet dich.«

Sie stieß hervor. »Wer sagt, dass ich traurig bin? Isadora wäre traurig, tieftraurig, aber die ist bei dem Bombenattentat gestorben. Schon vergessen?«

Ryan ließ sie los und trat einen Schritt zurück. »Ragna wird deine Vorgesetzte sein. Gib auf dich acht, Hilda, und vertrau ihr nicht.«

»Sagt der Mann, der vorgab mein Freund zu sein«, fauchte sie ihn an.

Kurz maßen sie sich mit Blicken. In diesem Moment glitt ein Schleier von ihrem Gesicht und er konnte ihr wahres Antlitz sehen. Nicht nur er hatte ein Spiel gespielt. Nichts in ihr war schwach. Wie konnte sich Ragna so täuschen? Diese Frau war keine Makrele, diese Frau war ein Orca.

Ryan fühlte sich bis ins Innerste erschüttert. Auf einmal wollte er Hilda nicht mehr gehen lassen, wollte sie nicht dem blonden Teufel übergeben. Er drehte sich abrupt um und schritt davon. Er schaute nicht zurück. Seine Aufgabe war erfüllt und er verachtete sich dafür.

August 2041

»Kommen Sie, Hilda, setzen Sie sich zu mir.« Doktor Helskjør klopfte auf den Platz rechts von sich. Hilda verstaute ihre Reisetasche unter dem Gepäcknetz, das am Boden festgezurrt war.

Außer Syawal sah sie nur fremde Gesichter und der Software-Ingenieur unterhielt sich konzentriert mit einer grobknochigen, blassen Frau, die nur einen Moment aufsah und ihr Kopfnicken ignorierte. Hilda ließ sich neben der Ärztin in die Kunststoffschale fallen und schloss den roten Sicherheitsgurt.

»Fliegen sie zum ersten Mal in Antarktika?«, wollte Doktor Helskjør wissen. Hilda nickte.

»Werden Sie leicht seekrank?«

Hilda schüttelte den Kopf. Die Ärztin tätschelte ihr den Unterarm. »Gut, dann werden Sie es halbwegs durchstehen.«

Als das Flugzeugschott sich schloss, setzte sich ein Asiate mit langen Haaren neben sie. »Mein Aufpasser«, sagte Hilda gepresst.

»Ich kenne ihren pakistanischen Freund«, antwortete Doktor Helskjør, »ich kenne alle Toyboys.«

Bei *Toyboys* zog der Pakistani eine Grimasse und die Ärztin grinste ihn an. »Wenigstens ist er schweigsam. *Er* hat nämlich Flugangst.«

Der Mann verzog noch mehr das Gesicht, verschränkte die Arme und lehnte sich zurück.

»Sie werden lernen, den Jungs ihre Grenzen zu zeigen. Lassen Sie sich bloß nichts von der Truppe gefallen«, raunte die Ärztin ihr zu.

Hilda lehnte sich ein Stück zu ihr hinüber. Doktor Helskjør strich ihr über die blonde Krause, legte dann die Hände in den Schoss. Im Augenwinkel beobachtete Hilda den Pakistani und überlegte, ob er bei ihren Entführern gewesen war. Er war aber schmäler als sie die Männer in Erinnerung hatte.

»Wer ist die Frau bei Syawal?«, fragte sie die Ärztin.

»Dorette. Den Nachnamen kenne ich nicht. Sie gehört seit kurzem auch zu Ragnas Truppe.«

»Eine Freiwillige wie ich?«

»Sie ist wirklich freiwillig hier. War eine Touristin auf der *Princess of the Sea* und wollte nicht mehr zurück. Sie hat sofort ihre Dienste angeboten. Ich glaube, sie kommt aus Crypto City.«

»Nun, *die* kennen sich ja mit Freiheit aus«, sagte Hilda höhnisch. »Da können wir nur gewinnen, was auch immer die Siegesprämie sein wird.«

Die Augen der Ärztin fixierten sie, prüften sie, als hätten sie eine zusätzliche Röntgenfunktion. »Wir wählen die Freiheit nicht, weil sie dieses oder jenes verspricht. Wir wählen sie, weil sie die einzige menschenwürdige Form des Zusammenlebens ist. Aber der Glaube an die Freiheit führt nicht automatisch zum Sieg. Wir müssen bereit sein, auch mit ihr unterzugehen.«

Dann bemerkte sie Hildas erstarrten Gesichtsausdruck und setzte rasch nach: »Ihnen wurde schreckliches Unrecht angetan, junge Frau. Dafür gibt es keine Entschuldigung. Aber bedenken Sie eines: Jeder, der Verantwortung trägt, muss Tag für Tag entscheiden, wessen Gründe mehr Gewicht haben und was dafür nötig ist, eine Gemeinschaft zu schützen.« Sie nahm Hildas Hand und wärmte sie, bis sie auf dem Flugfeld nahe McMurdo aufsetzten.

Als Hilda auf die Gangway trat, verschlug ihr der scharfe Wind den Atem und sie musste innehalten. Der Pakistani stupfte sie sachte an, deutete auf einen Bus mit Doppelrädern. Die Flugpiste war beleuchtet, das Land dahinter aber so dunkel, dass Hilda nicht die geringste Kontur wahrnehmen konnte. Sie hätte auch in einer Schachtel stecken können.

Das änderte sich auch im Bus nicht, obwohl den Fahrgastraum nur ein schwaches Licht erhellte. Erst als das Fahrzeug eine Anhöhe erklomm, wurde eine Trenn-linie erkennbar, ein gelboranger Schein. Ein paar Minu-ten später tauchte die Stadt auf. Obwohl sie noch nie hier war, kam es Hilda vor, als würde sie nach Hause kommen. Das gleiche Gefühl hatte sie immer gehabt, wenn sie lange im Ausland war und in die vertrauten Straßen von Santiago de Chile zurückkam.

Nach der unheimlichen Schelfeisfläche, auf der sie ge-landet waren, hätte aber wahrscheinlich jede Ansicht einer menschlichen Siedlung dieses vertraute Gefühl hervorgerufen. Die Lagerhallen und Tankanlagen waren in weißes Licht getaucht, die Wohngebiete mit gelben Lampen beleuchtet, an manchen Wänden brannte eine rote oder grüne Außenlampe. Hilda meinte sogar ein paar Leuchtreklamen zu erkennen. Der Schnee auf den Hügeln rundum und das Packeis des McMurdo Sund mischten das Licht zu einem milden Schimmern. Ab und an sausten die Scheinwerfer eines Schneemobils durch eine der Gassen. McMurdo hatte keinen geomet-rischen Grundriss, sondern die Gebäude in allen mögli-chen Formen und Farben wirkten organisch gewachsen, wie ein Korallenriff, das sich dem Untergrund und den Strömungen angepasst hatte.

Zuerst begleitete der stille Pakistani sie zur Administration, wo ihr eine Beamtin eine neue Ausweiskarte überreichte. Dazu bekam Hilda einen folierten Stadtplan und die freundliche Frau zeigte ihr darauf die Lage ihres Quartiers. Der Pakistani verschwand grußlos. Hilda hatte seit Jahren keine ausgedruckte Landkarte mehr gesehen, fand sich aber gleich zurecht. Sie ließ sich vom beständigen Wind durch die gut beleuchteten Straßen von McMurdo treiben. Hier musste sie niemand bewachen, die Antarktis selbst war die Wärterin. Außerhalb der Stadtgrenzen gab es ohne Polarausrüstung kein Überleben.

Nachdem sie die meisten Wege erkundet hatte, wobei sie das Zusammentreffen mit Einwohnern möglichst vermied, lief sie zum zugeteilten Container-Quartier. Inzwischen war sie müde genug, um ein paar Stunden zu schlafen, obwohl die Zeitanzeige am Administrationsgebäude erst 17:15 zeigte. Sie öffnete mit der ID-Karte die Tür zu ihrem Wohnwürfel und stockte.

Eine muskulöse Frau mit sanften Augen saß am Tisch und lächelte sie an. »Hallo Hilda. Ich habe dich schon erwartet. Ich heiße Laurenne.« Sie sprang auf und bevor Hilda zurückweichen konnte, küsste Laurenne sie auf beide Wangen. »Ist das schön, endlich eine Kollegin zu haben. Die Toyboys sind ja patente Kerle, aber richtig reden kann man mit denen nicht. Und Ragna ist – nun ja, eben Ragna. Für sie bin ich keine ebenbürtige Person. Nur eine patagonische Arbeiterin, die sich zufälligerweise mit Sprengstoff auskennt.« Dann erzählte sie ihr alles Mögliche über die Leute und die Abläufe in McMurdo. Hilda versuchte dem Redefluss ihrer Zimmergenossin zu folgen, nach einer Weile entspannte sie sich und freute sich über die Plauderei. Das erste Mal seit Wochen vergaß sie, dass ihre Welt zusammengebrochen war.

Schließlich hielt Laurenne inne und betrachtete sie eingehend. »Du bist ein hübsches Ding, aber viel zu dünn. Los, wir besorgen dir was Anständiges zu futtern.«

Zuerst machte sie mit Hilda einen Umweg über die Poststelle und fasste Jetons aus. »Als Mitglied von Ragnas Trupp haben wir einen großzügigen Rahmen«, erläuterte sie Hilda.

»Aber die Grundversorgung ist doch gratis?«

»Ja, schon, für die netten Dinge darüber hinaus muss man aber zahlen. Dafür verwenden sie die Plastikchips aus dem Kasino vom Kreuzfahrtschiff. Genial, nicht?« Sie grinste, hakte sich bei ihr unter und führte sie ins *Coffeehouse*, wo sie Hilda nötigte, einen großen Schokokuchen zu verspeisen. In den nächsten Tagen bemühte sich Laurenne redlich, sie in das Gemeinschaftsleben einzubeziehen, doch Hilda fand keine Vielfalt in sich. Nur einen Ozean der Leere und den wollte sie schiffen.

Ragna hatte sich nur einmal blicken lassen. Die Vorbereitungen für den Einsatz in Sydney überließ sie Dorette, die das kommentarlos übernahm. Zwei Tage nahm die IT-Technikerin Hilda nach Walhall mit und unterrichtete sie anhand der entstehenden Richtantennen in den Feinheiten der Satellitenkommunikation. Im Gegensatz zu Laurenne versuchte Dorette sich nicht mit ihr anzufreunden. Nach einer Weile fand Hilda heraus, dass das nichts mit ihr zu tun hatte. Dorette behandelte jeden Menschen unpersönlich.

Eine Woche nach Hildas Eintreffen bekamen sie die Freigabe. Laurenne hatte Hilda erzählt, dass früher

Hubschrauberflüge im Hochwinter unüblich gewesen waren. Kein ziviler Pilot in der Antarktis wollte das Risiko auf sich nehmen Passagiere oder Ausrüstung zu vernichten. Aber die Kampfpiloten starteten, sobald sie die geringste Chance sahen, die Maschine in der Luft zu halten. Dass sie dabei nicht-militärische Passagiere an Bord hatten, ignorierten sie geflissentlich.

Der dunkelhaarige, schlanke Mann, der beim BO 150 CBS auf Dorette und Hilda wartete, bildete eine angenehme Ausnahme. Er stellte sich als Leutnant Ericson vor und erläuterte ihnen die Flugroute, die erwarteten Wetterverhältnisse und die Vorgehensweise bei der Landung. »Es wird ein Flug auf der Schneide des Windes. Wenn euch schlecht wird, sehe ich das nicht als Kritik an meiner Flugkunst. Kotzbeutel, Wasserflaschen und Pfefferminzdrops sind an Bord.«

Hilda musste lächeln und der Pilot erwiderte es. Dorette musterte den Helikopter. »Sie kommen mit Schiffnachlaufströmungen bei böigem Wind zurecht?«

Sein Lächeln wurde noch breiter und Hilda fühlte ein warmes Flattern im Magen, das sie sofort ignorierte. »Lady, ich fliege sonst einen der Wildcats der *Plymouth*. Der Kapitän hätte mich schon mit einem Mopp von Deck gescheucht, wenn ich ihm den Lack seiner Fregatte zerkratzen würde.«

Mit einer leichten Verbeugung forderte er sie zum Einsteigen auf. Der Flug wurde schlimmer, als Hilda es sich hatte vorstellen können. Der katabatische Sturm packte den Helikopter mit kalter Faust und schüttelte sie über das Packeis. Unbeeindruckt hielt Leutnant Ericson dagegen, bis sie die schollenreitende *Protector* erreichten. Der Co-Pilot funkte das Schiff an und einige Männer machten sich am beleuchteten Achterdeck bereit. Wie ein aufbäumendes Pferd lehnte der Leutnant den Helikopter in den Wind und landete im zweiten Versuch. Sofort fixierte die Crew die Maschine und der Eisbrecher nahm Kurs auf Tasmanien.

Hilda und Dorette liefen geduckt zum Schott, ein Maat begrüßte sie und führte sie in eine Kammer mit Stockbett.

»Unten oder oben?«, fragte Hilda.

Dorette setzte sich mit ihrem Elektronik-Kit an den Tisch. »Ist mir egal.«

»Ich geh in die Teestube, oder wie immer das hier heißt. Kommst du mit?«

Dorette konzentrierte sich bereits auf zwei silberfarbene Linsen, die sie mit einer Pinzette in ein durchsichtiges Kästchen einlegte, das sie an ihren Laptop anschloss. Sie antwortete nicht.

Hilda schloss die Tür hinter sich und tappte den Gang entlang, stützte sich dabei an den Wänden ab. Eine Weile suchte sie herum und stieß dabei mit Leutnant Ericson zusammen, der die Innentreppe herunterkam. Sie zog die Ärmel des Pullovers über die Hände und verschränkte die Arme.

Er lächelte. »Auf der Suche nach der Messe?«

Hilda nickte und sah zu Boden. Der Leutnant drückte sich an ihr vorbei; er roch nach Kerosin, Leder und Sandelholz. »Na, komm mit.«

Er ging voraus. Zwei Gänge weiter öffnete er ihr höflich die Tür und ließ sie eintreten. Der Boden und die Tische waren peinlich sauber geputzt. Er zog einen Sessel heraus, bot ihr Platz an, dann ging er zur Kombüse, klopfte an die Durchreiche.

»Smut, bekommen wir noch was Warmes?«

Die Schiebetür öffnete und ein hagerer Mann fragte: »Tee und Sandwiches sind okay?«

Leutnant Ericson hielt den Daumen hoch und nahm bald darauf ein Tablett in Empfang. Während sie tranken, erzählte er ihr von seinem Heimatort Swansea. Hilda hörte schweigend zu. Plötzlich stockte Leutnant Ericson mitten im Satz und schaute an ihr vorbei zur Tür. Dorette hielt den Kopf herein und sagte: »Ich bin fertig.«

Hilda nickte und stand auf. Der Pilot erhob sich gleichfalls und fragte leise: »Können wir uns einmal treffen, wenn du zurück bist?«

Unsicher antwortete sie: »Vielleicht – ich muss mich aber jetzt auf anderes konzentrieren.«

»Ja, ja – ist klar. Ein *Vielleicht* ist okay.« Er lächelte breit und Hilda strich ihm flüchtig über den Jackenärmel. »Danke für den Tee.«

Sie folgte Dorette, die in ihrer Kammer bereits Desinfektionsspray und den Pressluftinjektor vorbereitet hatte. Schweigend setzte sie Hilda das Gerät am Handrücken auf und schoss das ID-Implantat unter ihre Haut. Ihre Eintrittskarte in die Welt von Buddha.

Das Haus akzeptierte ihren ID-Chip. Das Smarthome schaltete gedämpftes Licht ein, ließ Jazzmusik erklingen und projizierte ein Update ihres Terminplanes. Gleich darauf synchronisierte ihr Datenarmband und im virtuellen Raum vor ihren Kontaktlinsen erschien: *Willkommen in Sydney, Hilda.* Ihrem Status bei SingTel entsprechend, hatte ihr der Cyberspace ein kleines Haus in einem ruhigen Vorort der 20-Millionen-Metropole zugeteilt.

Ragna hatte ihr nur Stichworte zum Leben der Frau gegeben, deren Identität sie benutzte, also surfte Hilda durch die Cloud und machte sich mit der SingTel-Angestellten vertraut. Besonders interessierten sie die

Videos von den letzten Firmenfeiern und die Social Media Chats. Wenigstens hat Ragna die Kerndaten gut gewählt, dachte Hilda. Frau Clay war vor zwei Monaten nach Sydney versetzt worden und hatte vor Dienstantritt einen längeren Pflegeurlaub in Tasmanien bewilligt bekommen. Morgen war offiziell ihr erster Arbeitstag.

Als Hilda Fotos von ihrem vorgeblichen Vater in Hobart sah, zuckte sie zusammen. Der kranke Mann würde seine Tochter nicht mehr wiedersehen.

»Besuch für dich. Lieferservice«, sagte die sanfte Stimme des Smarthome.

Hilda öffnete und ein älterer Mann in gelbweißer Uniform drückte ihr einen Karton in die Hand. Das Smarthome hatte Lebensmittel geordert, die Hilda in den Kühlschrank und den dafür vorgesehenen Vorratsschrank räumte. Probeweise stellte sie die Milchpackung zu den Gläsern und das Smarthome wies sie freundlich auf ihren Irrtum hin.

»Wäre es nicht angenehmer, du würdest mir einen Namen geben?«, schlug ihr das Haus vor.

»Klugscheißer«, sagte Hilda und die Tonlage der körperlosen Stimme wurde tiefer. Sie grinste, trank ein Glas Milch und kroch ins Bett. Klugscheißer würde sie rechtzeitig wecken.

Ein eiförmiges Gefährt brachte sie autonom von der Beacon Hill Road nach Belrose, dem Standort der Satellitenkommunikation der *Singtel Optus Py Ltd*. Hilda Clays Job in der Personalabteilung bot ihr die Möglichkeit alle Kollegen kennenzulernen.

Am Empfangstresen loggte ein Robotertorso sie ins Intranet ein, bestätigte ihre Zugangsdaten. Ein Lageplan erschien in Hildas Gesichtsfeld und lotste sie zu ihrem Bürobereich: Eine grüne Box in einer Reihe von bunten

Arbeitsstellen, die von der Cloud gemäß dem Profil der User mit digitalen Bildern gestaltet wurde. Ihre Box glich einem Wald aus Baumfarnen, ein Bach perlte über den Arbeitstisch und die Sesselfläche glich einem bemoosten Stamm. Hilda tastete die Sitzfläche ab, bevor sie sich niederließ. Sie zog eine Projektionsfolie aus der Tischfläche. Ihr Aufgabenplan beinhaltete die Aktualisierung und Korrektur von Leistungsbeurteilungsformularen. Dazu musste sie die Personaldateien durchsehen, das System gab ihre Anfrage sofort frei. Murmeln drang aus den anderen Boxen, die meisten Anwender steuerten über Sprachfunktion. Hilda tippte mit einem Pointer auf die Folie und nützte ihre violetten Kontaktlinsen.

Sie ordnete die Daten. Suchte Männer, die im Steuerungsbereich arbeiteten, durchforstete manuell deren Profile und Bewegungsmuster. Am Ende hatte sie acht Kandidaten, von denen drei am Index für Rationalisierung standen. Dorette hatte sie vor den Mustererkennungsfähigkeiten des globalen Netzes gewarnt und Hilda zog einen Würfel aus der Hosentasche, um die Termine einzuteilen. Ihre ersten beiden Gesprächspartner waren totale Nieten.

Am Abend fand sie keinen Schlaf, obwohl Klugscheißer ihr alle möglichen Entspannungsübungen vorschlug. Genervt befahl sie ihrem Zuhause schließlich die Mondscheinsonate zu spielen und Klugscheißer schien zufrieden. Hilda ließ ihre Gedanken fließen. Konnte sie ein *Homo urbanus* werden? Sich Ragnas Zugriff entziehen und ihren Bruder in Stich lassen? Wer sagte eigentlich, dass Ragna ihn wirklich hatte? Genügte ihr das Foto von Diego als Beweis, das ihn im Hafen von Punta Arenas zeigte? Sie würde mit der Ungewissheit leben müssen. Und was konnte sie hier erwarten? Eine Gesellschaft, in der Erwachsene auf Dauer wie Kinder bevormundet wurden. Mode, Spaß und Wetteifer.

Hilda dachte an die Politikvorlesung an der *University of London* zurück. Die erste Stunde im ersten Semester eröffnete der Professor mit folgenden Worten: »Ein Staat ist politisch frei, wenn seine politischen Institutionen es seinen Bürgern praktisch möglich machen, ohne Blutvergießen einen Regierungswechsel herbeizuführen.« Und dann sagte er: »Demokratie war nie Volksherrschaft. Das kann und das soll sie auch nicht sein. Demokratie bedeutet, dass einige wenige Menschen herrschen, aber alle Menschen darüber durch freie Wahlen urteilen können.« Im Anschluss forderte er seine Studenten auf, mit ihm über diese beiden Statements zu diskutieren.

Sie konnte es kaum fassen, in wie kurzer Zeit aufgeklärte Menschen freudig Zuflucht bei einem Propheten gesucht hatten. Und welcher Graben sich zwischen ihrem heutigen Selbst und der arglosen Studentin von damals aufgetan hatte. Doch sie musste Reste dieser Person zusammenkratzen und überziehen. Dabei schlief sie ein.

Ein junger Mann mit blonder Wuschelfrisur setzte sich mit seiner Essensbox zu ihr an den Tisch. »Danke für die Einladung. Können wir statt zu skypen jetzt gleich über die Leistungsbeurteilung sprechen? Ich hab einen straffen Plan.« Er war einer von ihrer Liste.

»Chris, so heißt du, nicht wahr? Nein. Meine Life-Balance verlangt die Auszeit.«

Seine Mundwinkel wanderten nach unten, doch sein Blick blieb offen. Hilda beugte sich ein Stück vor. »Aber du erzählst mir einfach aus deinem Leben, ich höre dir zu und ziehe meine Schlüsse. Plaudern wird der Freizeit angerechnet. Was meinst du?«

Chris strahlte und nickte heftig. »Das ist sehr wichtig für mich. Mit einer guten Leistung kann ich vielleicht in einem halben Jahr schon in Singapur sein.«

»Schon klar. Du willst mehr ins Zentrum«, stimmte Hilda ihm zu.

»Und ob. Bis hier unten alles umverteilt ist, wird es noch dauern. Weißt du – ich habe vorher in Tokio an Nanobots gearbeitet. Vor der Buddha-Offenbarung. Wir waren schon recht weit, aber seitdem hat sich die Technik rasant weiterentwickelt. Ein richtiger Innovationsschub. Es gibt schon zelluläre Reparatur-Sets. Und Organbausätze. Sauteuer. Nur für die Leistungsträger an der Spitze. Im nächsten Schritt werden sie personalisiert. Verstehst du, was das heißt?«

»Keine Krankheit mehr?«, riet Hilda.

»Genau. Und deutlich verlängertes Leben. Dort will ich hin. Und wenn ich es nicht ganz an die Spitze schaffe, bis zum reproduktiven Design schaffe ich es. Garantiert.« Er steckte sich ein Sashimi in den Mund, Hilda konnte den Fisch nicht zuordnen. Vielleicht war es auch Imitat.

»Reproduktives Design?«

»Ja – stell dir vor. Man kann sich dann Babys zusammenstellen. Eine Ei- und Samenspende, genetisch aufgeschlüsselt und nach Wunsch kombiniert. Hardware-Design vom Feinsten. Und bei der Software justieren später die Nanobots nach. Stell dir das vor: Eine Welt voller fitter und schlauer Menschen.«

Hilda schauderte. »Die Klimaanlage«, sagte sie entschuldigend. »Meinst du, dass ein Labor unseren Nachwuchs besser macht als die Natur?«

Abfällig sagte er: »Was hat die Natur schon fertiggebracht? Allergien, Krebs, Alzheimer. Können wir ganz gut behandeln, aber besser doch, das ganz zu vermeiden, nicht wahr?«

Hilda fragte: »Und auch unsere Psyche soll eine nichtmenschliche Emanation bestimmen?«

»Wir sind doch auch nur DNA-Maschinen gesteuert von einem Algorithmus zur Selbsterhaltung und Lustgewinn.« Chris kaute schmatzend sein Sashimi.

Hilda wendete den Kopf und schnäuzt sich, damit er ihren Gesichtsausdruck nicht sehen konnte. Nach der Mittagspause holte sie noch zwei Mitarbeiter zu einem Gespräch, sie hatte aber ihr Opfer schon selektiert.

Klugscheißer projizierte einen kahlköpfigen Avatar, als sie heimkam.

»Nicht doch«, sagte Hilda. »Formlos bist du mir lieber.«

»Meine liebe Anvertraute, du schläfst schlecht und hast manchmal Alpträume. Darüber müssen wir reden und ich will deine volle Aufmerksamkeit.«

»Und habe ich da auch etwas zu melden?«

Klugscheißer setzte sich auf ein virtuelles Sofa. »Aber natürlich. Ich mache dir Vorschläge und du wählst aus.«

Hilda gab nach. »Was steht zur Auswahl?«

»Eine Therapie. Folgende Arztvorschläge ...«

»Nichts da«, unterbrach Hilda ihr Haus.

»Geselligkeit. Hier in der Straße gibt es eine Gesprächsrunde, die jeden Abend bei Essen und ...«

»Nächster Vorschlag.«

Klugscheißer strich sich übers Kinn. »Ein Glas Rotwein am Abend?«

»Jetzt kommen wir ins Geschäft«, sagte Hilda.

»Und ein Shirt zur Messung der Körperdaten, ich möchte deinen Stresslevel analysieren.«

Hilda dachte nach. »Okay. Deal.«

Klugscheißer verschwand und eine Stunde später wurden ihr ein schickes Unterzieh-Top und sechs Flaschen Shiraz geliefert. Sie öffnete eine der Flaschen, schenkte sich ein Glas ein und prostete dem Haus zu.

Heute trug Chris dunkelgrüne Datenlinsen mit geschlitzten Pupillen. Hilda hatte sein Bewegungsprofil verfolgt und war ihm in die Kaffeeküche nachgegangen. Er erzählte von seinem gestrigen Poetry Slam Auftritt im Cyberspace und dem Begeisterungslevel, den er erreicht hatte. Sie musste immer wieder den Blick von seinen seltsamen Augen abwenden und kicherte dabei verschämt. Er gab ein paar Beispiele zum Besten und ein Kollege nach dem anderen verließ die Koffeinausgabe. Hilda klatschte Beifall. Schließlich stand sie mit Chris allein in der Küche und fragte: »Unterstützt dich deine Freundin bei den Auftritten?«

Betrübt schüttelte er den Kopf. »Mein *Poem* wurde nach Chongqing versetzt. Aber wir sehen uns manchmal im virtuellen Raum. Wenn wir freie Termine finden. Die werden leider immer seltener.«

»Gar nicht persönlich?«

»Sie will halt weiterkommen. Sie wünscht sich eine Wohnung mit Heliport. Wir haben Kontaktanzüge und gehen manchmal virtuell tanzen. Das ist schon angenehm.«

»Und – kann dein Anzug *das* auch?« Sanft pustete sie durch seine blonden Locken und die Härchen an seinen Unterarmen richteten sich auf. Chris hielt die Luft an und starrte sie an.

»Entschuldige«, sagte sie und schaute zu Boden, »ich wollte dir nicht zu nahe treten.«

Seufzend sagte Chris: »Nein, nein. Du musst dich nicht entschuldigen.« Er strich sich durch die Haare, ließ seine Finger einen Augenblick an der Stelle verharren. »Möchtest du am Freitag zu mir kommen?« Er räusperte sich. »Äh … ich meine nicht zu mir in die Wohnung … äh … sondern in den Begegnungsraum.«

Sie lächelte. »Und was wird mir dort begegnen?«

»Wir halten dort immer die Lebensweg-Stunde ab.«

»Lebensweg-Stunde?«

Chris zog die Brauen hoch. »Das kennst du nicht?« Dann glättete sich seine Stirn. »Ach ja, du warst eine Weile in Tasmanien, nicht wahr? Bei deinem Vater. Die Insel wird ja erst befreundet. Also: Bei den Lebensweg-Stunden besuchen wir besondere Orte, rezitieren Textstellen aus den *Säulen des Seins* und philosophieren darüber.«

Von dem Heiligen Buch hatte Hilda schon gehört, kannte aber nichts daraus. »Oh, das klingt wunderbar. Ich habe da so eine Lieblingsstelle, ich …« Sie griff vor sich in die Luft. »Sorry, Chris, das ist wichtig, wir reden später weiter, in Ordnung?«

Er lächelte und sie beeilte sich in ihr Büro. Dort fragte sie nach der Lebensweg-Stunde, der Cyberspace antwortete prompt und lud sie ein in der Noosphäre Eins zu werden mit Buddha. Hilda trennte die Verbindung. »Das fehlte mir noch«, murmelte sie. »Mir genügt Klugscheißer.«

Die nächsten Stunden verbrachte sie in ihrer Box damit, die Leistungsbeurteilungen der letzten Jahre aus dem Mandarin in die neu erstellte Datenbank zu übersetzen. Auch ein so hochentwickelter Algorithmus wie Buddha hatte noch keine passende Näherungsformel gefunden wie die Feinheiten zwischen den Schriftzeichen in Sprachschrift wiedergegeben werden konnten. Es brauchte nach wie vor menschliche Übersetzer.

Nach Dienstende setzte das Fahrzeug sie vor ihrem Haus ab. Sie drehte sich in der Einfahrt um und spazierte den Hügel hinauf. Beim Gemeindezentrum hielt sie inne. Ein großer Saal war beleuchtet, aber absolut ruhig. Ihre Kontaktlinsen zeigten ihr an, dass gerade eine Lebensweg-Stunde stattfand. Hilda ging in die Knie, putzte ihre Sandale ab und strich eine Handvoll Schmutz aus einer Ritze. Sie sah zum Himmel hinauf und stäubte hinter sich den Staub in die Luft, rieb sich die Augen. Nachdem sie die Datenlinsen entfernt hatte, umkreiste sie das Gebäude und bemerkte ein gekipptes Oberlicht. Hilda kletterte einen Jacaranda-Baum hoch und lugte durch den Spalt.

Ein Cyberspace-Kubus stand in der Mitte des Raumes, aber niemand saß rundum, sie konnte auch keine Projektion erkennen. Wo sind die denn, dachte Hilda und verrenkte sich. Am Rand erkannte sie Röhren und darin schwebend Körper, durchgehend bedeckt mit einer zweiten Haut, VR-Helme über dem Kopf. Einen Mann konnte sie genauer sehen. Sein weißer Bart und seine dünnen Haare fransten unter dem Helm hervor, seine Haut war an den knochigen Körper gepresst. Eine Erektion wölbte seinen Fühlanzug im Schritt. Hilda schüttelte sich und glitt den Stamm hinunter. Was für ein demütigender Gottesdienst.

Am nächsten Morgen vergaß Hilda das Top unterzuziehen. Im Wagen erinnerte Klugscheißer sie und Hilda entschuldigte sich süßlich, schob ihr Versehen auf den Weinkonsum vom Vorabend. Ihre gereinigten Datenlinsen meldeten Chris auf dem Weg in sein Büro und sie beeilte sich, ihn abzufangen. »Hast du Zeit für ein persönliches Gespräch? Wegen deiner Einladung.«

Chris sah den leeren Gang entlang und winkte sie mit sich in den gesicherten Bereich. Scanstrahlen färbten seine Silhouette und die Tür zu den Steuereinheiten glitt auf. Er setzte sich an seine Station und Hilda lehnte sich an die Tischplatte, spielte mit ihrem Armband. Dorette hatte gesagt, dass der Abstand maximal fünfzig Zentimeter betragen durfte, damit der Trojaner übertragen wurde. Hilda tippte Chris sanft auf die Schulter. »Ein privater Abend wäre akzeptabel. Wie wäre es heute mit klassischer Musik.«

»Wirklich? Heute Abend? Was wäre denn dein Geschmack?«

»Es muss uns beiden gefallen. Suchen wir doch gemeinsam«, schlug Hilda vor.

Chris zwinkerte ein paar Mal und ein Veranstaltungsplan erschien auf der Folie, die aus seinem Arbeitstisch ragte. »Such dir etwas aus.«

Sie lehnte sich vor und stützte sich auf der Tischplatte ab. Die Oberfläche ihres Latexbandes schimmerte wie goldener Flitter, die Verbindung funktionierte. Ihre Datenlinsen projizierten KONTAKT.

»Ich muss außer Haus, ich habe noch einen Termin«, sagte sie zu Chris und er schmollte ein wenig. Sie küsste ihn auf die Wange und er errötete. »Sorry, ist gerade hereingekommen. Aber übermorgen gehe ich mit dir zur Lebensstunde. Als dein *Poem*. Versprochen. Und danach suchen wir uns in Ruhe ein Konzert aus.«

Chris strahlte und öffnete ihr die Tür. Hilda stöckelte den Gang entlang zum Fahrstuhl, überlegte es sich und nahm die Treppe. Langsam stieg sie Stockwerk für Stockwerk zur Tiefgarage hinunter. Sie öffnete eines der Firmenfahrzeug, setzte sich hinein und programmierte der eiförmigen Kapsel den *Molineaux Lookout* als Ziel ein. Das Fahrzeug schnurrte los, reihte sich auf der Straße unter seinesgleichen ein und glitt gleichmäßig durch die Stadt zum Meer hin. Nachdem das autonome Gefährt einen freien Platz gesucht und den Ausstieg freigegeben hatte, spazierte Hilda zu einem Foodtruck, holte sich ein Wrap mit Lachs-Avocado. Sie lehnte sich an die Balustrade zur Botany Bay.

Von der Absperrung verdeckt zog Hilda mit einer Kanüle den ID-Chip aus ihrem Handrücken. Sie holte eine Kunststoffbox aus der Handtasche, steckte die Metalllinse in eine darin befindliche Sardine und verschloss die Box wieder.

Der Himmel war von Wolkenschleiern überzogen und Möwen tauchten durch das milchige Licht. Ein Passant näherte sich dem ausgewiesenen Futterplatz, die Vögel kreisten tiefer und landeten in dem markierten Bereich, balgten sich kreischend um die Bissen, die der mollige Mann ihnen hinwarf. Hilda spazierte näher, grüßte den Tierfreund und warf im Vorbeigehen in einer parallelen Bewegung die Sardine zwischen die Möwen, spazierte weiter und setzte sich auf eine Bank, um das Wrap aufzuessen.

Danach wusch sie sich die Hände an einer öffentlichen Waschstation und schlenderte zu einem anderen eiförmigen Fahrzeug, in dem Dorette auf sie wartete. Es war Zeit in die Dämmerung zu verschwinden. Zurück in den Abgrund.

Himinbjörg, 26. Oktober 2084

Eiswürfel klirren auf Glas. Der Admiral schenkt sich Zitronenwasser ein. »Mit dem Zugang zum Orbiter C7 hatten wir endlich Augen und Ohren.«

Während er trinkt, sieht er an Paul vorbei, hinaus auf die eisigen Abhänge des Vulkans. Zum ersten Mal bemerkt der Journalist, dass die Augen des Admirals nicht so gleichmäßig sind wie das Foto vorgibt. Helle Streifen durchziehen das dunkle Grau und verleihen der Iris ein sternförmiges Strahlen. Ein Strahlen, dem jede Milde fehlt.

Kapitän Inga Frey besitzt genau die gleichen Augen, während des Interviews hatte Paul sich kaum auf seine Fragen konzentrieren können.

Der Admiral geht zu seiner Frau hinüber und unterhält sich flüsternd mit ihr. Beschützend liegt seine Hand auf ihrem Rücken und die Geste hat etwas seltsam Behutsames. Paul fragt sich, ob Ella Frey vielleicht krank ist. Er steht auf und vertritt sich die Beine.

Vor dem Panoramafenster hält er inne. Jetzt erst sieht er die Skulptur, eine kleinere Version des Kap Hoorn-Monuments: Metalltafeln in Grau, Silber und Blau, die so ausgeschnitten sind, dass die Silhouette eines Albatros entsteht. Er fröstelt bei dem Anblick und weiß nicht, warum es ihm einen heiligen Schauer verursacht.

September 2041

Hilda hatte sich getäuscht. Sie kehrte in die Sonne zurück. Aber die bissige Kälte war geblieben und schockierte sie noch immer. Laurenne zog ihr den Schal hoch, nahm sie umgehend mit ins *Coffeehouse*, das noch immer das namensgebende Getränk anbieten konnte.

»Kenneth hat eine geheime Quelle und er will sie mir nicht verraten«, flüsterte Laurenne und wärmte sich die Hände an ihrem Becher. »Aber ich ahne, dass er einen Freund auf der *Vostok* hat. Und der hat eine Quelle in Durban.«

»Und womit bezahlt der?«

»Antarktische Meteoriten«, antwortete Laurenne.

Hilda riss die Augen auf. »Dafür zahlt jemand?«

»Hast du eine Ahnung.« Laurenne fuhr sich durch die schwarzen Locken. »Je nach Zusammensetzung sind die wertvoller als Gold. Yetman achtet zwar genau, dass nicht viel im Eis gebuddelt wird, aber er kann auch nicht überall sein.«

»Davon hatte ich keine Ahnung«, gestand Hilda. »Aber was anderes – hast du schon deine Familie in Punta Arenas anrufen können?«

»Ich steh auf der Liste«, antwortete Laurenne. Hilda überlegte, ob sie ihre Freundin darum bitten sollte, sich nach Diego zu erkundigen. Aber dann müsste sie ihr einiges erklären. Laurenne würde Fragen stellen, das würde Ragna alarmieren. Sie kaute an ihrer Unterlippe. Die Tür flog auf und ein Engel erschien.

»Kajsa«, rief Laurenne. »Komm zu uns.«

»Gleich, *Sweetheart*. Zuerst ein Cappuccino.«

Hilda schaute dem blonden Mädchen fragend nach.

»Neuzugang.« Laurenne grinste. »Eine Schwedin aus Vancouver. Eine bildende Künstlerin. Und eine Dramaqueen.«

»Sie ist wie …«, Hilda suchte einen passenden Vergleich.

Laurenne half nach. »… Barbie.«

»Nein, so künstlich sieht sie nicht aus.«

»Dann hör mal den Neidern zu. Ragnas Zeiten als Super-Blondie sind gezählt, da kann sie noch so oft den Spiegel befragen.« Laurenne grinste noch breiter. »Sie hat das Beste daraus gemacht und sie gleich rekrutiert.«

Kajsa ließ sich in einen der Sessel an ihrem Tisch fallen und zupfte an ihrem Overall herum. »Also da muss mir noch etwas einfallen, das Ding ist soo unförmig.«

»Du wirst es noch zu schätzen lernen«, sagte Hilda.

Kajsa musterte sie eingehend. »Wow, hast du ein apartes Gesicht. Das braucht nicht einmal Schminke. Da muss ich was machen.« Sie hielt Daumen und Zeigerfinger beider Hände wie einen Rahmen, kniff ein Auge zu und betrachtete Hilda durch das Viereck. »Ja, das wird gut.«

Laurenne knuffte sie in die Seite. »Hör auf, Hilda steht dir sicher nicht Modell. Sie will nicht einmal ein Foto von sich.«

»Wer sagt, dass ich sowas machen will? Glaubst du ich kann nur mit einer Kamera herumlaufen? Ich habe eine klassische Ausbildung. Derzeit steh ich auf Gips. Ich habe schon ein paar tolle Ideen. Das macht das viele Eis.«

»Wie bist du hergekommen?«, fragte Hilda.

»Ich bin der erste offizielle Flüchtling aus der Buddha-Sphäre. Ich habe in Wellington bei einer Performance mitgewirkt und mich auf die Südinsel abgesetzt. So ein kerniger Einheimischer hat mich auf seiner Yacht mitgenommen. Kleine Spritztour zu den Fingern.«

»Fingern?«

»Na diese ganzen Inseln in der Cook Strait. Die Fähre ist zwar eingestellt, aber das Monster kann noch nicht alle Boote kontrollieren.«

Laurenne flüsterte: »Sie meint Buddha.«

Hilda nickte und fragte: »Warum bist geflüchtet?«

Ein trauriger Ausdruck verblasste Kajsa. »Du kommst gerade aus Sydney, nicht? Hast du dort von den Lebensweg-Stunden gehört?«

Hilda schauderte und sie nickte. »Leider auch gesehen.«

»Du hast mitgemacht?«, fragte Kajsa schockiert.

»Nein. Ich habe nur durch einen Spalt in so einen Raum gesehen. Röhren, Videohelme und eine zweite Haut. Totale Deprivation der Realität.«

»Gut. Das ist gut«, Kajsa seufzte. »Ich habe meine beste Freundin Azra durch diese *Therapie* verloren.«

»Ist sie dabei gestorben?«

»So in der Art. Eines Abends ist sie nach Hause gekommen und war nicht mehr da. Der Körper, die Stimme, die Klugheit. Das schon. Aber ihre Seele war fort.« Kajsa tupfte etwas Milchschaum vom Rand ihres Bechers und leckte ihre Fingerspitze ab. »So etwas hat sie immer gemacht. Und ab dem Abend hat sie das unzüchtig gefunden. *Unzüchtig!* Was das schon für ein Wort ist. So hätte Azra davor nie gesprochen.«

Laurenne beugte sich vor. »Was ist geschehen?«

»Wie Hilda gesagt hat – die Menschen tauchen bei diesen Lebensweg-Stunden ganz in den virtuellen Raum ein. In die Noosphäre von Buddha. Um das Erlebnis noch tiefer zu machen, wird transkraniale Magnetstimulation verwendet. Bloß wirkt so eine Behandlung ganz unterschiedlich. Mancher merkt nur ein ekstatisches Kribbeln, mancher wird kreativer. Aber manche haben eine metaphysische Erfahrung. Es weckt ihr Gottgehirn.«

»Echt? Glauben kann man einschalten?«

»Laut der Neurologin in eurer Klinik – ja. Aber Azra war nicht nur gläubig geworden, sie war geradezu fanatisch. Buddha hat sie kaputtgemacht und ganz anders wieder zusammengesetzt. Das hat mir eine Heidenangst eingejagt. Bald wird dieses Monster alle Menschen zu diesem Erlebnis verpflichten. Wird in ihre Gehirngänge kriechen und sie zu seinen Zombies machen. Das wollte ich nicht abwarten.« Kajsa blickte sie durchdringend an. »Ich will *Herr sein in meinem Haus*.«

Eine Weile hingen sie ihren Gedanken nach, dann klopfte Laurenne auf den Tisch. »Kommt Mädels, wir begehen eine gute Tat.«

Das McMurdo General Hospital bot seinen Patienten einen großzügigen Ambulanzbereich, mehrere OP-Säle und im Zimmertrakt eine eigene Kinderabteilung. Vor der mit Comicfiguren vollgeklebten Glastür stoppte Hilda. »Geht einmal voraus. Ich möchte noch zu Doktor Helskjør.« Wie sollte sie Laurenne bloß sagen, dass es ihr unmöglich war, bei einem kranken Kind am Bett zu sitzen und fröhlich zu sein?

Sie flüchtete in das Büro der Klinikleiterin, die gerade bunt bedruckte Bögen in Mappen einsortierte.

Hilda warf einen Blick darauf. »Sie unterrichten die Kinder auch?«

»Sehr viele Lehrer haben es nicht hierhergeschafft. Obwohl – man muss nicht unbedingt eine pädagogische

Ausbildung haben, um zu unterrichten. Ein wenig Philosophie reicht meistens.«

»Was meinen Sie damit?« Hilda schielte zum Gang hinaus.

Doktor Helskjør lächelte. »Ein guter Lehrer wird nie überreden oder überzeugen, sondern er wird zur freien Meinungsbildung herausfordern, denn er ist sich bewusst, dass er sich irren kann.«

Die Bürotür wurde aufgeschoben, Laurenne packte Hilda am Ellbogen und schleifte sie mit. »Und wir lehren gerade dem gelangweilten Jungen da drüben Canasta und brauchen dringend einen Vierten.«

Innerlich verkrampft betrat Hilda das Zweibettzimmer. Nur ein Bett war belegt. Ein etwa zwölfjähriger Junge mit einem Richtgestell am linken Bein juchzte bei ihrem Anblick. »Jetzt geht's richtig los.«

»Er hat nur noch seinen Vater. Und der hat Schichtdienst im Kraftwerk«, flüsterte ihr Laurenne zu. »Sei ein wenig umgänglicher als sonst.«

Hilda bemühte sich nach Kräften, alle Fragen des Kindes zu beantworten. Der Junge war mehr am Geschehen vor dem Fenster interessiert als am Kartenspiel.

Nach einer Runde, die Laurenne haushoch gewann, riss Kajsa das Blatt vom Schreibblock und der Stift kullerte vom Bett. Sie fingerte danach, konnte den Kuli aber nicht erreichen. Hilda sagte: »Warte. Ich heb ihn schon auf.«

Ihre Kette glitt aus ihrem Ausschnitt und Laurenne beugte sich vor, betrachtete eingehend das Medaillon. »Wo hast du das denn her?«

Hilda nahm ihren Anhänger und strich über das Emaille-Bild: Ein Segelschiff auf stürmischen Meer, ein weißer Vogel im Flug und eine Marienfigur auf einer Mondsichel. »Von meiner Mutter. Sie hat es zu meiner

Geburt von meinem Vater geschenkt bekommen.« Schon wollte sie etwas von Reunion erzählen, von ihrem Papa, der sich so gern als Pirat ausgegeben hatte, wie sein großes Vorbild *La Buse*. In Wirklichkeit hatte er mit seinem Boot Touristenrundfahrten gemacht und manchmal geschmuggelt. Aber das war Isadoras Leben, nicht ihres, und sie biss sich auf die Zunge.

»Weißt du woher es ist? Was es bedeutet?«, fragte Laurenne. Hilda schüttelte den Kopf.

Ihre Freundin streckte die Hand aus. »Darf ich?«

Hilda bejahte und Laurenne drehte das Medaillon um. »Ja, das habe ich mir gedacht.«

»Was meinst du?«

»Das hat einmal einem *Malamok* gehört. Siehst du, da hinten ist das Logo der Vereinigung der Kaphoorniers. A.I.C.H, das bedeutet *Amicale Internationale des Capitaines au Long Cours*.« Laurenne strich mit dem Finger darüber.

»Malamok bedeutet Albatros«, sagte Hilda fragend.

»Ja, und so wurden Kapitäne genannt, die Kap Hoorn ohne Motorunterstützung umsegelt haben.« Sie kniff die Augen zusammen, um das Bild genauer zu sehen. »Das ist ein Flying P-Liner, eine Viermastbark. Wenn ich das richtig entziffere die *Passat*. Dazu der Albatros und die Stella Maris – das hat sicher die Ehefrau dem Kapitän als Schutzamulett mitgegeben.«

Hilda schaute Laurenne erstaunt an. »Woher weißt du soviel darüber?«

»Ich bin zwar eine Bergwerkerin, aber meine Brüder bauen Segelschiffe. Moderne und auch welche nach historischem Vorbild, wie schon mein Vater und mein Großvater davor. Keine Viermaster, aber Briggs, Zweimaster.« Sie legte den Anhänger zurück an Hildas Brust und lächelte verschmitzt. »Und die Frau des Kapitäns hat den Albatros sicher auch als Doppeldeutigkeit gewählt. Der Wanderalbatros fliegt mit den Westwinden um die ganze Welt, kommt aber alle zwei Jahre auf seine Insel zurück, um mit demselben Partner zu brüten. Sie leben fast sechzig Jahre lang und sind immer monogam.«

Hilda schmunzelte. »Ob der Kapitän das auch so gesehen hat?«

»Mit Glück.« Auch Laurenne lachte. »Wünschen hat die Ehefrau es sich ja können. Zumindest an Bord gab es kein Fremdgehen. Was ist denn im Medaillon?«

Hilda legte die Hand darauf. »Alles was mich ausmacht.«

»Ah – wahrscheinlich ein Foto von der ersten Liebe.« Laurenne stupfte sie augenzwinkernd an.

Kajsa hatte ihnen schweigend zugehört und Karten gemischt, fragte aber plötzlich. »Vermisst du deinen Mann?«

Beide fuhren herum, aber Hilda blickte sofort zu Boden – ihr konnte die Frage nicht gegolten haben. Hilda Clay war ihrem Lebenslauf nach ledig.

Laurenne nickte und zog die Mundwinkel nach unten. Für einen Augenblick meinte Hilda, ihre Freundin würde zu weinen anfangen. In diesem Moment schallte ein hohes Pfeifen um das Gebäude und eine Detonation zersplitterte die Fensterscheibe. Die Außenjalousien klapperten, hielten aber stand. Kalte Luft wirbelte die Spielkarten vom Tisch und der Junge begann zu schreien. Kajsa sprang zum Bett und nahm ihn in die Arme, drückte seinen Kopf an ihre Schulter.

Eine weitere Detonation ließ die Wände zittern, dann setzte das Rattern der Flugabwehrgeschütze ein. Kajsa hatte den Jungen in die Decke gewickelt und sie trugen ihn auf den Gang hinaus, hockten sich mit ihm auf den Boden. Pfleger und Schwestern liefen in die Zimmer und brachten die Patienten heraus. Nach ein paar Minuten herrschte atemlose Stille, dann setzten die Sirenen ein. Fast eine Stunde warteten sie alle am Gang. Verletzte wurden gebracht, schließlich ging ein Feuerwehrmann vorbei und gab Entwarnung.

»Was war das?«, fragte Kajsa.

»Drohnenangriff«, antwortete Laurenne. Sie kehrten mit ihrem kleinen Patienten in das Krankenzimmer zurück. Kajsa legte sich zu dem Jungen ins Bett und beruhigte ihn. Laurenne und Hilda räumten die Scherben weg und besorgten eine Dämmplatte, um das Fenster provisorisch abzudecken. Kaum waren sie fertig, kam ein Uniformierter und bat Hilda ihm zu folgen. Laurenne spannte sich an, aber Hilda schüttelte leicht den Kopf und ging widerspruchslos mit.

Der Air Force Soldat führte sie in den Meetingraum im Administrationsgebäude. Um den Tisch saß der Beraterstab aus Asgard, Administrator Yetman und Doktor Helskjør. Nach ihr wurden auch noch Syawal und Dorette hereingeführt. Niemand bot ihnen Platz an. Hilda setzte sich trotzdem.

Zu Doktor Yetman gewandt polterte General Haldan: »Was war das für ein Clusterfuck? Soll ich Sie an ihre Worte erinnern? *Wird keine Ressourcen verschwenden.* Ha.«

»Wenigstens hat es keine Todesopfer gegeben und die Schäden halten sich auch in Grenzen.« Yetman spielte mit einem Zugband von seinem Sweater.

Syawal zeigte auf und sagte leise: »Ich denke nicht, dass der Angriff etwas mit dem Satelliten zu tun hat. Sonst hätte Buddha auf das Taylor Valley gezielt.«

Yetman nickte. »Dem stimme ich zu.«

»Sie glauben also, die Kaperfahrten sind der Grund. Warum dann McMurdo und nicht Montalva?«

»Die Drohnen sind aus Australien gekommen. McMurdo ist näher und seine Geodaten bekannt. Buddha wird vom Ausbau des Marinestützpunktes noch nichts mitbekommen haben. Sein Rückschluss ist also, dass wir die Ursache sind.«

Ragna warf ein: »Dann ist es ein blödes Programm. Kein Schiff kann vor Dezember bei uns einlaufen.«

Administrator Yetman erwiderte: »Aber an der Packeisgrenze abladen.«

»Ein Containerschiff? Niemals.«

Syawal widersprach: »Aber es denkt nicht so.«

»Was meinen Sie?«

»Metadatenanalyse. Mustererkennung. Es merkt anhand von Aktivitäten, dass etwas vorgeht. Setzt ein paar Abweichungen in Beziehung und sucht den Schnittpunkt. Und der war McMurdo. Ich denke auch, es war eher ein Test als ein Angriff.«

Haldan schaute verwirrt. »Was für ein Test?«

»Ob wir uns an den Antarktischen Vertrag halten. Das tun wir nicht, wir haben aufgerüstet. Jetzt hat es uns als Gesetzlose eingestuft.«

»Also ist das Militär jetzt schuld?« Haldan schlug mit der Handfläche auf den Tisch. »Und das nächste Mal bekommen wir Langstreckenraketen mit höherer Sprengkraft ab?«

»Unwahrscheinlich«, sagte Syawal. »Wir sind zu klein und es respektiert trotzdem die anderen Artikel des Vertrages. Das würde zu viel Naturraum zerstören. Die Adeline-Kolonie auf Cape Royds. Die Kaiserpinguine am Schelfeis.«

»Wegen der Pinguine? Sind Sie auch schon Militärstratege oder wie?«, schnauzte Haldan. »Warum sollte Buddha der Vertrag kratzen?«

Yetman half Syawal. »Das einzige international anerkannte Dokument. Sein Denken ist dafür...«

Haldan winkte ab. »Bullshit. Wir müssen eine Ablenkvorrichtung installieren. Alle ihre Bigheads sollen dran arbeiten.«

Gemächlich stand Hilda auf und zog ihre Parka an. General Haldan polterte: »Halt, Frau Clay, wir sind noch nicht fertig.«

»Doch, sind wir«, sagte Hilda ruhig. »Das hier bringt nichts. Zu Buddhas Denkweise kann ich nichts beitragen. Ich gehe lieber ins Spital zurück. Die Patienten können gerade jeden Zuspruch brauchen.«

Haldan starrte sie mit offenem Mund an. Auch Dorette war aufgestanden und schlüpfte in ihren Thermomantel. Ragna ballte die Hände zu Fäusten und setzte zu einem Befehl an, wurde aber von Doktor Helskjør aufgehalten. »Hier ist zu viel Testosteron im Raum. Da kann man ja nicht mehr atmen. Danke für die beiden, Commander Norderstedt, ich kann die Hilfe gut brauchen.« Die Ärztin nahm Dorette und Hilda an der Hand und zog sie ins Freie.

Eine Stunde später half Hilda der Technikerin bei einer Reparatur in der Radiologie. Bunte Kabeln ragten aus einer Box unter dem MR-Tisch und Hilda reichte ihr Werkzeug zu. Inzwischen kannte sie Dorettes Ausdrücke und musste kaum nachfragen, wenn ihre Kollegin nach etwas aus ihrem Koffer verlangte.

Nachdem sie eine Weile schweigend Handlangerdienste gemacht hatte, sagte Hilda: »Dorette. Ich habe ein Problem und kann mit niemanden darüber sprechen.«

»Du sprichst gerade mit mir.«

Hilda strich sich über die Stoppelglatze. »Du tratschst nicht. Was immer ich dir sage – diese Information be-

deutet dir zu wenig, als dass du länger darüber nach-
denkst. Du nimmst das als Fakt zur Kenntnis und legst
es ab, nicht wahr?«

»Korrekt.«

»Ich fühle mich so hilflos. Ragna erpresst mich mit
meinem jüngeren Bruder und ich kann ihn nicht einmal
sehen oder hören, um zu wissen, ob es ihm wirklich gut
geht.«

»Dann hol dir doch Hilfe bei jemanden der genauso
daran interessiert ist wie du.«

Hilda runzelte die Stirn. »Wen meinst du?«

»Deinen Cousin. Ryan Frey. Er sollte doch auch am
Wohlergehen deines Bruders interessiert sein. Und er
hat eine deutlich bessere Position als du.«

»Ryan hat aber mit Ragna ...« Hilda biss sich auf die
Unterlippe. Faktisch hatte Dorette natürlich recht. »Das
werde ich machen, wenn sich die Gelegenheit ergibt.«

»Nun – Problem gelöst.« Dorette wandte sich wieder
den Kabeln zu. Laurenne steckte den Kopf herein und
rief sie zum Mittagessen, aber Dorette wollte weiterar-
beiten.

Hilda folgte ihrer Freundin in die Klinikküche und sie
setzten sich an einen langen Tisch. Neben ihr unterhielt
sich Kajsa angeregt mit einem graumelierten Arzt.

»Und wieder ist einer klebengeblieben«, raunte Laurenne. »Unsere süße Schwedin kann sich kaum vor Ver-
ehrern retten.«

»Das habe ich gehört«, sagte Kajsa. »Und nein, er will
nicht an mir kleben, sondern er weiß ein Atelier für
mich. In der Absteige, die sie hier Wohnung nennen,
kann ich mich kaum entfalten.«

»Das kommt auf das Gleiche heraus«, sagte Laurenne
ungerührt. »Nichts gibt's ohne Gegenleistung.«

»Ach, Dummchen.« Kajsa kicherte. »Vieles gibt es schon, wenn du ihnen nur die Aussicht auf Gegenleistung lässt. Musst du nur richtig einfädeln.«

»Ich kenne da jemanden, der hat auch jemanden etwas in Aussicht gestellt. Wird Zeit, dass du das einlöst, Hilda.« Laurenne deutete mit der Gabel auf sie.

»Was meinst du?«

»Leutnant Ericson. Er hat schon zweimal nach dir gefragt.«

»Ach so.« Hilda schob sich ein Gnocchi in den Mund und kaute.

Laurenne klopfte auf den Tisch. »Hallo! Was ist jetzt? Geh mit dem schneidigen Burschen ins *Coffeehouse*. Einfach nur ein netter Nachmittag mit Plaudern. Er ist echt witzig.«

»Ein wirklich guter Vorschlag, Hilda. Lachen ist Physiotherapie für die Seele«, mischte sich Doktor Helskjør ein.

Kajsa rückte mit ihrem Stuhl näher. »Brauchst du Tipps? Oder Klamotten? Oder eine Vermittlerin?« Sie legte ihre Hand auf Hildas Schulter. »Wenn du zu schüchtern bist, ich mach das schon. Kein Problem.«

»Bitte nicht«, sagte Hilda zu ihnen. »Es wäre Leutnant Ericson gegenüber nicht fair.« Leise setzte sie nach. »Ich bin beschädigte Ware.«

Kajsa zog die Brauen hoch, dann wedelte sie mit den Händen, als wolle sie einen Mückenschwarm vertreiben. »Dann lass es halt bleiben.«

Doktor Helskjør fixierte Hilda und der Blick war ihr unangenehm. Sie legte ihr Besteck weg, stand auf und wollte gehen.

»Hilda, warten Sie.« Die Ärztin hielt sie zurück. »Sie haben nie die Chance bekommen ihre Erlebnisse zu verarbeiten und Sie übertragen ihren Schmerz in andere

Emotionen. Geben Sie bloß acht, dass diese Übertragung nicht in einer Sackgasse endet.«

Hilda flüchtete vor Laurennes fragendem Blick.

Das Haus leuchtete rot in der Mittagsonne, es war das erste in einer Reihe von bunten Würfeln mit weißlackierten Fensterrahmen. Hilda klopfte an Ragnas Tür. Ein schlanker Hispano öffnete und schickte sie zur *Psychoklinik*, einem neuen Lokal neben dem Hotel California.

Der Wind wehte nur moderat und Hilda ging langsam die Straße zurück zur Bucht, an deren Rand das Quartett der braungestrichenen Hotelhäuser stand.

Die *Psychoklinik* war in einem der Elemente eingerichtet, aus denen einmal die Halley-Station bestanden hatte. Eine Kristallform auf hydraulischen Stützen. Hilda kletterte die Eisenstufen zur Schleuse empor und drückte die Tür auf. Dieser Abschnitt war einmal das Modul gewesen, in dem die Wissenschaftler ihre Freizeit verbracht hatten. Teppichboden, Sofas und Lounges, eine große Bar aus gebürstetem Aluminium und an der Rückwand eine Wendeltreppe in ein oberes Stockwerk. Noch hatte das Lokal nicht eröffnet und ein Arbeiter mühte sich mit den Leuchtkörpern ab.

In der Sitzecke neben dem Eingang plauderten drei Frauen. Ein asiatisches Gesicht lugte über die hohe Rückenlehne und sagte: »Ragna, Besuch für dich.«

Die blonde Agentin drückte sich hoch und schlenderte zu Hilda. »Hast du noch nicht genug Ärger für heute, Bambina? Was willst du?«

Mit tonloser Stimme sagte Hilda: »Ich möchte jetzt zu meinem Bruder. Kannst du mich bitte bei eurem nächsten Flug nach Punta Arenas mitnehmen?«

Obwohl sie die Antwort bereits geahnt hatte, traf sie die Erwiderung wie ein Dolchstoß. »Bambina, du bist noch lange nicht soweit, um an so einem Einsatz teilzunehmen. Dort fliege ich nur mit Kämpfern hin. Aber vielleicht in ein oder zwei Monaten. Wenn du in Zukunft folgsam bist.«

Hilda hätte am liebsten die Zähne gebleckt und Ragna angefaucht. Stattdessen wurde ihr Mund hart und ihre Lippen begann zu zittern. Sie nestelte an ihrem Reißverschluss und wandte sich zum Gehen, sank aber wie betäubt auf einen rotbezogenen Hocker neben der Bar.

Ohne sie noch eines Blickes zu würdigen setzte sich Ragna wieder zu den zwei geschminkten Frauen in die Sitzecke. Anscheinend die zukünftigen Besitzerinnen des Establishments: eine vollbusige Rothaarige und eine elegante Chinesin. Hilda hatte schon Kajsa über die beiden sprechen hören. Kreuzfahrerinnen, die das Geld ihrer Ehemänner ausgegeben und durch jüngere Modelle ersetzt worden waren. In McMurdo fanden sie eine Marktlücke und sahen die Möglichkeit sich selbstständig zu machen. Auch wenn Administrator Yetman noch schwankte, ob er die Genehmigung für eine »Praxis der Psychohygiene« erteilen sollte.

Die Rothaarige fuhr mit dem Finger am Rand des Glases entlang. »Ich steh auf Seeleute. Die sind schön hungrig, wenn sie einlaufen.«

»Da wirst du dich aber gedulden müssen. Die Schiffe können erst Ende Dezember bei uns anlegen.«

»Das macht nichts, bis dahin bin ich dann genauso hungrig.«

»Laut Dienstplan macht aber die *Edinburgh* demnächst am Ross Schelfeis einen Halt. Vielleicht fliegen ein paar Offiziere herüber.«

»Der Kommandant ist Kapitän Craig.«

»Vergiss es. Der hat eine Frau in Ushuaia und will kein Mädchen in jedem Hafen.«

»Der wär mir auch zu alt. Ich steh mehr auf Frischfleisch. Maximal vierzig, dann lässt die Potenz bei den Kerlen nach.«

»Dafür haben Ältere mehr Erfahrung, worauf Frauen Lust haben«, warf die Chinesin ein.

Die Rothaarige erwiderte: »Das erklär ich so einem Youngster schon, ich will einen ordentlichen Ständer, der nicht nach drei Minuten schlapp ist.«

»Der Zweite Offizier ist recht knackig.«

»Vielleicht. Aber ich steh nicht so auf Schwarze.«

»Wählerisch auch noch.« Die Chinesin strich sich die schwarzen Haare zurück.

»Kann ich mir leisten bei den vielen Männern hier.«

»Dann musst du es bei dem humorlosen Ersten versuchen. Groß, kräftig und weiß«, warf Ragna ein.

»Frey? Steht der nicht auf Männer?«

Ragna goss sich Schaumwein nach. »Oh nein, kannst du mir glauben. Versuch dein Glück, es könnte sich lohnen.«

»Wieso? Weißt du Details? Erzähl.« Die Rothaarige beugte sich mit offenen Lippen vor.

Ragna lachte kehlig. »Ihr solltet einmal seine Orcas sehen – und erst seine Seeschlange. Wer würde da nicht feuchte ...« Sie warf ihre Haare zurück und bemerkte Hilda. »Hau ab, Bambina. Das ist nur ein Ort für Geschäftsfrauen. Kein Training am Plan? Hast du Langeweile? Dann geh meine Stiefel putzen.«

Die anderen beiden Frauen glucksten und kicherten. Hilda fühlte, wie ihr Hitze in Gesicht schoss, drückte sich davon und verschluckte ihren Zorn. Sammelte ihn tief in sich zu einem See aus Lava.

November 2041

Die *Edinburgh* rollte in der steifen Brise, die über das Schelfeis rauschte. Draußen kämpften die Matrosen mit einer vollbeladenen Palette, die der Kran vom Eisrand an Bord hievte, schaukelten sie mühsam ans Vorderdeck. Die Tür der Brücke knallte zu, der Dritte entschuldigte sich und setze sich an den Fahrtleitstand, um die Brückenwache zu übernehmen.

Kapitän Craig sah von den Seekarten auf. »Sind wir mit dem Bunkern fertig?«

Ryan antwortete: »Aye, Sir. Die letzte Einheit ist an Bord. Aber der Meteorologe sagt für morgen Windstärke 11 voraus.«

»Dann werden wir uns ein Stück von der Eiswand entfernen und uns in Geduld üben.« Kapitän Craig tippte auf die elektronische Karte am Schiffsführungssystem und sagte: »*Der Ozean kennt kein Mitleid, keinen Glauben, kein Gesetz, kein Gedächtnis. Seine Wankelmütigkeit lässt sich den Zwecken des Menschen nur gefügig machen durch furchtlose Entschlusskraft und eine nimmermüde, gerüstete, argwöhnische Wachsamkeit, in der vielleicht stets mehr Hass als Liebe steckt.*« Er schaute Ryan an. »Sie wissen von wem das stammt, nicht wahr?«

Ryan nickte. »Joseph Conrad.«

»Alt, aber zeitlos. Wer hätte gedacht, dass die Kriegsmarine in einem Konflikt wieder einmal eine tragende Rolle spielen wird? Unsere Zeit schien schon vorbei.«

»Im Moment sind wir eher Freibeuter.«

Kapitän Craig lachte: »Und stehen damit in guter, alter Tradition der Royal Navy, nicht wahr?«

»Francis Drake lässt grüßen. Wenn wir wenigstens wissen, ob es sich auszahlt, dann ist es das Risiko schon wert.« Ryan legte die Stirn in Falten.

»Warum die Bedenken?«

»Alte SBS-Gewohnheit. Vorbereitung ist alles. Und wir ziehen ins Blaue los. Das kostet unnötig Treibstoff und im schlimmsten Fall Leben.«

Anerkennend nickte Kapitän Craig. »Ich teile Ihre Bedenken. Wenn Sie einen Vorschlag haben, wie wir das besser beginnen – nur zu. Bringen Sie das morgen in der Generalstabsbesprechung vor.«

»Ich soll dorthin?«

»Natürlich. Ich kann Haldan genauso leiden wie eine Brigg eine Flaute. Sie können sich besser beherrschen. Also Ryan: Landgang. Besuchen Sie Ihre Freunde.«

»Freunde, Sir?«

Der Kapitän zwinkerte ihm zu. »Sie haben sich doch während ihrer Auszeit ein paar Freunde gemacht, oder nicht?«

Ryan deutete ein Lächeln an. »Nach deren Meinung war ich viel zu kurz auf See.«

Craig klopfte ihm auf die Schulter. »Landratten. Was soll's.«

Nach einem Besuch bei Doktor Helskjør, die sich tatsächlich zu freuen schien ihn zu sehen, besichtigte Ryan die neuen Glashäuser und war erstaunt über die Vielfalt. Außer den obligatorischen Paradeisern wuchsen bunte Paprika, Salate, Fisolen, Chili, Melonen und Äpfel. Würziges Kräuteraroma vermischte sich mit süßem Blumenduft. Administrator Yetman kam mit einem Strauß Narzissen aus dem Nebenraum und flüsterte: »Drittes

Date. Erzählen Sie niemanden, dass ich so ein Softie bin.«

Ryan hielt den Daumen hoch.

»Übrigens – wenn Sie ihre früheren Kumpels suchen, die sitzen alle im Gallaghers.« Yetman grinste. »Oder doch keine Kumpels?«

»Thor ist schon in Ordnung«, gab Ryan zurück.

»Thor?« Der Administrator runzelte die Stirn. »Ah. Ich weiß, wen Sie meinen. Leo Brian. Sie können das ja nicht wissen – ich muss Ihnen leider mitteilen, dass er an der Küste Südafrikas verschollen ist.«

Ryan presste hervor: »Verschollen? Wie das? Haben die anderen ihn nicht gesucht?«

»Sie wissen doch – das ist nicht Commander Norderstedts Stil. Immer zuerst der Auftrag. Na, ich muss dann.«

Mit geballten Fäusten blieb Ryan allein. Niemals wäre sowas in einem SBS-Team passiert, man vertraute dem Mann neben sich sein Leben an und ließ keinen in Stich. Er schüttelte den Kopf und stürmte aus dem angenehm temperierte Gewächshaus. Stemmte sich gegen den scharfen Wind, der glitzernde Eiskristalle vom Hochplateau brachte.

Im Gallaghers Pub drängten sich die Leute. Obwohl inzwischen fast ein Dutzend Bars in McMurdo entstanden waren, galt das Lokal als das heimliche Herz der Stadt. Die schlichte Inneneinrichtung war durch Elemente aus dem Kreuzfahrtschiff aufgepeppt worden. Vorortcharme verband sich mit Casinoglitter.

Ryan hängte seinen Mantel in die Garderobe und erkannte an der Theke drei der Toyboys. Er fläzte sich auf einen der plüschigen Barhocker und grüßte Wikinger, Schiwa und Machete. Gleich daneben saß Ragna mit Milano und drei neuen Toyboys an einem Tisch: ein

Mann mit komplett tätowiertem Gesicht, den er Maori nannte, ein Klitschko-Verschnitt und ein schlanker Mann mit spanischen Gesichtszügen, der wie ein Tango-Tänzer aussah. Ragna machte sich nicht die Mühe, ihm die Männer vorzustellen, aber Ryan hätte sich die Namen ohnehin nicht gemerkt. Von Brownie war nichts zu sehen.

Er nickte allen zu und fragte: »Wie geht es Hilda, wie hat sie sich gemacht?«

Ragna nahm Tango die Zigarette aus dem Mund, inhalierte tief und stieß den Rauch hervor. »Was immer du mit ihr angestellt hast – und ich will es wirklich nicht im Detail wissen – Hilda hat sich geweigert weiter als Honigfalle zu dienen. Nicht einmal unser junger Recke hier konnte sie überreden.« Sie hieb dem Klitschko neben sich auf den Rücken. »Hat ihm nur eine Schnittverletzung eingetragen, mit der er jetzt bei anderen Mädels Eindruck schindet. Behauptet immer, das sei beim Einsatz passiert.«

»War ja auch irgendwie ein Einsatz. Körpereinsatz. *Full Combat.*« Maori grölte und warf eine Pommes nach Klitschko.

Ragna lachte. »Mach nicht so ein saures Gesicht, Ryan, das kaffeebraune Schätzchen hat's überlebt.« Sie nahm einen kräftigen Schluck aus der Vodka-Flasche, die vor ihr stand. »Wie auch immer. Ich wollte deine *Cousine* schon auf irgendeinen Grenzposten schaffen, da stellt sich doch heraus, dass Hilda noch ganz andere Eigenschaften hat.«

Ryan zog die Brauen hoch. »Eigenschaften?«

»Oh ja. Sie hat eine unglaubliche Ausdauer.« Ragna boxte Milano gegen die Schulter. »Frag unseren Triathleten hier einmal, wie er sich beim Cross-Country-Marathon gefühlt hat. Das dürre Weib hat ihn einfach abgehängt und ist eine halbe Stunde vor ihm entspannt ins Camp gelaufen gekommen. Und sie kann sich unauffällig durch die städtischen Kontrollen bewegen. Frag mich nicht nach ihrem Trick. Sie hat sich als der perfekte Kurier entpuppt.« Noch einmal blies sie Rauch in seine Richtung, bevor sie die Zigarette ausdämpfte. »Aber bemüh dich nicht, sie zu suchen. Sie ist mit den anderen Pfadfinderinnen zum Mount Erebus hochgeklettert. Sie wollen sich den Lavasee im Krater und die Eishöhlen ansehen. Warum auch immer.«

Du wirst dieses Land nie begreifen, dachte Ryan und drehte sich zu Machete an die Theke, der ihm Details von ihrem Einsatz in Südafrika erzählte. Wie sie Brownie verloren hatten. »Leo war total geknickt. Er hat auf dem ganzen Marsch zurück kein Wort gesprochen.«

»Du glaubst, er hat sich umgebracht?«

Machete zuckte mit den Schultern. »Brownie war sein bester Freund. Was weiß man schon, wie es in einem anderen Menschen zugeht? Bei der Überfahrt hat er sich nach einem Streit mit Ragna auf das Achterdeck verzogen und am nächsten Morgen war er nicht zu finden.« Er seufzte und trank einen langen Schluck aus der Bierflasche.

Ein *Canción* schmolz aus der Musikanlage. Im Augenwinkel sah Ryan ein Tanzpaar und Tango machte seinem intuitiv verliehenen Spitznamen alle Ehre. Herablassend führte er Ragna über den Linoleumboden.

Machete flüsterte: »Wie sagt Bernhard Shaw so schön: *Der Tango ist der vertikale Ausdruck eines horizontalen Verlangens.*«

Erstaunt sah Ryan den narbigen Mann an, dann klopfte er Machete auf den Arm: »Pass gut auf dich auf. Wir sehen uns.« Der Latino prostete ihm zu und Ryan verließ das Lokal. An der nächsten Ecke lehnte er sich gegen eine Wand, steckte die Hände in die Taschen der Thermojacke und wartete.

Als Klitschko in die Gasse einbog, verpasste er ihm mit beiden Fäusten einen Schlag gegen die Schläfe und prügelte ihn zu Boden. Ryan kniete sich auf seinen Rücken und hielt ihm sein Karambit-Messer an die Kehle. »Wenn du oder einer deiner Kumpels noch einmal meine Cousine anfasst bist du tot. Ab sofort fungierst du als ihr Bodyguard, verstanden?«

Der Mann stöhnte unter seinem Griff, Ryan erhöhte den Druck. »Verstanden?«

»Ja, Mann, ich hab's geschnallt. Wusste nicht, dass sie deine Cousine ist. Nichts für ungut, Ryan.«

»Für dich noch immer Commander Frey. Wegtreten.«

Der Hüne verzog sich grummelnd und taumelte zu den Quartieren. Eine Gestalt trat aus dem Schatten.

»War das nötig?« Im grellen Licht der Straßenlampe wirkte Ragna um zehn Jahre älter.

»Ja, das war es. Wenn du es nicht schaffst, deine Toyboys zu disziplinieren, muss ich das machen.«

»Höre ich da eine gewisse Kritik an meinem Führungsstil?« Sie angelte sich eine Zigarette aus der Innentasche ihrer Parka und zündete sie an.

Ryan entgegnete: »Man hat dir die Leine lang gelassen. Das wird sich ändern.«

Sie lachte rau. »Das alte Spiel: Ich weiß, ich weiß, was du nicht weißt?«

»Morgen wirst du es wissen. Ein neuer Wind weht in der Stadt.«

Mit einem Mal wirkte Ragna ernüchtert. »Ich war wohl zu lange dort draußen? Hast du Politik gespielt? Und alles wegen der farbigen Schlampe?«

»Ich bin auch erst heute wieder an Land gekommen. Stell dir vor: Wir haben jetzt eine Übergangsregierung. Dem Triumvirat unserer Kommandeure wurde ein abstimmendes Gremium zur Seite gestellt.«

»Scheiß drauf.« Ragna trank den letzten Schluck aus der Vodka-Flasche und warf sie gegen eine Wand. Die Splitter sprangen scheppernd in alle Richtungen. »Zivil oder Militär. Die brauchen alle Leute für die Drecksarbeit. Leute wie dich und mich.«

»Vergleich mich nicht mit dir. Ich bin wieder bei der Marine wo ich hingehöre.«

»Ah, und deshalb bist du was Besseres?«, feixte Ragna. »Na dann, gratuliere zum Eichenlaub.«

Tango torkelte aus dem Pub und sie hakte sich unter, winkte Ryan im Vorbeigehen zu. »Schön sauber bleiben, Freibeuter.«

Ryan knirschte mit den Zähnen. Bis morgen musste er einen Vorschlag für das Gremium ausarbeiten. Eine Bö riss ein Plakat von der Tür des Pubs und wehte es ihm vor die Füße. Die Ankündigung eines Band-Clash. Der Titel brachte ihn auf eine Idee.

Am nächsten Morgen klopfte Ryan bei Administrator Yetman. Ein Teenager öffnete und führte ihn in eine winzige Küche. Ein Hauch von Vanille wehte durch den Raum. Der Astrophysiker wendete gerade ein Pancake. »Wollen Sie auch?«

»Nein, danke. Ich hatte schon Frühstück.«

»Aber ich habe Orangenmarmelade.«

»Wie soll ich dem widerstehen?« Ryan lächelte und nahm Platz.

»Was kann ich für Sie tun, Commander?«, fragte Yetman und richtete zwei Teller, stellte ihm auch eine Tasse Tee hin.

»Ich brauche Ihre Unterstützung«, sagte Ryan. »Ihnen unterstehen doch alle Zivilisten?«

Administrator Yetman nickte.

»Auch die Frauen, die Ragna beschäftigt?«, wollte Ryan wissen.

»Ja. An sich gelten sie als Angestellte der Administration. Zu meinem Leidwesen musste ich mit Asgard aushandeln, dass sich das Militär bis zu sechs Personen ausleihen darf. Im Gegenzug bekommen wir ihre Piloten. *Ausleihen*. Ein schreckliches Wort, nicht wahr? Als wären sie eine Ware. Und so behandelt Commander Norderstedt sie auch. Um bei dieser Terminologie zu bleiben: Sie hat schon drei verschließen und jetzt wieder zwei angefordert. Die beiden, die sie jetzt wollte, habe ich aber vorgestern nach Montalva geschickt. Um beim Umbau der Poststelle zu helfen.« Er grinste.

»Was halten Sie davon, Ihre Mitarbeiterinnen mir zu überlassen?«

»Ihnen? Wozu?«

»Um Verladelisten in Johannisburg auszuspionieren. Das ist auch risikoreich, kommt aber uns allen zugute.«

Während Yetman nachdachte, aßen sie die Pancakes. »Schlussendlich wird das Gremium darüber entscheiden.«

Ryan nickte. »Ich weiß, aber ein gutes Wort von Ihnen im Vorfeld wird nicht schaden. Die Menschen vertrauen Ihnen.«

Yetmann kratzte seinen Stoppelbart. Das Mädchen, das Ryan die Tür geöffnet hatte, schaute herein und warf ihrem Vater eine Kusshand zu. »Bin um vier zurück, Dad. Und ich hole Jack von der Schule. Mach's gut.«

»Sie werden so schnell erwachsen«, seufzte Yetman. »Und ohne Mutter geht es noch schneller. Ich arbeite zu viel.« Er räumte das Geschirr fort, fixierte Ryan und sagte: »Na gut. Ich weiß zwar nicht, ob ich damit nicht den Teufel gegen den Beelzebub tausche, aber Sie bekommen einmal einen Vertrauensvorschuss von mir.«

Ryan bedankte sich und Yetman versprach ihm, seine Sache am Nachmittag in der Versammlung vorzubringen.

Pünktlich um zwei Uhr wartete Ryan im provisorischen Regierungsgebäude, einem Isolierbetonkubus, der an das Administrationsgebäude angebaut worden war. Eine Beamtin führte ihn in den Meetingraum und Doktor Helskjør, die als Sprecherin des Gremiums fungierte, bat Ryan, sein Anliegen vorzubringen.

»General Haldan, Herr Administrator, Ladys und Gentlemen. Im Namen von Vize-Admiral Byrne möchte ich Ihnen die Schwierigkeiten darlegen, mit denen die Marine konfrontiert ist. Wir sind beauftragt, die Versorgung von McMurdo und Montalva sicherzustellen. Unsere Verbündeten können uns die Grundversorgung liefern, um aber einen gewissen technologischen Standard zu halten, benötigen wir deutlich speziellere Güter als Milch und Käse.« Ryan hielt inne, betrachtete die Gesichter der Anwesenden. Die Zivilisten hörten aufmerksam zu, General Haldan und sein Adjutant wirkten unbeteiligt, Yetman lächelte.

»Ein Containerschiff ist 350 Meter lang und 55 Meter breit. Es kann bis zu 25000 Einheiten laden. Wie Sie sich vorstellen können, stellt es eine gewisse Herausforderung dar, so ein Ungetüm durch hohen Seegang und flache Küstengewässer zu bringen und zu entladen. Wir haben auf den Kerguelen in Port-aux-Francais einen Anleger und einen Kran dafür gebaut. Das Löschen einer Ladung dauert eine Woche.«

Noch einmal legte er eine Pause ein. »Und wenn wir dann die Container aufbrechen und Eiswürfelmaschinen finden, können Sie sich die Enttäuschung vorstellen. Wir müssen die Prisen gezielter auswählen können. Besser noch wäre es die Fracht vorher entsprechend unseren Bedürfnissen zu manipulieren und die Schiffgröße anzupassen. Die Marine hat die digitalen und seefahrttechnischen Kenntnisse, braucht aber Personal, das sie in die Reederei einschleusen kann.«

Doktor Helskjør warf ein: »An wen haben Sie dabei gedacht, Commander?«

»An einen Teil von Commander Norderstedts Truppe. Die Leute dort haben schon eine gewisse Erfahrung«, antwortete Ryan.

»Wir können Ihnen keine Spezialagenten überlassen, Frey, die militärischen Aufgaben sind zu heikel«, widersprach General Haldan.

»Sir, ich ziehe keine Agenten ab, ich möchte nur die Zivilisten. Genauer gesagt die sechs Frauen aus der Administration. Sie haben schon Erfahrung, sind unauffällig und werden uns brauchbare Waren beschaffen. Ich werde sie für Einsätze hinter den Linien schulen. Zwei von ihnen heuern in Johannisburg bei der Niederlassung der Reederei 2M an und besorgen uns Verladelisten und Auslaufzeiten. Die manipuliert unsere Technikerin nach Bedarf und rücküberträgt die Daten. Die anderen drei sorgen für den analogen Informationsaustausch. Damit können wir gezielt zugreifen.«

»Und Walhall soll das koordinieren?«, fragte Haldan.

»Nein, die Truppe sollte Vize-Admiral Byrne in Montalva unterstellt sein, Sir. Die Marine hat ihre eigene Vorgehensweise und es ist unser Risiko.« Ryan erinnerte sich an die Narzissen, die Yetman aus dem Glashaus geholt hatte, und sagte zum Abschluss: »Es gibt keine

Grabsteine und keine Blumen für jene, die auf See bestattet sind.«

Das Gremium stimmte sechs zu null für seinen Vorschlag und General Haldan knirschte mit den Zähnen.

Launig hatte Vize-Admiral Byrne den Bericht kommentiert, den ihm Kapitän Craig übermittelt hatte. Am Ende befahl er ihm: »Wenn Ihr Erster Offizier schon so engagiert ist, kann er die Ladys auch gleich kommandieren. Und drehen sie gemeinsam eine Runde durch McMurdo und sammeln sie Anforderungen ein.«

Nach Ende der Funkstrecke grinste Kapitän Craig Ryan an und sagte: »Na dann – viel Vergnügen mit Ihren Walküren.«

Somit hatte seine Frauengruppe ihren Spitznamen weg: *Valkyrjar*. Zuerst musste Ryan sie aber nach Montalva übersiedeln und Kajsa weigerte sich, ihr neues Atelier aufzugeben. Mit dem Versprechen ihr ein größeres Zimmer zu besorgen, konnte Ryan sie schließlich begeistern. Laurenne und Dorette nahmen die Ankündigung gelassen, Hilda konnte er nicht finden. Am nächsten Morgen schickte er einen Seemann, um die vier Frauen abzuholen und in der Administration zu versammeln.

Laurenne konnte kaum erwarten, ihnen von Ragnas Wutausbruch zu erzählen. »Mann, der alte Haldan hatte ganz schön weiche Knie, als sie mit ihm fertig war.« Die Bergwerkerin kicherte.

Kajsa schwenkte ein Six-Pack Coladosen. »Auf die Übersiedlung. Ich freu ich total auf Montalva. Ich mag den Marine-Look.« Sie warf Laurenne und Dorette eine Dose zu, bot ihm eine an. Ryan schüttelte den Kopf. »Wo bleibt Hilda?«

Kajsa zuckte im Trinken mit den Schultern und Dorette deutete auf die Sanitärräume des Administrationsgebäudes. Hinter einem Pult war eine Beamtin gerade damit beschäftigt die Meldeadressen der vier Frauen zu übertragen und die ID-Cards auszutauschen.

Ryan überquerte den Gang und schaute in den Waschraum. Hilda lehnte mit verschränkten Armen und zusammengepressten Lippen an den Fliesen. Er verschloss die Tür und baute sich vor ihr auf. »Ich habe dich ihrem Zugriff entzogen.«

»Habe ich dich darum gebeten?«, zischte sie.

»Du bist zu wertvoll, um in einen giftigen Apfel beißen zu müssen.«

»Wow, jetzt ist sie schon die böse Königin. Und du der hübsche Prinz aus dem Nachbarland, den sie mit Tricks verführt hat?«

»Hat sie das gesagt?«

Hilda schwieg.

Ryan fühlte sich bemüßigt zu betonen: »Wir hatten nie etwas miteinander.«

Sie sagte hämisch. »Weiß sie das auch?«

»Hör endlich auf trotzig zu sein, Hilda. Die Umstände waren …«

»Welche Umstände?«, schrie sie. »Welche Umstände?« Sie trat gegen die Tür und rannte hinaus. Super Ryan, dachte er, ein anderes Wort ist dir nicht eingefallen.

Ryan war mit seinem neuen Team nach Montalva geflogen und hatte eine erste Einsatzbesprechung angesetzt, zu der auch Marie und Lane gekommen waren. Die beiden jungen Frauen hielten sich an den Händen und warfen sich immer wieder Blicke zu, bevor sie auf Fragen antworteten. Ryan wusste zu Beginn nicht, warum Ragna genau dieses Pärchen haben wollte. Nach ihrem

ersten Gespräch stellten sich die beiden aber als Finanz-
genies heraus, exzellent vertraut mit internationalen
Geschäftsbeziehungen.

Er hatte seine Valkyrjar im Extrazimmer des neuer-
öffneten Restaurants versammelt und die Wirtin servier-
te ihnen Königskrabben. »Haben die Tauchroboter erst
heute Morgen aus dem Graben der Drake Strait geholt.
Die verdammten Biester breiten sich mit dem wärmeren
Tiefenwasser immer weiter aus. Die Seeschweine und
Schlangensterne werden immer weniger. Wenigstens
schmecken die Krustentiere gut und wir können sie
ohne schlechtem Gewissen abfischen.«

»Sie klingen wie eine Meeresbiologin«, sagte Ryan.

»Richtig. Zum Glück kann ich auch kochen. Sonst wäre ich jetzt arbeitslos.« Sie lächelte ihm zu. »Ich mache
aber auch Führungen über die Insel. Der Frühling ist
dieses Jahr richtig mild. Perlwurz und Schmiele blühen
gerade. Und ich habe zuletzt einen Austrieb von Dar-
wins Pantoffelblume entdeckt. Später im Jahr bekommen sie so hübsche kleine Blüten, die wie orange Pinguine aussehen. Die ist eigentlich in Feuerland heimisch,
kommt aber auch schon hier vor. Vielleicht wollen Sie
einmal mitkommen?«

Ein Gast von der Theke rief nach ihr, sie legte kurz
die Hand auf Ryans Schulter und ging hinaus.

Laurenne kaute an einem Maisfladen und grinste ihn
an. »Und, Commander, Lust auf eine Wanderung durch
die Sternenstadt? Morgen soll es sieben Stunden Son-
nenschein geben und plus fünf Grad bei warmen
Nordwind. Gehen Sie mit ihr doch an die Küste. Den
Zügelpinguinen beim Nestbau zusehen.«

Ryan ignorierte den Kommentar und reichte Dorette
die Knoblauchsoße weiter. Kajsa schilderte gerade ges-
tikulierend Marie und Lane den Auftritt eines Punk-

Revival-Sängers, der ihre letzte Ausstellung in Vancouver aufgemischt hatte.

Nach dem Essen studierte Dorette aktuelle Wetterkarten auf ihrem Computer. Kajsa und Laurenne scherzten. Hilda schwieg.

Ein Schild zog Ryans Blick an: *Heute Kaffee* stand darauf und er ging zur Theke im Hauptraum und bestellte eine Kanne. Während er wartete, plauderte die Wirtin über ein Kuchenrezept, das sie auf Basis von Algen entwickelte. Ryan hörte nur halb zu, er beobachtete sein Team.

Kajsa tippte Hilda auf den Unterarm. »Und – wird er auf das offensichtliche Angebot der reizenden Wirtin eingehen?«

»Was interessiert es mich?«, antwortete Hilda.

Kajsa riss ihre babyblauen Augen auf. »Aber du kennst ihn doch gut. Er ist dein Cousin.«

Hilda rief sich ihren gefälschten Lebenslauf ins Gedächtnis. »Aber nur zweiten Grades. Wir haben uns ein paar Mal als Kinder gesehen. Dann erst wieder hier. Er ist für mich fast genauso ein Fremder wie für euch.« Sie vermied es Laurenne in die Augen zu sehen. »Seine Emotionen bleiben unter seiner Haut stecken, verursachen nur eine minimale Vibration in seiner Mimik. Soll ich etwa raten?«

Laurenne mischte sich ein. »Besser, als er wäre wie der General. Der lässt immer heraus, was in ihm vorgeht. Ein Ungustl. Hat letzte Woche eine ganz junge Frau geheiratet. Damit er frische kleine Haldans produzieren kann.«

Ryan stieß die halbhohe Schwingtür auf und sie wendeten den Kopf. Er marschierte durch den Raum und stellte die Kaffeekanne auf den Tisch.

»Sie retten meinen Tag, Commander«, seufzte Kajsa.

»Also – sprecht mich mit Ryan an. Ein Dienstgrad ist nicht nötig.« Er nahm sich auch eine Tasse Kaffee. »Wir machen taktisches Training und ich bringe euch ein paar Strategien bei, wie ihr hinter feindlichen Linien unauffällig operiert. Eure größte Waffe ist die Tarnung.«

Zuerst erläuterte er ihnen aber, wie ihre Aufgabe aussah und bat um ihre Vorschläge zu ihren Rollen. Nachdem sie eine Weile diskutiert hatten, entschied Ryan die Aufstellung und den Zeitplan. Dann sagte er: »Merkt euch eines: Kein Einsatz läuft wie geplant. Problemlösungskompetenz ist wichtig, schnelle Entscheidungen und Gefühlskontrolle.«

»Nicht jeder ist ein Fischkopf«, warf Hilda ein.

»Aber jede von euch kann sich zurücknehmen und nachdenken, bevor sie handelt«, sagte er ruhig.

Laurenne spielte mit ihrem Kaffeelöffel, kreiste ihn geschickt zwischen ihren Fingern. »Und wenn es zu einer Auseinandersetzung kommt?«

»Ihr seid keine Kämpfer. Haltet euch möglichst von allen Konflikten fern. Umgeht jede Kontrolle, sofern möglich. Wenn es absolut nicht anders geht, denkt daran: Bei einer Auseinandersetzung zählt nicht unbedingt die Übermacht, sondern der Kämpfer, der disziplinierter und aggressiver ist.«

»Du sprichst wohl aus Erfahrung.« Hilda tupfte ein paar Zuckerkristalle auf und steckte sie in den Mund.

»Pscht«, sagte Kajsa. »Unterbrich ihn nicht immer.«

Marie und Lane wollten den Job in der Reederei übernehmen, damit sie sich nicht trennen mussten. Die technische Infiltration und Überwachung übernahmen Laurenne und Dorette im Wechsel.

»Bleibt für Hilda und mich der Kurierdienst«, sagte Kajsa. »Das wird schön. Ein wenig übers Land fahren,

Gärten ansehen. Ab und an ein Glas Wein an der Küste trinken.«

»Mädchen, du machst keine Ferientour.« Laurenne warf ein Stück Serviette nach Kajsa.

»Aber ich kann es mir so vorstellen. Dann bin ich entspannter. Und entspannter heißt weniger auffällig.«

Dorette sagte: »Wichtig sind nur gute IDs. Ich habe noch ein paar Kapseln von den Toyboys ausgeborgt.«

»Ausgeborgt, ja?« Laurenne kicherte.

Ryan nickte Dorette anerkennend zu. »Eine letzte Regel am Schluss: Wenn es wirklich eng wird, dann konzentriert euch nur auf das Wichtige. Schritt für Schritt. Und vertraut nur der Frau neben euch.«

Hilda warf ein: »Ja, weil bei Männern weiß man nie, ob die …«

»Niemand will deine Meinung hören«, unterbrach Ryan sie und schlug auf den Tisch.

Laurenne lachte auf und stupfte Hilda an. »Gratuliere, jetzt hast du es doch geschafft, dass unser Kommandant einmal seine Fassung verliert.«

»Noch Fragen?« Ryan blickte in die Runde.

Dorette hob die Hand. »Wieso zankt ihr beiden euch immer, ihr seid doch verwandt?«

Laurenne lachte Tränen.

Dezember 2041

Ein Funken schlug aus dem Gehäuse. Kajsa quietschte und klatschte ein Tuch darauf, als würde sie eine Fliege erschlagen. Ryan grinste hinter seinem Buch. Der Geruch nach verbranntem Kunststoff kringelte sich zum Fenster hin.

»Nimm es weg«, schniefte Kajsa und schüttelte ihren blonden Pferdeschwanz.

Dorette seufzte. »So wird das nichts. Du bist Künstlerin, du solltest handwerklich begabt sein.«

»Bin ich auch. Aber das hier ist keine Kunst, sondern Schikane. Ich bin doch keine Uhrmacherin.«

»Jetzt hab dich nicht so«, sagte Laurenne. »Die paar Schaltkreise wirst du schon noch zusammenbasteln können.«

»Was brauch ich das?«

Dorette legte einen neuen Bausatz auf. »Der EMP-Pulser kann dir das Leben retten. Er stört Kommunikationsknoten und du kannst das Implantat neutralisieren.«

Kajsa klimperte mit den Wimpern. »Ich kann mein Leben auch anders retten.«

»Weil dir das bei einem Roboter-Polizisten was nützt. Los, ran an den Laser. Apropos …« Laurenne drehte sich zu Ryan hin. »Wer holt uns von Port-aux-Francais?«

Ryan legte das Taschenbuch verkehrt auf den Tisch. »Kapitän Craig hatte Kontakt zu zwei Fischkuttern. Beide werden nahe den Kerguelen kreuzen und auf unser Signal warten.«

»Wir können denen trauen?«

Ryan rieb sich den Nacken. »Es sind Piraten. Sie halten nichts von der neuen Ordnung. Wie Raubmöwen hoffen sie, dass bei unseren Fischzügen für sie auch etwas abfällt. Und dass wir sie nach ihrer Manier weiter in unseren Gewässern kreuzen lassen.«

»Na, dann passen sie ja zu uns.« Der erste Satz, den Hilda bei ihrem heutigen Treffen sagte.

Laurenne griff nach dem Sack mit den Elektroteilen, ein weißer Beutel mit grauem Aufdruck: *Lunar Sample Return* stand am Canvasband, mit dem der beige Reißverschluss verstärkt war. Das erste Mal seit Ryan sie kannte, lächelte Dorette und sagte: »Wisst ihr, dass dieses Ding im Jahr 2017 um 1,8 Millionen Dollar versteigert worden ist? Und jetzt hängt es voll mit Recyclingteilen in einem Container.«

Kajsa kicherte: »Die Welt ist manchmal doch gerecht.« Sie begann noch einmal mit dem Zusammenbau.

Ryan nahm sein Buch wieder hoch, blätterte um und beobachtete Hilda aus dem Augenwinkel. Laurenne legte ihr einen Gehäuseöffner hin. »Was ist jetzt mit dem schneidigen Leutnant? Hast du dir endlich ein Date ausgemacht?«

Hilda schüttelte den Kopf. »Wozu?«

»Um tief in seine braunen Augen zu sehen und dir dabei vorzustellen, wie seine warmen Hände sich …«

»Hör auf. Wenn du ihn so attraktiv findest, warum lädst du ihn nicht ein?« Sie nahm eine Pinzette.

»Aber er steht ganz eindeutig auf dich.«

»Dann mach ihn das vergessen. Mit dir ist er besser dran«, stieß Hilda hervor.

»Von wem sprecht ihr?«, wollte Ryan wissen.

Mit einer abfälligen Geste legte Hilda ihr Werkzeug weg, konzentrierte sich auf das Halbleiterelement. Laurenne lächelte ihn an und antwortete: »Leutnant Ericson, er ist Wildcat-Pilot auf der *Plymouth*. Er hat uns ein paar Mal geflogen.«

Ryan runzelte die Stirn, versuchte dem Namen ein Gesicht zuzuordnen und zuckte mit den Achseln.

»Sieht aus wie ein junger Diego Florez, der peruanische Tenor«, half ihm Laurenne.

Ryan nickte. »Ah – ich weiß, wen du meinst. Erstklassiger Kampfpilot.«

»Ja, und richtig lustig. Genau mein Stil.« Laurenne strahlte. »Wenn die wählerische Hilda so jemanden nicht ranlässt, dann weiß ich nicht. Aber gut für mich.«

»Das hat ganz andere Gründe«, murmelte Ryan.

Schlagartig änderte sich Laurennes Ausdruck, sie schien seinen Tonfall richtig zu deuten und wirkte betroffen. Sie setzte sich neben Hilda, streichelte ihren Oberarm. »Was hast du eigentlich früher gearbeitet?«

Hilda sagte: »Ich war Berichterstatterin.«

»Welches Thema?«

»Politik und Lokalkolorit aus allen Ecken der Welt. Das Leben von Menschen außerhalb der normierten Gesellschaft.«

»Und wo warst du da?«

»Zuletzt in den Slums von Mumbai und bei den Nuristani in Pakistan.«

»In Pakistan?« Laurenne spitzte die Lippen. »Wann?«

»August 2039.«

»Da ist der Kaschmirkrieg ausgebrochen.«

Hilda setzte eine Linse ein. »Ja, ich musste zu Fuß nach Afghanistan. In einem Flüchtlingstross.«

Ryan sah von seiner Lektüre auf. »Über den Hindukusch?«

Hilda schaute nicht zu ihm hin, sondern sagte zu Laurenne. »Über den Broghol-Pass und dann weiter nach Tadschikistan.«

Während seiner Zeit beim Service hatte Ryan einmal einen Befreiungseinsatz bei Ischkaschim durchgeführt und konnte sich noch gut an die höllische Bergtour erinnern.

Hilda hatte ihren EMP-Pulser fertig und hielt ihn Dorette hin, die das Teil prüfte und anerkennend nickte.

»Kann ich gehen?« Hilda war aufgestanden und blickte Ryan von oben herab an.

»Wohin?«

»Mit den Schulkindern die Zügelpinguine ansehen«, antwortete sie abweisend.

Er entließ sie und bemerkte Laurennes grübelnden Blick. »Geh mit ihr«, befahl er.

Die Patagonierin stand auf, um Hilda zu folgen, drehte sich aber in der Tür noch einmal um. »Zwischen euch ist etwas seltsam. Wie, wenn jemand Oliven nicht mag, er sie aber trotzdem immer wieder isst, weil er es mag etwas nicht zu mögen.«

Gleich die ersten Schiffe, deren Routen ihnen Hilda und Kajsa nannten, waren Volltreffer. Zwei Containerschiffe lenkte die *Edinburgh* zu den Kerguelen und den Öltanker schaffte die *Plymouth* zur Raffinerie nach Ushuaia. Die Patagonier tauschten ihnen dafür Treibstoff. Während die *Protector* und die *Vostok* Lebensmittel, Medikamente und Bauteile auslieferten, brachte die *Edingburgh* unter Geleitschutz der *Achilles* noch ein viertes Schiff auf. Im Anschluss ordnete Kapitän Craig eine weite Patrouillentour an, um sicherzugehen, dass niemand ihre Schatzinsel verdächtigte, wie sie das Industrielager in Port-aux-Francais scherzhaft nannten. Ryan schickte Kajsa los, damit sie die Valkyrjar aus Johannisburg zurückholte – sie hatten genug Beute gemacht, um über den Winter versorgt zu sein. Die Schwedin kam zwei Wochen später mit Laurenne auf die Insel zurück und die beiden schifften mit der *Plymouth* nach Montalva. Zuerst wollte Ryan auf die anderen Frauen warten, aber eine Schlechtwetterfront verhinderte die Überfahrt weiterer Piratenkutter; so steuerte die *Edinburgh* nach Ross Island, vollgepackt wie ein Walmart vor dem Sommerschlussverkauf. Ryan funkte Kapitän Pickard von der *Protector* an, damit der sein Team später mitnahm. Alle hatten inzwischen gelernt mit den langen Zeiträumen zu rechnen, die Schiffspassagen im stürmischen Südpolarmeer erforderten.

Zu Heiligabend traf Ryans Schiff in McMurdo ein. Mangels echter Koniferen hatten die Arbeiter aus Metallteilen konische Gestelle geschweißt und die Kinder der McMurdo School verzierten sie zu Weihnachtsbäumen. Nachdem ihre Ladung gelöscht war, genehmigte Kapitän Craig der Mannschaft Landgang und übernahm selber die Brückenwache. Ryan wollte ihn ablösen, aber der Kapitän lehnte ab. »Feiern Sie nur, mir genügt mein Schiff. Aber sie können mir einen Ihrer Hornblower-Romane leihen. Ich habe Lust auf nautische Fehlersuche.«

Ryan kam seinem Wunsch nach und wanderte dann zum Gebäude der Administration. Schon im Eingangsbereich hörte er die polternde Stimme von General Haldan und eine Silhouette fuchtelte hinter der Milchglasscheibe des Meetingraumes. Ryan zögerte. Die Beamtin hinter dem Empfangstresen deutete ihm hineinzugehen. »Ist nur ein informelles Treffen.«

Ryan öffnete die Tür und fünf Köpfe drehten sich zu ihm hin. Hinter Haldan, der weiter auf und ab marschierte, stand Greg Yetman, stützte sich auf eine Sessellehne. Neben ihm Doktor Helskjør. Haldans schweigsamer Adjutant saß mit verschränkten Armen am Kopfende des Tisches, daneben Syawal. Ryan begrüßte alle.

»Sie haben mir noch gefehlt, Frey«, sagte Haldan.

»Ihnen auch friedvolle Weihnachten, Sir«, antwortete Ryan.

Haldan stoppte. »Friedvoll. Ha. Noch so ein Träumer.« Er marschierte weiter. »Wir sitzen am Präsentierteller und über der Straße feiern sie als wäre nichts.«

Yetman rollte mit den Augen. »Lassen Sie die Kirche im Dorf. So exponiert, wie Sie meinen, sind wir auch nicht. Und auch nicht wehrlos. Die erste Energiewaffe steht schon.«

Der General schnaubte und schwieg.

»Und auch Projekt *Ragnarök* nimmt Gestalt an.«

Überrascht hob Ryan die Brauen. Yetman deutete auf Syawal und nickte. »Der Commander hat die nötige Sicherheitsfreigabe.«

Syawal sagte: »Wir arbeiten an einem Trojaner. Wir wollen eine Backdoor-Funktion in Buddha einbringen, um einen gewissen Einfluss nehmen zu können.«

Der blasse Adjutant erwiderte: »Das wird nur kurz funktionieren. Ein Deep-Learning-Algorithmus lässt sich so kaum beirren. Die Mustererkennung macht eine Fremdsoftware sofort zunichte.«

»Meine Worte«, knurrte Haldan.

Syawal hob die Stimme. »Aber diese kurze Zeit kann reichen, um einen Angriff zu zerstreuen.«

»Das hoffen *Sie*. Das genügt aber nicht. Im Verhältnis zu Buddhas Ressourcen sind wir Fliegendreck auf der Weltkarte.«

»Warum meinen Sie dann, dass Buddha uns nicht in Ruhe lässt?«

»Weil wir ein Floh in seinem Pelz sind und unsere Bisse es jucken.«

Syawal seufzte: »Sie stellen schon wieder unzulässige Vergleiche an. Es sieht sich nicht als Tier, es …«

General Haldan schlug auf den Tisch. »Nehmen Sie nicht alles wörtlich. Sie wissen, was ich meine. Es hat eine bestimmte Weltordnung im Sinn, mit dem es alle Regionen überziehen will. Und das nimmt uns nicht aus, auch wenn wir am kalten Arsch des Planeten kleben.«

»Wir verfolgen beide Strategien weiter«, versuchte Doktor Helskjør zu schlichten. »Ihre Leute kümmern sich um die Aufrüstung der Verteidigung. Unter Zuhilfenahme unserer geographischen Vorteile. Und die Programmierer verfolgen weiter ihren Ansatz.«

Haldan höhnte: »Verschwendung von geistiger Ressource. Sein Team hat fünfzehn Leute und wir haben gerade drei mickrige Spooks bekommen.«

»Sind wir jetzt beim Erbsenzählen?« Syawal schüttelte den Kopf. General Haldan wollte auffahren.

»Genug«, sagte Yetman. »Lassen wir unseren Disput ruhen. Heute Abend ist Frieden auf Erden und meine Kinder warten.« Er klappte das Tablet zu. Ein paar Minuten später marschierten sie gemeinsam über die Straße. *Marry X-Mas* prangte über dem Eingang der Mehrzweckhalle. Sie betraten den schummrig bunt beleuchteten Raum und nach dem Sonnenlicht im Freien, brauchte Ryan ein paar Minuten, um sich zu orientieren.

Sofort zog Doktor Helskjør ihn zum Büfett und füllte sich ein Glas mit Grog. »Politik ist weder schön noch erotisch. Nicht so wie ihre Ladys.« Sie beugte sich zu Ryan hinüber und flüsterte: »Haldan ist ein Pisser, entschuldigen Sie meine Ausdrucksweise, aber er bringt mich manchmal zur Weißglut.« Sie hakte sich bei Yetman unter und schlenderte mit ihm zu einer Gruppe Wissenschaftler, die Ryan vom Sehen kannte.

Haldan diskutierte weiter mit Syawal. Ryan lehnte sich gegen die Theke, schaute zur Bühne hinüber und bemerkte Ragna, die der Musik lauschte. Mit einem Glas Sekt in der Hand wiegte sie sich im Takt, dabei schwang der Saum ihres bodenlangen Mantelkleides und ihre Beine blitzten durch einen hohen Schlitz. Ragna trank ihr Glas leer und kam auf sie zu. »Victor, komm, tanz mit mir um den Weihnachtsbaum.«

Beschwingt nahm sie General Haldan an der Hand und zog ihn auf die Tanzfläche. Die Band spielte einen English-Waltz und Ragna drückte sich eng an Haldan, dessen Finger deutlich zu tief rutschten. Ragna drehte sich und Ryan konnte rote Unterwäsche unter dem schwarzen Paillettenstoff erkennen. Wieder an seinem Körper, flüsterte Ragna dem General ins Ohr und er knetete ihr Hinterteil. Sein Blick glitt durch den Saal, blieb am Eingang hängen und er hielt mitten in der Drehung inne. Ryan folgte dem Blick: Eine zierliche Rotblonde in einem schlichten grünen Kostüm stand in der Tür. Haldan schob seine Tanzpartnerin von sich und eilte zum Eingang, umarmte die junge Frau und führte sie zu seinem Tisch. Ragna straffte ihren Rücken und stolzierte zur Theke. Auf einmal tat sie Ryan leid. Der seltsame Wettstreit zwischen ihnen erschien ihm kleinlich. Er stellte sich neben Ragna und goss ihr Sekt nach. Sie prostete ihm zu und lächelte.

Ryan legte seine Hand auf ihren Unterarm. »Kein Problem mehr zwischen uns?«

»Schnee von gestern. Du hast mir einen Gefallen getan. Die Mädels haben meine Männer sowieso nur abgelenkt. Jetzt können die Kerle sich bei den Einsätzen wieder auf das Wesentliche konzentrieren.« Sie zwinkerte ihm zu. »Was ist mit dir, Seemann, noch immer keine Lust auf Eierpunsch?«

Er winkte ab. »Meinen letzten Alkoholexzess hatte ich bei der Abschlussfeier der Akademie. Es endete in einer Massenschlägerei und einer Woche Militärhaft. Das war mir eine Warnung.«

»Würde die langweilige Fete hier aber ein wenig aufmuntern.« Sie gähnte und streckte sich. »Ich glaub, ich hau mich aufs Ohr. Machst du einen kleinen Spaziergang mit mir?«

Er runzelte die Stirn, kaum ein Anwesender war mehr nüchtern. »Ja, wird Zeit zu gehen.«

Ragna holte sich einen sündteuer aussehenden Blaufuchsmantel von der Garderobe, bemerkte Ryans Blick und sagte: »Die Ehefrau braucht ihn nicht mehr.« Mit einem schmallippigen Lächeln fragte sie: »Begleitest du mich? Die Wege sind matschig.«

Einen Atemzug lang zögerte Ryan, dann bot er ihr seinen Arm zum Einhängen an. Sie trippelte neben ihm her und verschonte ihn mit Geschwätz.

Vor einem rot angestrichenen Haus am Anfang der neuen Idafeld-Siedlung hielt sie ihn an und lotste ihn zur Haustür. »Komm doch herein.«

»Keine so gute Idee.«

Sie strich sich eine Haarsträhne hinters Ohr und schmollte: »Na komm schon. Ich möchte dir was zeigen.«

Abwartend blieb er auf der Schwelle stehen, sie zerrte ihn am Ärmel herein, warf die Tür zu. Das Haus war überheizt und er zog den Zipp seiner Parka auf. Der

Wohnschlafraum war nicht viel größer als ein Container, aber geschmackvoll modern eingerichtet, soweit er im schummrigen Licht erkennen konnte. Sogar ein impressionistisches Bild zierte eine der Wände. Der Couchtisch war vollgestellt, sah aus wie nach einer feuchtfröhlichen Party.

»Also, was wolltest du mir zeigen?«

»Setz dich.« Sie drückte ihn auf einen Fauteuil, streifte den Blaufuchsmantel ab und warf ihn achtlos über die Sofalehne. Mit einem Ruck zog sie die glitzernden Klettverschlüsse auf. Ihre Spitzenunterwäsche enthüllte mehr als sie verdeckte. »Was hältst du davon?«

»Kann einen Mann in Schwierigkeiten bringen.«

»Aber dich doch nicht. Du bist den Umgang mit schweren Waffen gewöhnt.« Sie setzte sich auf seine Oberschenkel, drückte seine Schultern zurück und griff nach seinem Gürtel. Ein süßsaurer Geruch kroch ihren Körper hoch, vermischte sich mit ihrer Sektfahne.

»Lass das«, sagte er. »Nicht so.«

»Meine Güte«, stieß sie hervor, »bist du etwa einer der will, dass eine Frau vor ihm kniet und ihm einen bläst?«

Ryan packte sie an den Oberarmen und zog sie herunter, schubste sie aufs Sofa. Er stand auf. »Nein.«

Sie grinste. »Hat der kleine Ryan etwa schlechte Erfahrungen mit einer Misses Robinson gemacht? Auf den Falklands werden die Knaben von älteren Frauen eingeritten habe ich gehört.«

Seine Mundwinkel zuckten, aber er behielt die Fassung. Sie grölte. »Na sowas. Ins Schwarze getroffen. Ist doch mehr dran als nur zotiges Seemannsgarn. Hä?«

»Gute Nacht, Ragna.« Ryan schloss den Zipp seiner Parka.

Ihr Gesicht lief rot an. »Was? Stehst du nur drauf, wenn du eine Frau fesseln und knebeln kannst. Ist das so ein Soldatending, nur einen hochzukriegen, wenn man sie sich mit Gewalt nehmen kann?«

»Du bist betrunken und weißt nicht, was du redest.«

Sie spie hervor: »Aber mit der Niggabitch hast du es krachen lassen, nicht wahr? Kannst mit einer selbstbewussten Frau wohl nichts anfangen?«

Ohne Kommentar wandte Ryan sich zum Ausgang.

»Ja, verschwinde bloß, du Schlappschwanz.« Sie warf eine Bierdose nach ihm und er duckte sich bei der Tür hinaus.

Ryan stapfte zum Hotel und verfluchte sich innerlich. Er hätte Ragna gleich vor dem Pub stehen lassen sollen. Der Nachtportier schaukelte auf seinem Stuhl und sprang auf, als Ryan das Foyer betrat. »Commander – ein Midshipman hat sie gesucht. Kapitän Pickard braucht sie dringend und wartet bei Administrator Yetman.«

Ryan nickte und kehrte um. Im Administration-Gebäude war nur ein Raum beleuchtet, so fand er gleich das richtige Büro. Bei Yetman und Pickard saß nur eine seiner Agentinnen statt der erwarteten vier. Dorette starrte ihn an und begann sofort zu sprechen: »Unsere Gruppe ist in Kapstadt aufgeflogen. Wir waren schon auf dem Rückweg aus Johannisburg, als der ID-Chip von Lane bei der Sicherheitskontrolle im Hafen als abgelaufen identifiziert wurde. Sie hat sich der Überprüfung widersetzt und Marie hat eingegriffen. Das hätte sie nicht tun sollen.« Ihr blasses Gesicht schaute zwischen ihnen hin und her. »Ich konnte nichts machen, Commander. Ich war schon an Bord. Die Cybocops haben Lane und Marie einfach erschossen.«

»Und Hilda?«, fragte Ryan leise.

Dorette zuckte mit den Schultern. »Verschollen.«

Jänner 2042

Die Kohlensäure stieg ihr in die Nase. Hilda trank noch einen Schluck Tonic und nieste. Der Mann im Kiosk reichte ihr Sonnenbrille und Strohhut, legte ein Pre-Paid-Armband dazu. Sie fuhr mit der Handfläche über das Bezahlgerät. Es piepste und gab die Transaktion frei. Hilda atmete auf.

Vor ihrer Abreise hatte Machete erzählt, dass Ragna einen längeren Einsatz in der Provinz Ostkap durchführte und ein *Safe House* in Port Elisabeth betrieb.

Hilda setzte die pinke Sonnenbrille und den weißen Sonnenhut auf. Ein Hinweis von Dorette. Starke Kontraste erschwerten die Personenerkennung. Sie marschierte vom Hafen aus bergan. Das Datenarmband leitete sie in das Humewood-Viertel zu einem sandfarbenen Bungalow, dessen Garten von einer weiß verputzten Mauer mit Stacheldrahtkrone umgeben war. Hilda schaute sich um. Die meisten Häuser wirkten verwahrlost. Die Bewohner verließen die einst blühende Stadt. Buddha hatte für die Region *Südliches Afrika* nur die drei Städte Kapstadt, Durban und Johannisburg als Zentralmetropolen definiert. Wer außerhalb deren urbanen Zonen leben wollte, musste zukünftig ohne Infrastruktur auskommen.

Das Eisentor zum Garten des Bungalows stand offen. Hilda linste hinein, alles schien verlassen. Der Pool war entleert. Ein Quadrocopter surrte die Straße entlang, sein Kameraauge rotierte. Hilda drückte sich hinter die Mauer. Nachdem das Motorengeräusch verklungen war, spazierte Hilda unter den Palmen durch auf die Veranda und lugte bei der gekippten Terassentür ins Innere des Bungalows. Milano lag auf der Couch. Sie klopfte an die Scheibe und er schrak hoch. Abwartend schaute er hinaus und sie nahm Brille und Hut ab. »Hilda? Komm rein.«

»Registriert das Haus etwas?«

»Nein. Es ist abgekoppelt, nur ein paar Grundfunktionen.« Milano tippte auf ein Datenfeld und die Terassentür glitt auf.

Hilda lauschte. »Bist du allein?«

Er nickte und sie erzählte von der unglückseligen Kontrolle in Kapstadt. »Ich habe gerade noch einen Touristenbus auf Küstentour erwischt«, schloss Hilda ihren Bericht.

»Berufsrisiko«, murmelte er.

»Was passiert als nächstes? Kannst du mir runterhelfen?«

Milano bejahte. »Bin auch schon am Sprung. Ich warte nur auf den Kontakt. Die *Seabird* bringt uns nach Port-aux-Francais. Zwei Tickets statt einem ist sicher kein Problem.« Er zog die Vorhänge zu und streifte dabei ihren Arm. Hilda stöhnte, der Streifschuss brannte wieder. »Ich leg mich ein paar Stunden nieder, okay?«

Er deutete auf eine hellblaue Tür am Ende des Flurs, fläzte sich wieder aufs Sofa. Hilda bedankte sich bei ihm und verschwand im Gästezimmer.

Eine Jalousie verdunkelte das Fenster, das Bett war mit einer Patchwork-Decke abgedeckt. Hilda griff unter ihre Tunika und zog den Gürtel mit dem Notfall-Kit aus den Bundschlaufen ihrer Jeans. Sie leerte den Inhalt auf die Decke. Die Kanüle fehlte, also nahm sie den Pulslaser, wählte volle Leistung und brannte die ID-Linse aus ihrer Hand. Im angrenzend Bad fand sie Wundalkohol und eine Mullbinde. Sie schüttelte die Klarsichtbox mit den drei verschieden farbigen Pillen aus ihrer Gürteltasche. Sollte sie die weiße Hydrocodon-Tablette schlucken? Aber die Schmerzen waren nicht so drückend. Hilda hatte sich gerade auf dem Bett ausgestreckt, als sie einen Elektromotor schnurren hörte, der vor dem Bungalow verstummte. Sie spähte durch die Jalousie. Durch das Gartentor kam ein dunkelhäutiger Mann in einem Leinenanzug herein, hielt seine Handfläche gegen die Eingangstür und das Haus akzeptierte. Lauschend öffnete sie die Gästezimmertür. Milano schien den Mann zu kennen, sie unterhielten sich, aber Hilda konnte nichts verstehen. Er kam den Flur entlang und verschwand gegenüber in der Küche.

Hilda folgte ihm. »Unser Fluchtkontakt?«

Milano nickte, holte Krug und Gläser aus einem Regal und öffnete nacheinander mehrere Laden.

»Kann ich dir helfen?«, fragte Hilda lächelnd.

»Gib Eis in den Krug.«

Sie öffnete die Gefrierlade im Kühlschrank und holte zwei Plastikbeutel heraus, pullte die Kugeln aus der Form. Milano kramte in einer Küchenlade, legte zwei Messer, einen Schöpfer, ein Nudelholz und eine Reibe auf die Arbeitsfläche, fand schließlich einen Flaschenöffner. Er entkorkte die Wasserflasche. Hilda schnitt Zitronenscheiben.

Milano schaute auf ihre verbundene Hand. »Ist dein Implantat noch aktiv? Das könnte Probleme geben.«

Sie hatte ihm nicht erzählt, dass sie wegen einer der Datenlinsen aufgeflogen waren. Plötzlich war Hilda klar, dass Marie und Lane wegen Ragna sterben hatten müssen. Die Identitäts-Kapseln waren ein Hinterhalt gewesen. Eine späte Rache. Und er wusste davon. Reflexartig griff Hilda nach dem Nudelholz und schlug es Milano mit aller Kraft seitlich gegen den Unterkiefer. Er stürzte nach hinten, knallte mit dem Kopf gegen das Fensterbrett und blieb liegen. Eilig stopfte sie ein Geschirrtuch in seinen Mund, zerrte ihm das Hoody vom Leib und fesselte ihn mit einer Wäscheleine, die sie im Bad von der Wand schnitt. Sie hörte den Besucher rufen.

Aus ihrer Jeanstasche zog sie die pinke Sonnenbrille und setzte sie auf. Hilda schlüpfte in Milanos Hoody, schlug die Kapuze hoch und marschierte ins Wohnzimmer. Der Mann schien überrascht, war aber nicht beunruhigt und blieb sitzen, die Hand auf seiner Notebook-Tasche. Hilda beschloss, alles auf eine Karte zu setzen. Sie hielt ihm die Hand hin und sagte: »Ragna Norderstedt, freut mich Sie kennenzulernen.«

Er nahm ihre Hand und schüttelte sie. »Die Freude ist ganz auf meiner Seite. Ich dachte, Sie sind auf Ross Island?« Seine Handfläche war feucht und Schweiß rann seine Schläfen herunter.

»Wir haben kurzfristig umdisponiert. Das hier ist doch zu wichtig.« Sie deutete mit dem Kopf auf seine Tasche.

»Sie sagen es, Sie sagen es.« Er nahm eine Serviette vom Tisch und wischte sich die Stirn. »Wenn Sie die Proben finden, bringt uns das ein gutes Stück auf der Karriereleiter nach oben. Buddha ist da sehr großzügig.«

Hilda sah sich um. »Wo bleibt er denn nur? Alles muss man selber machen. Ich hole die Drinks. Nicht fortlaufen.« Sie lächelte ihn an und verschwand wieder in der Küche.

Aus ihrer Klarsichtbox holte sie die blaue Kapsel mit dem Mittel, das eine tiefe Betäubung verursachte, ritzte die Hülle an und stäubte das Pulver in eines der Gläser. Legte eine Zitronenscheibe darüber. Mit dem Tablett kehrte sie ins Wohnzimmer zurück.

»Mein Partner hat sich am Klo eingesperrt. Er hat die Scampi vom Mittagessen nicht vertragen.« Sie stellte das Glas vor den Besucher hin und füllte es halb mit Eiswasser aus dem Krug, schenkte sich auch ein und trank aus ihrem Glas. Schnaufend stürzte der Mann das Wasser hinunter. Hilda goss ihm nach. Tippte die Ein-Taste an der Musikanlage. Ein Evergreen erklang. *Behind closed doors* von Auriol Hays.

»Also – kommen wir zum Geschäftlichen«, sagte der Besucher und kippte um.

Hilda holte seinen Computer aus der Tasche, zog die Folie heraus und legte seine Hand auf das Kontrollfeld. Das Gerät fuhr hoch. Sie zog seine Lider auf und hielt seinen Kopf vor die Folie, das Bedienfeld wurde freigegeben. »Modus Secret Meeting«, flüsterte sie. Das Gerät schaltete auf stumm und manuell, trennte sich von der Cloud und die Folie wurde undurchsichtig, projizierte eine Bedieneroberfläche. Mit einem Klebeband verpackte Hilda den Mann im Anzug und schleppte ihn in die Abstellkammer.

Ihr Notfall-Kit enthielt auch eine Gedenkmünze, deren Inneres einen Einplatinencomputer verbarg. Sie legte das Metallteil auf das Kontaktfeld und schrieb *Buddha + Proben* in das Suchfeld der Bedieneroberfläche. Wenn der Besucher extra sein Gerät mitgebracht hatte, dann mussten die Daten lokal codiert sein. Nach nur wenigen Minuten poppte das Suchergebnis auf. Hilda öffnete die Datei, die eine Mailkorrespondenz, Code-Reihen und eine Skizze enthielt, stierte blinzelnd auf den Schirm. »Verflucht noch einmal«, murmelte sie und zog die Datei auf die Münze.

Hinter dem Haus warf sie den Computer in eine Tonne, schüttete Grillanzünder und Briketts darüber und fackelte ihn ab. Ohne noch einmal nach den beiden

Männern zu sehen, machte sie sich auf den Weg zum Hafen.

Drei Wochen später balancierte Hilda die Gangway der *Vostok* hinunter und schlitterte durch den Schneematsch zu Inga Helskjør ins McMurdo General Hospital. Die Ärztin brütete in ihrem Büro über Listen und sprang auf, als sie Hilda sah.

»Mein liebes Kind, wir haben alle geglaubt Sie sind tot oder Schlimmeres.« Sie lachte, umarmte Hilda und drückte sie fest an ihren weichen Körper.

»Sind Laurenne, Kajsa und Dorette zurück?«, flüsterte Hilda.

Die Ärztin setzte sich hinter ihren Schreibtisch. »Ja, alle drei sind wohlbehalten in Montalva.«

»Sie hat uns verraten. Ragna.« Hilda ließ sich in einen Sessel fallen und massierte sich die Schläfen.

Doktor Helskjør wurde blass. »Warum glauben Sie das?«

»Ich glaube das nicht, ich weiß es. Hätte uns Commander Frey nicht eingebläut allen Kontrollen möglichst auszuweichen, wäre wahrscheinlich keine von uns zurückgekommen. Marie hat es nur erwischt, weil sie Lane helfen wollte.« Hilda holte tief Luft. »Ragna ist nur noch hier, weil sie etwas sucht. Irgendwo ist sie darüber gestolpert.«

»Worüber?«

»Über Buddhas Achillesferse.«

Die Ärztin schwieg ein paar Minuten, dann griff sie zum Telefon.

»Diese Sache ist heikel.« Administrator Yetman rieb seine Narbe und starrte beim Bürofenster auf die diesige Straße hinaus.

»Auch wenn sie Haldans Günstling ist, steht Ragna Norderstedt nicht über jedem Verdacht«, sagte Doktor Helskjør.

»Das habe ich auch nicht gemeint.« Er lief vor ihrem Schreibtisch auf und ab, musterte Hilda im Vorbeigehen.

»Jetzt reiß dich zusammen, Greg. Ich werde dir sagen, was du jetzt machst: Du bittest Vize-Admiral Byrne und Commander Frey her. Der nächste Flug ist morgen nachmittags geplant. Du setzt eine außerordentliche Sitzung von Triumvirat und Gremium an.«

Er runzelte die Stirn. »Zu welchem Anlass?«

»Ragnarök. Sag, ihr habt massive Fortschritte gemacht. Das interessiert die Militärs. Verpflichte Syawal zu Verschwiegenheit. Wenn er wissen will warum, schick ihn zu mir. Du lügst zu schlecht.« Sie grinste.

»Und was ist mit ihr?« Yetman deutete auf Hilda, als wäre sie ein Möbelstück.

»Hilda bleibt bei mir in der Klinik. Zur Durchuntersuchung. Dann haben die Herrschaften gleich ein Attest, dass es ihr gut geht, nicht wahr? Denn Haldan wird sie für infiltriert halten.«

Hilda hörte das Wort in diesem Zusammenhang zum ersten Mal. »Infiltriert?«

»Greg, lässt du uns allein? Bitte.«

Yetman seufzte und fuhr sich durch die schwarzen Locken. »Manchmal frage ich mich, *wer* MacTown eigentlich leitet.«

Ein feinsinniges Lächeln überzog das Gesicht der Ärztin. »Natürlich du, mein Schatz. Ich stehe dir nur beratend zur Seite.«

Er grinste, drückte ihr einen Kuss auf die Wange und eilte davon. Mit fragendem Ausdruck wandte sich Hilda an Doktor Helskjør. »Was für Untersuchungen?«

Die Ärztin zupfte ihren Kaschmirschal zurecht, zog einen Ring vom Finger und tupfte Creme auf ihr Hände. Während sie ihre Haut salbte, sagte sie: »Ich kenne sowohl General Haldan als auch Commander Norderstedt von früher. Einige Jahre war ich für das Pentagon tätig. In einer Forschungsabteilung, die sich mit Methoden zur Persönlichkeitsmodifikation beschäftigt haben. Sie können sich darunter etwas vorstellen?«

»In groben Zügen.«

»Gut. Unter anderem wollten wir herausfinden, ob Soldaten nach längerer Gefangenschaft einer Suggestion ausgesetzt waren. Identifikation von Schläfern. Dafür habe ich eine Untersuchungsmethode entwickelt.«

»Ein Lügendetektortest?«

»Nun, es geht darüber hinaus. Später habe ich dann Nanobots entwickelt, die gezielt Medikamente in Zellen einbringen sollen.«

»Zur Persönlichkeitsmodifikation?«

»Nein. Soweit waren wir noch lange nicht. Vorerst ging es um die Behandlung von PTBS und Paranoia. Aber auch um Leistungssteigerung und verbesserte Notfallbehandlung im Feld.«

Hilda schaute auf ihre Stiefel. »Ich denke, Buddhas Labors sind da inzwischen weiter.«

»Mag sein. Aber mit den Maschinen, mit denen die Menschen mit allen Sinnen in die Virtuelle Welt eintauchen können, hat es ein viel effektiveres Medium.«

Hilda lächelte. »Ich habe das nie ausprobiert. Mein Bruder hatte Online-Spiele mit VR-Umgebung. Bei mir löst das eine Migräne-Attacke aus.«

Doktor Helskjør stand auf. »Die Ursache dafür werden wir jetzt gemeinsam herausfinden. Kommen Sie?«

Ächzend hievte sich Hilda aus dem Stuhl, ihr schwindelte und die Ärztin stützte sie. »Zuerst kontrolliere ich aber ihren Arm. Warum haben Sie nicht gleich gesagt, dass Sie verletzt sind?«

»Ist nur ein Streifschuss. Der Doc auf der *Protector* hat die Wunde gesäubert und genäht. Bloß hatte er keine Antibiotika mehr.«

»Eben. So etwas kann sich auch später noch hässlich entzünden. Sicher ist sicher.«

Hilda folgte ihrer mütterlichen Freundin in die Ambulanz und in einige weitere Räume, die nicht ganz so öffentlich zugänglich waren.

Am nächsten Morgen wachte Hilda erholt auf. Die Sonne warf gestreifte Muster auf den Boden. Nach drei Wochen in einer Kammer auf unruhiger See war die erste Nacht an Land eine Wohltat gewesen. Die Nachtschwester schaute vor Ende ihrer Schicht herein und kurz nach sieben tänzelte Doktor Helskjør in Hildas Zimmer. Sie begleitete Hilda in die Kantine. Zu ihrer beider Enttäuschung gab es nur Salbeetee und Müsli mit Reismilch oder Toast mit Analogkäse. »Igitt«, sagte Doktor Helskjør, »ich muss ein ernstes Wort mit dem Koch sprechen. Er soll ein paar von den neuen Vorräten öffnen. Die *Vostok* hat genug gebracht. Ab ins *Coffeehouse.*«

Sie liefen Richtung Stadtmitte. Ein oranges Raupenfahrzeug stoppte vor dem Administrationsgebäude und Passagiere stiegen aus. Darunter Ryan. Er ließ seinen Seesack fallen, lief auf Hilda zu und fasste sie an den Schultern. Dieses Mal konnte sie seine Mimik deutlich lesen. Seine Besorgnis. Trotzdem schüttelte Hilda seine Hände ab.

»Wie geht es dir?«, flüsterte er.

»Bis jetzt gut«, sagte sie und trat einen Schritt zurück.

Eine steile Falte bildete sich auf seiner Stirn und seine Augen wurden hart. »Ich bin im Hotel California. Wir sehen uns vor dem Gremium.« Er stapfte davon und sie sah seiner großen Gestalt hinterher, wartete, ob er sich noch einmal umdrehen würde.

Doktor Helskjør mäkelte: »Warum geben Sie ihm nicht eine Chance? Er meint es gut mit Ihnen.«

Hildas Wangen brannten, sie wusste keine Antwort darauf. Doktor Helskjør hakte sich bei ihr unter. »Na kommen Sie. Gehen wir in die Administration. Schnorren wir Greg einen *Kaffee und Kuchen*-Gutschein ab, bevor der Zirkus losgeht.«

Drei Stunden später waren alle im Meetingraum versammelt. Hilda saß im Vorraum, flankiert von einem Uniformierten. Ihr Magen gluckerte und der Kaffee stieß sie genauso sauer auf wie der Anblick von Ragna, die mit Haldan gekommen war. Sie starrte Hilda aus zusammengekniffenen Augen an und ließ die Tür einen Spalt weit offen. Nachdem Administrator Yetman die Sitzung eröffnet und einen Überblick zu den Arbeiten von Syawals Team gegeben hatte, sagte er: »Kurzfristig haben wir noch eine Information erhalten, die für unsere zukünftigen Pläne relevant sein kann.«

Der Uniformierte neben ihr tippte Hilda an und führte sie zu einem einzelnen Stuhl, blieb hinter ihr stehen. Sofort fühlte Hilda sich vorverurteilt.

Administrator Yetman streckte ihr die offene Hand hin. »Bitte, Frau Clay, erzählen Sie uns von Ihrem Erlebnis in Port Elisabeth.«

Hilda gab ihre Flucht und die Begegnung im *Safe House* wieder, beobachtete dabei Ragnas Reaktion. Deren Gesichtsausdruck blieb unbewegt.

General Haldan trommelte auf die Tischplatte. »Frau Clay, warum glauben Sie dann, dass Commander Norderstedt noch hier ist? Sie hätte sich doch längst in den Norden absetzen können?«

»Sie möchte Buddha ein Geschenk machen. Die neue Gesellschaft ist eine Meritokratie. Leistung wird mit gesellschaftlichem Aufstieg belohnt. Geht sie mit leeren Händen zurück, beginnt sie ganz unten in der Hierarchie.« Für einen Augenblick sah Hilda in Ragnas Augen Furcht, aber sofort hatte sich die Agentin wieder im Griff. »Und – ich hätte auch fortbleiben können. Niemand hätte mich gesucht. Welchen Grund hätte ich, mich ihnen hier zu stellen?«

»Infiltration«, warf Ragna ein.

»Negativ«, erwiderte Doktor Helskjør. »Das wurde bereits geprüft. Hier – mein Untersuchungsbericht von Frau Clay. Die Diagnosestrecke für Commander Norderstedt steht aber noch aus.«

Ragna ballte die Fäuste und warf Haldan einen hilfesuchenden Blick zu. Wieder war der Ausbruch in einer Sekunde vorbei. Dieses Mal hatte auch Ryan aufgepasst.

Der General widersprach: »Ich denke nicht, dass sich eine Angehörige meines Dienstes sich dem unterziehen muss.«

Ryan betonte: »Für beide Agentinnen gilt gleiches Recht, hier darf nicht zweierlei Maß angelegt werden.«

»Hat jemand um Ihre Meinung gebeten?«, blaffte Haldan ihn an. »Sie sind nur als stiller Zuhörer geladen.«

Ragna beugte sich vor und fragte: »Darf ich auch eine Information weitergeben, Sir?«

»Ich bitte darum, Commander.«

Ragna nickt einem Mann zu, der mit einem Laptop am Rand des Raumes saß. Er tippte ein paar Tasten und der Projektor über Hilda startete, warf eine Bildschirmansicht gegen die Wand. Zuerst erschien das Antarktika-Logo, danach ein grüner Bildschirm und schließlich das

Gesicht von Machete, der in einem Büro in Montalva saß.

»Bericht, Truijo«, befahl Haldan.

»General, Vize-Admiral, Commander. Wir haben bei den Befragungen im Internierungslager einen Flüchtling aus Cartagena aufgegriffen, der uns vom neuen Showformat *Salvation* berichtet hat.«

Hilda schaute zu Ryan hin, der aber genauso überrascht auf die Übertragung blickte, wie die anderen am Tisch. Das Bild flimmerte. Machete fuhr fort: »Ein Medienspektakel, mit dem Säuberungsaktionen als ein interaktives Kampfspiel aller Megastädte aufgezogen werden. Ein Trailer wurde bereits ausgestrahlt, die erste Show namens *Mullah* beginnt morgen. Für Mitte Mai ist dann *Warlord* angesetzt und im September *Pirat*. Jeder darf sich als Retter beteiligen. Menschen können mittels VR in Cybocops oder Drohnen schlüpfen und hautnah Buddhas Kreuzzüge miterleben. Und natürlich auch Wetten. Die Show *Pirat* schließt auch eine Offensive gegen Antarktika mit ein.«

Das Bild fror ein und Ragna sagte in die Stille: »Würden meine Männer solche wichtigen Informationen bringen, wenn ich ein schlechter Teamleiter wäre? Wie können sie alle bloß dieser Frau mehr glauben als einem erfahrenen Agenten?«

Yetman wandte sich Hilda zu: »Haben Sie noch mehr Beweise als ihre Aussage und das defekte ID-Teil?«

Hildas Finger zuckten nach der Gedenkmünze in ihrer Hosentasche, aber sie zog die Hand zurück und schüttelte den Kopf.

»Das Gremium wird sich mit dem Triumvirat beraten und damit sie uns inzwischen nicht verloren gehen ...«
Haldan deutete dem Uniformierten, der sie an den Ar-

men packte. Bevor Hilda aufbegehren konnte, verpasste ihr ein anderer Mann eine elektronische Fußfessel.

Die Luft im fensterlosen Archiv war überheizt und Hilda trat gegen einen Karton. Am liebsten hätte sie das ganze Metallregal umgekippt, begnügte sich aber mit einem Hieb auf einen Einlageboden, der scheppernd protestierte. Ein Klopfen ertönte an der Tür. »Ruhe da drin«, schimpfte der Wachhabende. Hilda lehnte sich gegen die Rigips-Wand. Vize-Admiral Byrne und Administrator Yetman glaubten ihr, auch Doktor Helskjør war auf ihrer Seite, aber das waren nur drei von neun.

Knarzend öffnete sich die Tür, Ryan schaute herein und hielt ihr eine Parka hin. »Sie haben entschieden, dass sich Ragna der Untersuchung unterziehen muss. Danach kommen alle wieder zusammen. Der Sicherheitsmann bringt dich in die Klinik zurück. Bitte warte dort.«

Hilda verschluckte eine hämische Bemerkung, schlüpfte in die Jacke. Stapfte danach stumm neben einem beleibten Uniformierten durch den böigen Wind. Die Sonne war hinter grauen Wolken verschwunden. Genauso wie mein guter Stern, dachte sie.

Im Krankenzimmer angekommen warf sich Hilda aufs Bett. Sie überlegte. Keinesfalls würde Ragna das Risiko eingehen, sich der Untersuchung zu stellen. Sie würde den Termin mit einer Ausrede hinausschieben und sich mit der *Vostok* absetzen Der Eisbrecher sollte in sechs Stunden auslaufen. Bis dahin würde Ragna sich verstecken. Aber nicht auf dem Schiff. Ein leerer Isolier-Container. Wahrscheinlich hatte sich Ragna schon einen vorbereitet. Hilda musste in die grüne Lagerhalle.

Man hatte ihr die Hüfttasche mit dem Notfall-Kit gelassen und sie holte den Pulslaser heraus. Mit der flachen Hand hämmerte sie gegen die versperrte Tür. Der Schlüssel schnarrte und der runde Kopf ihres Aufpassers erschien im Türspalt.

»Die Heizung geht nicht. Ich werde steifgefroren sein, wenn sie mich wieder vorführen sollen«, sagte Hilda.

»Kommt mir nicht so vor«, antwortete der Mann.

»Fassen Sie mal den Radiator an«, erwiderte sie.

Seufzend schob er die Tür ein Stück weiter auf und Hilda zielte mit dem Laser in seine Augen. Er riss den Arm hoch, sie fasste seinen Ärmel und warf ihn mit Schwung auf den Boden. Kniete sich auf seinen Rücken und zog die Pistole aus seinem Holster. Drückte ihm den Lauf in den Nacken.

»Bitte tun Sie mir nichts«, flehte er.

»Sehen Sie noch etwas?«

Er nickte. »Verschwommen. Es tut weh.«

»Okay. Robben Sie zum Heizkörper und ketten Sie sich mit beiden Händen an das Zulaufrohr.«

Der Sicherheitsmann folgte ihrer Anweisung. Sie knotete ihm ein Handtuch über den Mund. »Bekommen Sie genug Luft?«

Er nickte.

»Hören Sie. Es tut mir leid, dass ich Sie blenden musste. Das wird wieder, versprochen. Commander Norderstedt wird sich heute Abend absetzen und ich muss sie aufhalten. Egal, ob mir jemand glaubt oder nicht.« Hilda tätschelte ihm den Kopf. »Sie werden nicht lange hier sitzen müssen.«

Mit dem Uhrmacherwerkzeug aus ihrem Notfall-Kit öffnete sie die Fußfessel und ließ sie fallen. Hilda sperrte das Zimmer zu und zog sich den gefütterten Mantel des Sicherheitsmannes über, schlug die Kapuze hoch. Sie schlenderte den Gang entlang. Erst hinter dem McMurdo General Hospital lief sie los. Zehn Minuten später schrillte die Warnsirene durch die Straßen, aber Hilda hatte bereits die grüne Halle am Hafen erreicht. Sie schlüpfte bei der Seitentür hinein, prüfte die hintersten Container und fand, wonach sie suchte. Eine der Ladeeinheiten war unversperrt und nur halb bepackt. Im vorderen Teil stand eine Kunststoffbox, voll mit Kleidung, Dauerkonserven, Wasserflaschen und einem Polarschlafsack. Hilda lugte zwischen den Containern ans vordere Hallenende: Stapler surrten bei der Laderampe durch den Plastikvorhang, reihten einen blauen Stahlquader von der *Vostok* an den nächsten, holten die leeren von der anderen Seite.

Das anhaltende Sirenengeräusch stoppte das Verladen. Die Arbeiter diskutierten, lauschten einer Funkmeldung, verschlossen schließlich das Einfahrtstor und verschwanden. Das Deckenlicht ging aus. Nur schwach fiel ein wenig Tageslicht durch die Dachluken. Hilda zog die Tür des Fluchtcontainers ein Stück zu, schob sich in den Spalt zur Wand und wartete.

Metallisches Knacken ließ sie aufhorchen, sie lauschte konzentriert. Ein Scharren. Stille. Schritte näherten sich. Wieder Stille. Der Strahl einer Taschenlampe strich über die Containerwand gegenüber. Hilda richtete die Pistole aus. Der Lichtstrahl glitt über die Innenwand, aber es war nicht Ragna, sondern Ryan. Hilda presste sich in den Spalt hinter der Tür. Seine Hand lag bereits am Rahmen, als ein Geräusch ihn herumfahren ließ. Seine Schritte entfernten sich.

»Hinknien«, hörte Hilda eine Stimme. »Taschenlampe her rollen.« Ragna hatte ihn gestellt. »Bleib unten. Da vorn sind Kabelbinder. Fessle dich an das Containertor dort drüben.«

Ryans Stimme. »Du machst es gerade ...«

Ragna fauchte: »Los schon. Ich meine es bitterernst.«

Ein schleifendes Geräusch. Stille. Nach einer Weile sagte Ryan: »Und was jetzt? Die Suchmannschaft kämmt Gebäude für Gebäude durch.«

»Ich habe sie am anderen Ende anfangen lassen. Wir haben ein wenig Zeit füreinander.« Ein Feuerzeug klackte und eine Minute später leuchtete die Glut einer Zigarette. »Die Bambina muss bald hier sein. Sie ist gewieft, das muss ich ihr lassen. Aber ihr werdet euch leider gegenseitig erschießen.«

»Wir können sicher eine Lösung für diese Situation finden. Du musst nicht…«

Ragnas Stimme klang schneidend. »Was sollen wir uns hier vormachen, Ryan? Du magst ein Pokerface besitzen, aber jetzt gerade sehe ich dir deine Abneigung genau an.«

»Eines geht mir nicht ein. Zuerst hast du so viel für Antarktika auf dich genommen. Warum plötzlich der Sinneswandel?«

Eine Weile war nur das Geräusch laufender Schritte am Dock zu hören. Schließlich seufzte Ragna. »Weil Buddhas Welt meine sein muss. *Muss*, verstehst du? Ich war auf einem fremden Planeten. Bin durch die Wolken geflogen. Nicht wie in einem Flugzeug oder wie mit einem Gleitschirm. Nein. *Ich* bin geflogen. Habe den Wind auf meiner nackten Haut gefühlt, habe Regentropfen getrunken und mit den Fingerspitzen über Berggipfel gestreichelt. Das ist Ekstase. Verstehst du? Nein — wie könntest du auch? Dazu muss man den Lebensweg gehen.« Sie höhnte: »Jetzt kann ich auch auf *den* verzichten.«

Hilda hörte Ryan stöhnen und wollte schon hervorkommen, aber Ragna sprach weiter: »Was hat mich dieses Kafferweib aufgeregt. Da finde ich geeignete Figuren für meinen Auftrag, die Explosion läuft wie geplant. Und dann entkommt diese Pussy meinen Leuten, weil sie so treuherzig dreinschaut. Missachtet jede meiner Anweisungen, weil sie es ja besser weiß. Selbst meinen rothaarigen Bagger musste ich für sie opfern. Er hat mir doch glatt vorgeworfen, dass ich ein kaltherziges Ekel bin. So ein Idiot. Ich musste ihn leider auf See vergessen. Aber jetzt kann ich ein neues, sauberes Leben beginnen. Buddha wird meine einzige Liebe sein.«

Bei der Erwähnung von Leo hätte Hilda fast aufgeschrien, sie hatte den Sanitäter gut leiden können. Sie fasste den Griff der Waffe fester und machte schon einen Schritt nach vorn, da sagte Ragna: »Schau nicht so bestürzt, Seemann. Hast wenigstens ein schnelles Ende. Die anderen werden brennen. Wenn ich abhaue, bleibt ein hübsches Funkfeuer mit Timer zurück. Meister Buddha bekommt euch als Morgengabe von mir, damit er in seiner Show sein feuriges Skalpell genau ansetzen kann.«

»Du miese Nutte«, fluchte Ryan. »Du bist verfaulter als jede Vettel auf den Falklands. Ich hätte mich eher kastriert, als mit dir ins Bett zu steigen.«

Hilda hatte genug gehört und zwängte sich aus dem Container hervor. Ragna saß breitbeinig gegenüber der Seitentür auf einem Stuhl und hörte Hilda hinter sich näherkommen. »Da ist sie ja endlich. Gerade richtig für das Finale. Die *Vostok* wartet nicht.« Ragna sprang von dem Klappstuhl auf und schob den Riegel vor den Ausgang.

»Bleib wo du bist. Hände weg vom Holster.« Hilda hob die Pistole und entsicherte. Ragna stemmte die Hände auf die Hüften. »Dazu bist du nicht in der Lage. Du bist ein Opfer, warst es schon immer, kannst gerade einmal still leiden und hassen. Aber jemanden von Angesicht zu Angesicht erschießen? Du doch nicht, Bambina.« Ragna schien sich so sicher zu sein, dass sie nicht einmal den Versuch machte, nach ihrer Pistole zu greifen.

Hilda erwiderte: »Um zu hassen, muss man etwas für jemanden empfinden. Du bist mir nicht einmal meinen Hass wert.«

»Ach Bambina, du bist drollig. Ich nehme dich mit, okay? In Kapstadt kann ich Unterhaltung brauchen. Gib mir das Ding.« Sie hielt ihr die offene Hand hin.

»Sei doch endlich still.« Hilda drückte ab. Ragnas Kopf wurde nach hinten geschleudert.

Hilda richtete die Mündung auf Ryan, der sie entgeistert anstarrte. Für einen Sekundenbruchteil war sie versucht noch einmal abzudrücken. Sie warf die SIG neben seine gefesselten Beine. Er seufzte und schaute sie mitleidig an. »Hilda – das war keine Notwehr. Das wird Konsequenzen haben.«

Das Tor knackte, jemand hantierte außen daran. Sie kniete sich nieder. »Ragna war eine Verräterin. Sie hätte uns unwiederbringlich geschadet und unseren Widerstand scheitern lassen.« Hilda verschränkte die Hände im Nacken. »Wie hast du einmal gesagt: Wir führen einen Überlebenskampf, da zählt der Einzelne weniger als die Gemeinschaft. Mein Wohl für das Wohl von Antarktika.«

Eine Sprengung zerfetzte die Verriegelung. Ihre Augen fixierten Ryan, bis die Soldaten sie zu Boden rissen.

Himinbjörg, 26. Oktober 2084

»Hilda unterlag der militärischen Gerichtsbarkeit. Schwere Körperverletzung eines Wachmanns und Ermordung einer Agentin – in diesem Fall stand eine Erschießung im Raum.«

Paul riss die Augen auf. »Todesstrafe? Um Himmels Willen – warum das denn?«

»US Air Force. Militärgerichtsbarkeit. General Haldan war der Offizier mit dem höchsten Rang. McMurdo hatte auch kein Gefängnis. Strafvollzug war noch nicht organisiert. Für kleinere Delikte wurde zwar manchmal einer für ein paar Tage in eine Kammer gesperrt, aber mit längeren Haftstrafen hatte keiner gerechnet.«

»Und eine Verbannung nach Norden?«

»Mit dem Wissen über unsere Pläne? Unmöglich. Der Fluch der Geheimnisträger. Da gab es nur einen Notausgang.« Ryan Frey öffnet die oberen zwei Knöpfe seines Troyers und reibt seinen Nacken. »Aber natürlich hatte auch der Administrator noch mitzureden. Hilda war schließlich seine Mitarbeiterin. Daher entschied am Ende das Gremium in einem Ausschuss über Hildas weiters Schicksal.«

Ella lässt eine Stricknadel fallen, das spitze Geräusch erschreckt Paul. Sie starrt beim Panoramafenster hinaus und spricht zu sich selber: »Am Brunnen sitzen die drei vielwissenden Frauen. Den Geschlechtern der Menschen das Schicksal verkündend.«

Paul bekommt eine Ahnung, welche Geschichten seine Redakteurin gemeint hat, als sie von ihrer Schulzeit gesprochen hat.

Für einen Moment wirkt Ella Frey als würde ihr Geist mit den Eisschollen davondriften. Der Admiral ist aufgestanden und hebt die Stricknadel vom Boden, drückt sie ihr sachte in die Finger. Zuerst schaut sie verständnislos auf das Metallteil, dann lächelt sie ihn an, rückt ihre Brille zurecht und nimmt den Faden wieder auf.

Februar 2042

Die Kette schepperte gegen die Eisenstrebe. Der Kopf der Soldatin fuhr herum. Hilda spielte weiter mit den Handschellen. Klopfte gegen die Containerwand.

»Lassen Sie das«, ermahnte sie ihre Wärterin. Hilda ignorierte die Frau und schaukelte mit dem Stuhl. Der Wind pfiff um den Eisenkubus und Kondenswasser perlte über die Innenwand.

Hildas Nase juckte. »Worauf warten wir hier eigentlich?«

»Auf Ihren Rechtsvertreter.«

»Toll, selbst am Ende der Welt sind die Anwälte nicht ausgestorben.« Hilda schniefte und die Soldatin gab ihr ein Papiertaschentuch. Der Riegel wurde aufgeschoben und Ryan trat ein. Er bat die Soldatin draußen zu warten. Hilda runzelte die Stirn. »Nicht dein Ernst. *Du* übernimmst das?«

Er hängte seinen Parka über die Sessellehne und legte eine Mappe auf den Tisch. »JAG Corps gibt es in Antarktika nicht. Du bist unter meinem Kommando gestanden, also bin ich für dein Handeln verantwortlich.« Ryan sah müde aus, seine sonst so akkurate Frisur wirkte unfrisiert. Er holte einen Kugelschreiber aus der Innenseite seiner Jacke. »Die Chancen stehen nicht so schlecht. Wir haben kein Gefängnis und Arbeitskraft ist wertvoll. Antarktika kann es sich nicht leisten, zu viele Menschen zu verlieren. Zumindest kann ich erreichen, dass du nach Montalva kommst und deine Strafe auf der Werft verbringst.«

»Und nachts in deinem Container angebunden bin?«
Sie klimperte mit den Handschellen.

Er zuckte mit den Schultern und sie trotzte: »Da gehe ich lieber ins Internierungslager und werde die Hure eines Marodeurs.«

Er schien zu überlegen aufzustehen und zu gehen. »Hilda – es reicht. Lass es gut sein. Der Ausschuss ist ein Fakt. Ich werde dort für dich einstehen und wenn du reinredest, nehme ich ein Klebeband mit. Verstanden?«

Sie öffnete den Mund, aber sein Blick ließ sie schweigen.

»Gut. Dann wenden wir uns deiner Verteidigungsstrategie zu.« Er öffnete die Mappe. »Erzähl mir bitte alles ganz genau ab dem Moment als ihr das 2M-Gebäude verlassen habt.«

Hilda kaute an ihren Nägeln. »Kannst du vorher Syawal bitten zu kommen?«

Ryan zog die Brauen zusammen. »Du vertraust ihm?«

»Ja. Seine Augen brennen, wenn er den Namen Buddha hört. Wenn jemanden bewusst ist, welche Gefahr in der Herrschaft des Unmenschlichen steckt, dann ihm. Er würde sich nie von seiner eigenen Schöpfung korrumpieren lassen.«

»Jetzt gleich?«

»Ja. Es ist wichtig. Auch für deine Strategie. Und er soll sein Notebook mitnehmen.«

Ryan klopfte an die Tür und bat die Soldatin das IT-Center anzufunken. Fünf Minuten später hatte er Syawal in der Leitung, der versprach, sofort vorbeizukommen.

Während sie warteten, deutete Hilda auf den Karton, der die Habseligkeiten enthielt, mit denen sie aus Port Elisabeth zurückgekommen war. »Such bitte die Gedenkmünze heraus und gib sie Syawal, wenn er kommt.«

Der indische Programmierer betrat kurz darauf den Container, blickte missbilligend auf die Handschellen, mit denen Hilda angekettet war. Stumm setzte er sich neben sie und öffnete den Deckel seines Notebooks.

»Ich habe vor dem Gremium nicht alles gesagt«, begann Hilda. Ryan kniff die Augen zusammen und sie ärgerte sich. »Ich wollte nicht vor Ragna sagen, dass ich die Information mitgebracht habe, die für sie bestimmt war. Sie hätte sich das Ding beschafft. Da ist eine Datei drauf.«

Ryan schüttelte den Kopf und reichte die Münze weiter.

»Ist sie sauber?«, fragte Syawal.

»Das weiß ich nicht«, sagte Hilda. Aber ich habe im lokalen Modus kopiert. Kein Netzkontakt.«

»Okay. Ich werde sie trotzdem vorsichtig behandeln. Das dauert ein paar Minuten.«

Sie schwiegen. Ryan klopfte mit dem Stift auf den Tisch und Hilda starrte ihre Fingernägel an, die dringend einer Feile bedurft hätten. Plötzlich keuchte Syawal neben ihr und stieß hervor: »*Dude!* Ach du verdammte Scheiße.« Er drehte sich zu Hilda hin, packte ihren Kopf und drückte ihr einen Schmatz auf die Stirn. »Wissen Sie, was Sie da mitgebracht haben?«

Hilda nickte. »Ich habe es in Grundzügen verstanden.«

Ryan starrte sie beide an. »Weihen Sie mich vielleicht auch ein?«

»Diese Korrespondenz gibt wieder, dass die Grundkonfiguration von Buddha als DNA-Sequenz in eine Stammzelle eingeführt und zur Reserve tiefgekühlt in eine antarktische Forschungsstation geschafft worden ist. Gemeinsam mit den Konstruktionsplänen, wie Buddhas organischer Kern einzurichten und zu versorgen ist.« Syawal bekam kaum Luft vor Aufregung.

»Ich dachte Buddha ist die Cloud und verteilt sich auf alle elektronischen Strukturen?«

»Schon, aber das ist nur sein digitaler Körper und seine Sinne, es hat auch eine physische Präsenz. Sein Gehirn sozusagen. Das liegt in einem zentralen DNA-Rechner. In Singapur.«

Ryan klopfte mit dem Stift auf die Tischkante. »Welche Forschungsstation? Vielleicht haben wir die abgebaut.«

»Fuji«, antwortete Syawal.

»Scheiße.«

»Wieso?«

»Mann, Syawal, wissen Sie nicht, *wo* Fuji liegt? Im Herzen der Ostantarktis. Am Valkyriedomen. Auf 3810 Meter. Das könnte genauso gut der Palmer-Graben sein.«

Syawal entgegnete: »Aber die Station war doch jahrzehntelang im Betrieb. Wie ist denn die Besatzung hingekommen?«

»Im Sommer mit dem Flugzeug von der Syowa-Station. Nur ist die genauso abgeräumt wie alle anderen küstennahen Ansiedlungen.«

Syawal zuckte mit den Achseln. »Den *Air-Dales* wird schon etwas einfallen.«

Zweifelnd nickte Ryan. »Nun, das ist nicht mein Problem. Sie werden Administrator Yetman erzählen, wer Ihnen bei Ihrer Arbeit geholfen hat?«

»Und ob ich das werde. Bei allen Teufeln des Silicon Valley.« Er legte Hilda die Hand auf den Unterarm. »Für mich hast du in Notwehr gehandelt.« Syawal packte seine Sachen und eilte davon.

Ryan fixierte Hilda, heute wirkten seine Augen dunkler als sonst. »Noch etwas, das du mir nicht gesagt hast?«

»Tausende Dinge, aber die haben nichts mit meinem Ausflug nach Johannisburg zu tun.«

»Der Ausschuss wird dich übermorgen anhören. Du musst leider hierbleiben. Sie haben abgelehnt, dass ich dich im Hotel unterbringe.«

»Langsam gewöhne ich mich an den Container-Chic. Kannst du mir den Block und den Stift dalassen?«

Bedauernd schüttelte er den Kopf.

»Ach ja«, ätzte Hilda. »Ich bin ja eine äußerst gefährliche Person und könnte eine Waffe daraus basteln.«

Er griff in seine Tasche und zog einen Jack-Aubry-Roman heraus. *The Mauritius Command*.

»Besser als gar nichts«, seufzte sie.

Ryan lächelte, aber sie erwiderte sein Lächeln nicht.

Die Verhandlung lief schlecht. Hilda musste Ryan zugestehen, dass er einiges zu ihren Gunsten vorbrachte. General Haldan torpedierte ihn, wo immer er eine Schwachstelle entdeckte. Eine Weile schien das Gremium geneigt, ihre Tat als gerechtfertigt zu betrachten. Aber dann zog der Air Force-Mann grinsend ein Blatt Papier hervor und legte es den vier Männern und zwei Frauen vor.

»Bevor Sie eine Entscheidung treffen, Ladys und Gentlemen, sehen sie sich bitte dieses Memo von Commander Norderstedt an. Wie sie daraus ersehen, gibt es einen guten Grund warum Frau Clay ihren Namen geändert hat. In Wahrheit ist sie Isadora Fuerte, die Ehefrau und Komplizin von Jorge Fuerte, dem Attentäter, der die *Almirante Lynch* gesprengt und den Tod von 47 Menschen verursacht hat. Nach dem Anschlag ist sie

untergetaucht und hat sich von Commander Norderstedt rekrutieren lassen. Alles andere, das sie uns
erzählt, mag vielleicht stimmen, aber es ist nicht das
wahre Motiv für den heimtückischen Mord. Sie wollte
nur ihre terroristische Vergangenheit verbergen.«

Ryan starrte den General an. Hilda bemerkte, wie er
die Fäuste ballte und auffahren wollte. Sie flüsterte:
»Lass es. Jeder Widerspruch verstärkt sein Argument.«

Administrator Yetman fragte: »Stimmt das, Frau
Clay?«

»Ja, ich bin Jorge Fuertes Witwe. Nein, ich war nicht
seine Komplizin. Ich weiß bis heute nicht, warum er das
getan hat. Ja, Ragna Norderstedt hat mir eine neue Identität gegeben, wenn ich für sie nach Sydney gehe. Sie hat
mich damit erpresst. Ob ich sie deshalb erschossen
habe? Ich weiß es nicht.«

Murmelnd beriet das Gremium. Ryan raunte ihr zu:
»Besser du wärst weniger ehrlich gewesen.«

Hilda fühlte Haldans Blick auf sich. Er hatte sich zu-
rückgelehnt und die Hände am Bauch gefaltet. Plötzlich
wusste sie, dass er nicht vorhatte jemanden zur Fuji-
Station zu schicken. Dieses Projekt war ein Dorn in
seinen Stiefeln, denn wenn es klappte, waren es nicht
seine Lorbeeren.

»Das biologische Material existiert, Herr General, es
wird Buddha in die Knie zu zwingen«, rief Hilda unge-
fragt. »Bitte, Sie müssen unbedingt diese Chance wahrnehmen.«

»Daran zweifle ich. Viel mehr glaube ich, dass sie unsere Kräfte zerstreuen wollen, Frau Clay. Um unsere
Verteidigung zu schwächen«, antwortete er.

Hilda verzweifelte und rief: »Wir werden verlieren!
Unsere einzige Chance ist Projekt Ragnarök.«

»Das nicht weiterkommt …«

Sie gab nicht auf. »Herr General, bitte, lassen Sie mich einen Vorschlag machen, der uns alle das Gesicht wahren lässt.«

»Kein Interesse, das wäre …«

Administrator Yetman unterbrach ihn. »Aber *ich* habe Interesse daran.«

General Haldan schlug auf den Tisch. »Wir haben keine Ressourcen für so ein Abenteuer. Ich kann nur einen einzigen zusätzlichen Flug genehmigen. Und wir haben nur ein Flugzeug, das im Winter ins Innere der Antarktis fliegen kann. Die Dornier hat viertausend Kilometer Tankreichweite. Das genügt nicht, um zum Valkyriedomen zu gelangen und zurück. Selbst wenn wir die halbe Distanz fliegen und dann ein Fahrzeug absetzen – keines hat die Tankreichweite für die noch zu bewältigende Strecke. Die Dornier wiederum hat keine Frachtkapazität für zusätzliche Anhänger mit Kraftstoffvorräten. Und die Solarfahrzeuge bekommen in einem Monat nicht mehr genug Licht.«

Schweigend rechnete Yetman nach, schien andere Möglichkeiten abzuwägen. »Von Syowa sind es nur tausend Kilometer.«

Haldan schüttelte den Kopf. »Plus das Packeis. Vor deren Küste gibt es deutlich mehr Meereis als noch vor zwanzig Jahren. Wir können mit einem der Eisbrecher maximal fünfzig Kilometer an Land heran und dann mit dem Helikopter noch dreihundert Kilometer landeinwärts. Falls es die Stürme überhaupt zulassen, jetzt ist die Hauptsaison. Fehlen noch immer siebenhundert Kilometer. Und einen Großraumhelikopter für Fahrzeugtransport haben wir nicht.«

Hilda biss die Zähne zusammen und sprang auf. »Sie geben mir die notwendige Ausrüstung und lassen mich gehen. Ich hole die Proben zu Fuß aus der Fuji-Station.

Wenn ich fortbleibe, haben Sie nichts verloren und sind eine Verräterin los. Wenn ich Ihnen das Material bringe, hat Ragnarök eine Chance und ich bin rehabilitiert.«

Ryan wollte Einspruch erheben, genauso der General, aber Administrator Yetman schnitt ihnen das Wort ab. »Einverstanden, Frau Clay. Wir stimmen ab. Wer ist dafür?« Fünf Hände hoben sich. »Somit angenommen. Übermorgen brechen Sie auf.« Er klappte den Ordner zu. »Und Sie, Commander Frey, werden sich als ihr Führungsoffizier um die Organisation kümmern.«

General Haldan beugte sich vor, legte die Fingerspitzen aneinander. »Und Sie werden Frau Clay begleiten, Commander, damit Sie die Fuji-Station auch findet und nicht versehentlich Richtung Küste läuft.«

Der Administrator runzelte die Stirn, nickte aber dann. Vize-Admiral Byrne wollte Einspruch erheben, aber Yetman kam ihm zuvor: »Das ist eine gute Idee. Commander Ryan ist ein hervorragender Mann, ein erstklassiger Navigator. Wir müssen jede kleinste Chance nützen. Ich glaube an diesen Plan.«

Ryan ließ sich zurücksinken und flüsterte: »Hilda, was hast du gemacht? Im Winter zum Valkyriedomen – das ist ein Todesurteil.«

Sie lächelte ihn an. Das erste Mal seit einem halben Jahr. Ein frostiges Lächeln.

Ende Februar 2042

Mit einem Plopp faltete sich das Zelt in Sekunden auseinander und zischend fuhren Heringe in den Boden. Greg Yetman klopfte auf die orange Kunststoffhaut. »Funktioniert auch bei Sturm. Bis 150 km/h haben wir es ausprobiert. Darüber sollten sie sowieso nicht im Freien herumstehen.«

Doktor Helskjør schimpfte. »Ich verstehe einfach nicht, wie du so einen Irrsinn hast zustimmen können, Greg. Dort bekommt es minus neunzig Grad Celsius, von den Stürmen will ich gar nicht reden. Der Hinweg mag ja noch zu bewältigen sein. Aber den ganzen Weg zurück zu Fuß?«

»Sie haben eine Chance. Ich habe das Equipment dafür«, verteidigte Yetman sich. »Alles Entwicklungen für die NASA. High-Tech. Prototypen.«

»Aber es stecken Menschen drin. Menschen, verstehst du? Es geht nicht nur um Kälteschutz und Nahrung.« Sie lief zwischen den Regalen herum und sammelte ziellos Sachen zusammen.

»Lass das, Inga. Bitte setz dich und stell ein physiologisches Profil auf. Wer könnte das besser als du?«

Die Ärztin verzog den Mund, folgte aber seiner Bitte. Yetman wandte sich Hilda und Ryan zu. »Also – der Pilot wird euch mit der Dornier fliegen, soweit es der Sprit zulässt. Vom Absetzpunkt habt ihr noch zirka sechshundert Kilometer bis zur Fuji-Station.«

Er rollte eine Box heran und holte zwei mattbronzene Ganzkörperanzüge heraus. »Raumanzüge der letzten

Generation. Ultraleicht und mit Muskelkraftverstärker. Da ihr keine Sauerstofftanks tragen müsst, haben wir ein wenig daran herumgebastelt, um einen besser sitzenden Kopfschutz hinzubekommen. Interne Kommunikation gibt es auch.«

Ryan bezweifelte, dass Hilda ihm viel zu sagen haben würde, aber er nickte zustimmend.

Yetman fuhr fort: »Die Anzüge haben wir noch von den Tests für die Europamission. Der größte Teil der Ausrüstung, die wir ihnen mitgeben, stammt von da Und dann gibt es noch ihn …« Stolz deutete der Administrator auf eine Kiste, die in der Mitte der Lagerhalle stand. »Meine Jungs sind ganz wild darauf zu erfahren, ob er sich bewährt. Er hätte beim nächsten Versorgungsflug zum Mars mitfliegen sollen. Aber nach dem schrecklichen Vorfall … wir konnten sie nicht einmal mehr kontaktieren …« Yetman hielt den Atem an und hob den Kopf, obwohl in der Halle kein Himmel zu sehen war. Eine Träne rann aus seinem Augenwinkel. Ryan wusste, was er meinte – sechs Astronauten saßen am Mars fest. Niemand würde sie holen kommen. Buddha interessierte nur die Erde.

Schließlich hatte sich der Administrator wieder gefangen, wuschelte sich mit den Fingern durch die schwarzen Locken und tippte einen Code in das Bedienfeld an der Kiste. Das Licht sprang auf grün, lautlos senkte sich die Seitenwand herunter. Ryan konnte ein Schimmern erkennen. Yetman nahm ein Tablet, gab einen Code ein und das Wesen erwachte. Es streckte die Beine ein wenig, krabbelte heraus und richtete sich auf. Ein mannshoher, sechsbeiniger Lastenroboter stand vor ihnen. Der kubische Körper matt glänzend und an einem Ende eine Halterung, in der sich die Steuereinheit einschieben ließ. Jemand hatte zwei längliche Metallohren daran geschweißt und mit schwarzer Farbe *Sleipnir* auf seine Rückseite gepinselt.

»Radionuklidbatterie. Hält Jahrzehnte. Außer Lasten tragen fungiert er als Heizung, er kann ihr Essen wärmen und die Ausrüstung trocknen. Er hat auch zwei LED-Scheinwerfer. Ich zeige ihnen gleich alle Bedienmöglichkeiten. Einfache Sprachbefehle können Sie ihm noch beibringen.« Yetman tätschelte dem Roboter die Flanke. »So, jetzt muss ich noch das Zubehör suchen. Alles zu gut verstaut.« Er verschwand.

»Kommen Sie bitte her«, rief Doktor Helskjør und sie folgten. »Das Plateau ist relativ eben, aber ihr geht auf knapp viertausend Meter Höhe, das ist ziemlich fordernd. Am Hinweg solltet ihr jeden Tag mindestens zwanzig Kilometer schaffen und ihr nehmt die ersten vierzehn Tage eine dieser Tabletten. Das hilft euch bei der Gewöhnung und verstärkt den Trainingseffekt.« Sie legte eine Packung auf den Tisch. »In der Fuji-Station macht ihr mindestens fünf Tage Pause. Die körperliche Anpassung muss nachwirken können.«

Doktor Helskjør tippte mit dem Finger auf die Skizze. »Und dann geht es richtig los. Zurück sind es knapp zweitausendfünfhundert Kilometer. Mir fällt kein Ausdruck ein, der auf so einen Marsch zutrifft, also lasse ich es. Ihr müsst kein Gepäck tragen und habt ab dem zweiten Drittel meistens Rückenwind, also sollte euch eine längere Distanz am Tag möglich sein. Wenn alles gutgeht, seid ihr zu Mittwinter zurück. Bevor es so richtig ungemütlich wird.« Sie verzog den Mund und seufzte. »Ihr bekommt von mir noch eine genaue Aufstellung über euren Essens- und Trinkbedarf. Haltet euch genau daran.«

Hilda holte einen Rucksack und begann in den Regalen zu stöbern, nahm Plastikboxen mit Militärrationen, las die Schilder, manche wanderten in die Tiefen des Transportbeutels, andere fanden nicht ihre Gnade.

Doktor Helskjør nahm Ryan zur Seite. »Sie waren beim SBS, Commander.« Er erhaschte einen Seitenblick von Hilda, anscheinend hatte sie das nicht gewusst. Die Ärztin fuhr fort: »Sie kennen die Schwierigkeiten in feindlicher Umgebung zu operieren, nur haben Sie dieses Mal keine menschlichen Gegner. Der Feind schaut sie aus dem Spiegel an.« Sie fixierte ihn. »Beantworten Sie mir eine Frage?«

Ryan nickte und hielt ihrem Blick stand.

»Wie geht es ihnen mit ihren Erlebnissen bei der Spezialeinheit? Aggressionsschübe, Alkoholabusus, Selbstmordgedanken? Brauchen Sie etwas dagegen?«

»Keine Sorge, Frau Doktor, nichts dergleichen. Nur manchmal Alpträume. Aber das ist gut so.«

»Gut?«

»Ja. Hätte ich keine Narben auf der Seele, würde ich mir Sorgen machen ein Psychopath zu sein. Wollen Sie mich gerade analysieren?«

Die Ärztin kicherte. »Sie haben mich durchschaut, Commander. Eine ehrliche Selbsteinschätzung weist einen gesunden Menschenverstand aus. Warum glauben Sie, dass der Dienst sie unbeschädigt gelassen hat?«

Ryan zuckte mit den Schultern. »Ich bin nie in Gefangenschaft geraten oder gefoltert worden.« Er hielt inne und überlegte. »Und ich bin nie aus dem Militärdienst ausgeschieden. Die meisten meiner Kumpels hatten Probleme, weil sie direkt von den Spezialtruppen in ein Alltagsleben zurückgekehrt sind. Plötzlich waren sie keine Elitesoldaten mehr, sondern Ehemänner, Väter und Büroangestellte. Einer unter vielen. Mussten im Supermarkt einkaufen, Windeln wechseln und Müll raustragen. Polizzen verkaufen oder als Nachtwächter anheuern.«

»Und Sie haben sich einfach mit der *Edinburgh* ein größeres Kaliber gesucht, um auf den Feind zu ballern.«

Ryan erwiderte: »Nicht ganz. Ich war vor dem SBS auf der *HMS Queen Elisabeth* stationiert. In deren Hangar hätten zwei solche Fregatten Platz gefunden. Zu unserem Glück hat Buddha alle Flottenverbände eingemottet und verlässt sich auf seine Drohnen. Es unterschätzt die Fähigkeiten der Marine.«

»Prahlen Sie gerade mit Ihrem Gewerbe?« Sie zwinkerte ihm zu.

Achselzuckend sagte Ryan: »Das lernt man unter testosterongesteuerten Individualisten. Sonst putzt man nur noch Latrinen.«

»An Ihrem Humor sollten Sie noch arbeiten.«

»Heißt es nicht, man soll an seinen Stärken arbeiten und seine Schwächen verbergen?«

Die Ärztin winkte belustigt, holte eine Kunststoffbox, die in ein Dutzend Fächer geteilt war und erläuterte den medizinischen Inhalt. »Die üblichen NSRA und Grippemittel. Desinfektion. Kortisoncreme. Hautpflege. Wundauflagen. Morphium. Hormonpräparat.«

»Hormonpräparat?«

»Nicht für Sie, Commander. Menstruation wäre bei dieser Anstrengung kontraproduktiv, also achten Sie darauf, dass Hilda das durchgängig schluckt.« Sie ordnete Einwegtücher ein. »Tägliche Desinfektion und Hautpflege ist unabdingbar. Wunde Stellen können das Ende bedeuten.« Dann griff die Ärztin in ihre Jackentasche und holte eine kleine Aluminiumbox heraus. Sie klappte sie auf und Ryan betrachtete eine goldene Kapsel, die in eine Schaumstoffform eingebettet war. »Was ist das?«

»Nanoreparaturset. Das ist nur für den äußersten Notfall, verstehen Sie? Es ist experimentell. Nicht getestet. Das Dopingmittel lege ich daneben.«

»Nebenwirkungen?«

»Impotenz«, sagte die Ärztin.

Ryan erstarrte und sie kicherte bis ihr Tränen kamen. »Sie sollten Ihr Gesicht sehen.«

»Wie kommt eigentlich Yetman mit ihrem Humor klar?«

»Was meinen Sie?«

Er rang sich ein Lächeln ab. »Na, das Offensichtliche.«

Sie drohte ihm freundlich mit dem Finger. »Sie sehen mehr, als sie zugeben, Commander. Ich werde mich hüten, Sie zu unterschätzen. Hinter Ihrer abgebrühten Miene ist es stürmisch, nicht wahr?«

»Flirten Sie gerade mit mir?«

Sie kicherte und ihre Augen suchten den Administrator. »Ein kleines bisschen, damit Greg noch weiß, dass ich da bin. Er ist ein richtiges Arbeitstier. Manchmal möchte ich ein Schild vor ihm hochhalten auf dem steht: Einatmen – Ausatmen – Einatmen.« Sie sah sich um. »Will Ihre Weggefährtin nicht auch zuhören?«

»Hilda sagt, sie wird machen, was ich ihr befehle und ich soll mich um alles kümmern. Wie es angeordnet wurde.«

»Oh, so zahm plötzlich?«

»Glaube ich nicht. Eher ein Test.«

Doktor Helskjør schaute Hilda nach, die gerade zu Yetman ging, um sich Sleipnir erklären zu lassen. Dann sagte sie zu Ryan: »Geben sie acht, Commander. Sie ist eine hochintelligente Person mit viel Empathie. Hilda weiß genau, wie Menschen ticken. Gleichzeitig hat sie ein schweres Trauma erlitten, das sie in negative Gefühle kanalisiert. Sie werden sehr lange auf engstem Raum miteinander verbringen. Das wird Auswirkungen haben.«

»Isolationsidentifikation zum Quadrat.«

»Ja, so in etwa. Lassen Sie sich nicht von ihr manipulieren ihre schlimmen Gefühle zu übernehmen.«

»Haben Sie Angst, dass wir uns gegenseitig umbringen?«

»Nein, dazu sind sie beide zu fokussiert. Ich meine eher …«

»Und könnte es nicht sein, dass sie positive Gefühle von mir übernimmt?«

Die Ärztin stockte und dachte nach. »Vielleicht. Wenn Sie es geschickt anstellen. Der SBS schult auch psychologisch?«

»Natürlich.«

»Benützen Sie ihre Kenntnisse unauffällig.«

Ryan lächelte matt. »Ich werde einfach so freundlich bleiben wie ich kann. Vielleicht färbt es ab.«

»Hilda ist tief im Inneren ein mitfühlender Mensch, auch wenn der verdrängte Schmerz das erstickt. Zumindest ist das meine Einschätzung. Mehr Bedenken habe ich, was sein wird, wenn Sie wieder hier sind.«

»Darüber müssen Sie sich keine Gedanken machen, die Chancen sind ziemlich gering. Sollten wir wider Erwarten von dem Trip beide zurückkommen, werden wir so erleichtert sein, dass alles andere Nebensache sein wird.«

Doktor Helskjør wiegte den Kopf: »So eine Grenzerfahrung kann das Beste, aber auch das Schlechteste in einem Menschen hervorbringen.«

»Wollen sie mich vor mir selbst warnen?«

Plötzlich grinste die Ärztin. »Das Gleiche hat sie mich auch gefragt. Ich sehe gute Chancen, dass sie sich verständigen werden.« Sie tätschelte seinen Arm und ging hinaus. Yetman drückte Hilda das Tablet in die Hand und folgte seiner Freundin.

Die Propeller der Dornier machten jedes Gespräch unmöglich. Viel zu reden gab es zwischen ihnen auch nicht und Sleipnir war sowieso der nonverbale Typ. Hilda hatte sich lange mit seiner Steuerung beschäftigt. Bevor sie ihn an Bord gehen ließ, hatte sie ein Wiehern als Startsignal einprogrammiert. Jetzt hockte der Roboter vollbeladen auf dem Boden der Transportmaschine, die Klauen in die Streben gekrallt.

Böen schüttelten das Flugzeug bei der Landung. Gleißendes Weiß wirbelte durch die Luke, als Ryan die Kabinentür öffnete. Schweigend half ihnen der Co-Pilot auszuladen. Nachdem die Ausrüstung auf der harten Schneedecke stand, trat er einen Moment stumm auf der Stelle, wandte sich zum Flugzeug um, drehte sich aber wieder zu ihnen hin und sagte: »Sie sollen wissen, Commander, dass viele von uns mit diesem Befehl nicht einverstanden sind. General Haldan hätte ohne Wenn und Aber eine ordentliche Expedition zusammenstellen und dorthin schicken müssen. Treibstoffrationierung. Ha! Was für eine fadenscheinige Ausrede. Viel Glück, Commander, viel Glück.«

Der Co-Pilot schüttelte ihm die Hand, zog seinen Mundschutz ab und küsste Hilda auf die Wangen. Dann lief er zur Maschine zurück und Ryan sah Wassertropfen auf seinen Wimpern gefrieren.

Grollend hob das Flugzeug ab und zog einen weiten Bogen, bevor die Maschine Richtung Horizont verschwand. Ab jetzt waren sie allein. Auf einer ebenen Eisfläche größer als Westeuropa.

Ryan klappte das Thermovisier herunter. Um die Kommunikation zu prüfen wollte er zuerst zählen, sagte aber schließlich: »Wenn es einen Ort auf dieser Welt gibt, der weiter von allem entfernt ist, was uns Menschen ausmacht, dann ist es dieser.«

Hilda betrachtete die endlose Schneelandschaft vor sich und antwortete: »Ich habe in Santiago de Chile einmal einen alten Mann interviewt, ein ehemaliger Bergführer. Er hatte einen Absturz bei den Whitemore Mountains überlebt und ist zu Fuß zur Amundsen-Scott-Station zurückgegangen. *Weißt du*, hat er zu mir gesagt, *dort draußen wird dir Schicht für Schicht abgeschält, bis nichts mehr bleibt, als der nackte Kern deines Ichs – von dort draußen kommt keiner zurück, der sich nicht selber wahrhaftig ins Gesicht geschaut hat.* Ab dem Zeitpunkt hat er Schnee gehasst. Er ist nie wieder in die Antarktis zurückgekehrt.«

»Wahrscheinlich hat ihm nicht gefallen, was er in sich gesehen hat.« Ryan klinkte seine Sicherungsleine in Hildas Gurt ein. Sie stieß einen Atemstoß aus, der auch ein Seufzen hätte sein können – so genau ließ sich das in der elektronischen Verzerrung nicht erkennen. »Was wird uns begegnen?«

Ryan packte die Schistöcke. »Brennende Kälte, blendendes Weiß, tobender Schnee. Und in acht Wochen Finsternis. Das Gefühl totaler Orientierungslosigkeit. Als würden Raum und Zeit nicht mehr existieren. Eine eisige Hölle.« Er marschierte los, dicht gefolgt von Hilda und Sleipnir.

Aber er sollte sich täuschen. Das Hochplateau war nicht die Hölle – das abgeschiedene Land unter dem unendlich nahen Sternenhimmel war zum Verzweifeln schön und so erbarmungslos, dass sie am Ende nur noch der Wahnsinn weitertrieb.

Himinbjörg, 26. Oktober 2084

»Gibt es den Roboter noch? Kann ich den sehen?«

»Nein, er wurde zerlegt und die Speicher gelöscht. Die Batterie wurde anderweitig gebraucht. Keine Ahnung, wo sie jetzt verbaut ist.«

Das Telefon läutet. Paul schreckt zusammen. Ella steht auf, hebt ab und reicht das Schnurlosgerät an ihren Mann weiter. Unwirsch meldet sich Admiral Frey und geht in die Küche. Paul vertritt sich die Beine. Auf der Anrichte steht ein Familienfoto. Das Ehepaar Frey und zwei kleine Kinder vor einem Bungalow mit weißer Treppe.

»In der *Villa Las Estrellas*«, sagt Ella Frey. »Vor unserem ersten eigenen Haus. Pinguin war damals sechs und Möwe acht. Der Kleine war schon zu der Zeit ein echter Diplomat. Und Inga wollte nur unterwegs sein. Was hatte ich für eine Mühe damit, sie in der Schule zu halten.«

»Sie kommt sehr nach ihrem Vater, nicht wahr?«

»In mancher Hinsicht schon. Aber sie ist direkter und ungeduldiger. Edwards Alptraum und gleichzeitig seine beste Freundin. Pinguin war immer ein liebenswerter Chaot.«

Paul stellt das Foto wieder hin. »Das klingt, als würden Sie Ihrem Sohn näher stehen.«

Ella rückt ihre Stola zurecht. »Eine Zeitlang hat Inga mich als Konkurrentin gesehen, die ihr die Gunst ihres Vaters streitig macht. So wie das bei Töchtern wohl öfters vorkommt.«

»Sie haben das sicher ausgesprochen. Als Lehrerin haben Sie doch …«

»Nein.« Ella fixiert ihn und Paul rinnt ein Schauer über den Rücken. Sie hat im Klassenzimmer sicher nie Disziplinprobleme gehabt.

»Ich habe ihr einfach gesagt, dass ihr Vater zwar ein großes Herz besitzt, aber neben mir nur die See darin Platz hat. Sie hat das sofort verstanden. Inga ist ein fantastischer Mensch.«

»Und in Ihrem Herz?« Paul beißt sich auf die Zunge. Diese Frage ist ihm herausgerutscht.

Lange rührt Ella Frey in ihrer Teetasse, schließlich sagt sie so leise, dass er es kaum versteht: »Mein Herz ist eine Ruine. Ich habe gerade einmal Ryan dort untergebracht und passe jeden Tag auf, dass es nicht hineinregnet.«

Der Admiral hat das Telefonat beendet, streichelt seiner Frau über den Nacken, setzt sich wieder auf das Sofa. »Also – wo waren wir stehengeblieben? Ach ja, der weite Marsch.«

März 2042

Tag 2

Den ersten Abend hatten sie schweigend verbracht, jeder mit seinen eigenen Gedanken beschäftigt. Heute Morgen hatte Ryan ihr einen Zeitplan für die Tagesetappen vorgeschlagen: Drei Stunden Gehen, eine längere Pause, in der er eine Positionsbestimmung machen würde, wenn es das Wetter zuließ, zwei Mal eine Stunde Gehen mit einer kurzen Pause dazwischen. Sie hatte nur stumm genickt und weiter ihre Sachen auf Sleipnir gepackt.

Durch die Atemluft bildeten sich Eiszapfen an ihren Wimpern und drückten ihr die Lider zu. Sie schloss das Visier. Der autarke Anzug und die seltsame Muskelunterstützung verursachten ihr Beklemmung. Noch marschierten sie bei Tageslicht, aber die Sonne glitt immer näher zum Horizont. Hilda fragte sich, ob die Bekleidung oder die drohende Dunkelheit dieses Gefühl auslöste.

Ryan legte seine Hand auf ihren Unterarm. Ihr erster Impuls war sie wegzustoßen, aber sie beherrschte sich.

Er sagte: »Wir werden aufeinander angewiesen sein. Wirst du das aushalten?«

Hilda fühlte eine Woge anstürmen, erlaubte sich nicht, dem nachzugeben. Sie antwortete ruhig: »Wir gehen dorthin. Holen uns das Zeug. Wir gehen zurück. Ganz einfach. Das hat nichts mit uns beiden zu tun. Hier geht es um die Anderen. Ich werde alles bis zum Ende mit dir durchhalten. Versprochen.«

Ryan schien nicht überzeugt. »Du wurdest als Gefangene hierhergebracht und trotzdem setzt du dich so für Antarktika ein?«

»Wer sagt, dass ich nicht freiwillig nach Montalva gekommen wäre, wenn man mir die Wahl gelassen hätte? Ich hätte mich nie Buddhas Dogma unterworfen. Es war Ragnas Willkür, die mich ins Südpolarmeer verschleppt und meine Familie zerstört hat.« Bitter setzte sie nach: »Ihr hättet doch auch einfach fragen können.«

»Warum bist du so unerschütterlich der Meinung, ich hätte von all dem vorher etwas gewusst?«

Sie setzte zu einer Erwiderung an, aber die Worte blieben aus. Nach ein paar Minuten sagte sie: »Das war mein Eindruck und ich täusche mich selten.«

Ryan antwortete gleichmütig: »Nun, ich bin froh zu hören, dass du dir zugestehst, dich auch manchmal zu irren.«

Sie legte die Hand auf ihre Brust, spürte das Medaillon unter dem Isolierstoff, dann drehte sie sich ohne Widerspruch weg.

Tag 9

Heute Morgen hatte sie das erste Mal richtig zugehört. Auf ihre Frage, warum sie auch allen Müll mitschleppen müssten, hatte er ihr erklärt: »Was du hier wegwirfst, verrottet nicht. Jeder Abfall wird unverändert mit dem Eisschild mitgeschoben und erreicht in hunderttausenden Jahren das Meer. Wir müssen die Beutel ja nicht selber tragen.«

Daraufhin packte Hilda alle nächtlichen Reste sorgfältig ein und verdichtete sie in der Müllaufbewahrung.

Auf dem Marsch fragte sie ihn von Zeit zu Zeit nach Daten und Fakten zum antarktischen Kontinent. Manches davon wusste sie sicher, redete wahrscheinlich nur, um die Monotonie der weißen Ausdehnung zu brechen. Der Wind trieb den Schnee wie Rauch vor ihnen her und die eisige Ebene verschwand übergangslos im grauweißem Himmel.

Bevor sie losgegangen waren hatte Ryan sich die Seiten von seinem Joseph Conrad-Buch in 120 Abschnitte eingeteilt und las jeden Abend einen davon vor. Bei den letzten Worten wollte er auf die Blutfälle sehen, auf Walhall und die knochentrockene Fläche des Taylor Valley. Dieses Ziel visualisierte er in seinem Innersten. Jede gelesene Seite ein kleiner Sieg.

Tag 15

Die letzten Tage waren sie durch Schneetreiben gegangen, das gerade noch Dämmerlicht zuließ, und sie nur einen Meter weit sehen ließ. Hilda folgte Ryan, der unbeirrt einen Weg durch das wirbelnde Chaos fand. Sie versuchte das Stechen in ihrer Schulter zu ignorieren, das ihr seit ein paar Kilometern zusetzte. Sie verlagerte ihr Gewicht auf den anderen Stecken und konzentrierte sich auf Ryans Beine, die eine Spur vor ihr zogen.

Nachdem sie am Abend den Raumanzug abgezogen, ihn gereinigt und am Kleiderhaken an einen Zeltbogen aufgehängt hatte, absolvierte sie angestrengt die abendliche Waschroutine. Sie legte den Schlafsack auf die Isomatte, streifte das Nachtgewand über, stöhnte unterdrückt.

»Zieh dich aus«, sagte Ryan.

Sie schaute ihn an und konnte seinen Gesichtsausdruck nicht lesen. »Ich will kein …«

»Los, mach schon«, sagte er mit Nachdruck und sie folgte. Ächzend schälte sie sich aus Troyer, Sweater und T-Shirt, hielt beim Bustier inne.

»Passt schon«, murmelte er. Als seine Handflächen ihre Schultern berührten, zuckte sie zurück. »Du musst schon stillhalten. Und verkrampf dich nicht so, das macht es nur schlimmer.«

Seine Finger schoben die Träger zur Seite, tasteten ihre Schulterblätter entlang und fanden den Knoten in ihrer Muskulatur. Er kramte in der Medizinbox und holte eine Tube heraus. Kräuteraroma strömte ihr in die Nase, als er sich Creme auf die Handfläche drückte.

»Ich werde die Verhärtung lösen, das kann aber schmerzhaft sein. Erzähl mir was, das lenkt dich ab.«

Hilda versuchte gleichmäßig weiter zu atmen und der Geruch holte ein Bild aus ihrer Kindheit zurück. Den Ausflug in den Patrick-Fountaine-Garten: Mangobäume, Orchideen, Vanille, Engelshaar und Muskatnuss. Die ganze Fülle der Tropeninsel, auf der sie geboren war. Sie erzählte Ryan von den Nebelwäldern und den schroffen Felsenküsten im warmen Meer; von würzigem Cari, einem Hühnerragout, das im Le Coco serviert wurde; von den indischen Feuerläufern. Und von *Piton de la Fournaise*, dem vulkanischen Beherrscher von Reunion.

»Wir alle werden irgendwann aus dem Paradies vertrieben«, sagte er, schob die Träger hoch und zog ihr das T-Shirt über den Kopf. »Leg dich hin, damit das nachwirkt. Du gehst nicht ganz symmetrisch. Das machen wir jetzt jeden Abend, sonst setzt sich das fest.«

Sie rollte die Schultern, das Stechen war weg. Nachdem sie Socken und Haube übergezogen hatte, schlüpfte sie in den Schlafsack und beobachtete ihn aus halbgeschlossenen Augen. Er saß im Schneidersitz an Sleipnir gelehnt und begann vorzulesen.

»Jorge hat immer gesagt …«

Er ballte die rechte Hand zur Faust, lockerte seine Finger aber gleich wieder. »Jorge, der verdammte Jorge. Zitiere ihn nicht. Er war ein Terrorist.«

Hilda stieß hervor: »Er war Arzt. Politik hat ihn nicht interessiert. Was immer ihn dazu gebracht hat – es war erzwungen.«

»Du bist dir da sehr sicher.«

»Ich bin mit ihm aufgewachsen. Er war mein Stiefbruder.«

Ryan zog eine Braue hoch. »Dein Stiefbruder? Das hat dein Stiefvater sich fein ausgedacht. Eine Frau für sich selbst und eine für seinen Sohn, die er sich sogar von klein auf herrichten konnte.«

»So wie du das ausdrückst, klingt das ekelhaft.«

»Es ist ekelhaft. Was hat sich deine Mutter bloß dabei gedacht?«

»Sie hatte keine Wahl. Mein Papa, mein richtiger Vater, ist eines Tages nicht mehr von einer Schmuggelfahrt zurückgekommen. Sie waren nicht verheiratet und meine Mama war eine Fremde im Dorf. Keiner hat ihr geholfen. Seine Familie hat uns einfach nach Dubai in die Sklaverei verkauft. Sie hat die erste Möglichkeit ergriffen, um dort wieder herauszukommen. Hätte sie mich einem arabischen Bordell überlassen sollen?«

Hilda griff nach dem Medaillon und drückte es an ihre Brust. »Jorge war ein anständiger Ehemann, der mir alle Freiheiten gelassen hat. Wir haben ein gutes Leben geführt.« Sie sprach aber nicht mehr so nachdrücklich wie vorher und setzte trotzig nach: »Und so etwas wie hier hätte sich meine Mama sicher nicht für mich vorgestellt.«

»Wo ist sie jetzt?«

»In der Familiengruft in Santiago.«

»Tut mir leid.« Er sah ihre feucht glänzenden Augen und überlegte zuerst, nicht weiter zu fragen, wollte aber dann die Chance nicht vergeben. »Und dein Stiefvater?«

»Ist in Santiago geblieben, er wollte seine Immobilienfirma nicht aufgeben. Er hat sich mit den Argentiniern arrangiert.«

»Warum überrascht mich das nicht?«

Ihre Mine verhärtete sich. »Jetzt interessiert dich plötzlich meine Familie, aber bei Diego hast du weggesehen?«

»Diego – wer ist Diego?«

Hilda schaute ihm direkt in die Augen, studierte seine Mimik. »Mein jüngerer Halbbruder. Zwanzig Jahre alt. Er hat in Punta Madrys studiert.«

»Ich weiß nichts von deinem Bruder.«

»Ragna hat gesagt, sie hätte ihn auf die Militärbasis nach Punta Arenas geschafft und er würde dort gut versorgt werden, solange ich mitmache. Niemand würde erfahren, dass er Jorges Bruder ist. Der Bruder eines Terroristen.«

Ryan war ratlos. Er wusste, dass keiner der Toyboys in der Hafenstadt war. Nach dem Attentat waren sie direkt ins Grenzland aufgebrochen. Wenn Ragna nicht jemand anderen damit beauftragt hatte, dann hatte sie gelogen. Sollte er ihr sagen, was er sich dachte? Er zupfte an seinem Bart.

Sie missverstand seine Geste. »Und jetzt auch der Bruder einer Mörderin. Besser ich frage nicht weiter nach ihm, nicht wahr?«

»Wenn wir zurück sind – wenn – werde ich mich nach ihm erkundigen. Ohne viel Aufhebens, damit keiner Fragen stellt und es ihm nicht schadet, okay?«

»Versprochen?«

»Ja – ich verspreche es dir.«

Sie lächelte auf eine seltsame Art: Wie ein Kind, das plötzlich eine Ahnung davon bekommt, dass Erwachsene aus dem Paradies der Unwissenheit vertrieben worden sind. »Es hat nichts geholfen.«

»Was hat nichts geholfen?«

»Ragna zu töten hat nicht geholfen, den Schmerz zu mildern.«

»Hast du das etwa erwartet? Rache ist nur altes Brot.«

»Ja. Nein Ich weiß nicht. Gehofft vielleicht. Aber ich habe gar nichts empfunden.«

»Das ist normal.«

»Normal?«

»Du hast sie vorsätzlich erschossen, Hilda. Du hast darüber nachgedacht und deine Emotionen schon vorher durchgespielt. Der Akt an sich war ein kalter Entschluss. Sonst hättest du nicht abgedrückt. Deshalb hast du nichts empfunden.«

Sie runzelte die Stirn. »Sollte ich mich nicht schuldig fühlen? Zumindest jetzt?«

»Nicht, wenn es dir unbedingt notwendig erschienen ist.« Er füllte zwei Löffel Teekonzentrat in die Thermoskanne und goss heißes Wasser darüber.

Sie seufzte. »Du siehst das anders, du wurdest ausgebildet Menschen zu töten.«

»Wenn es sein musste.« Er zuckte mit den Schultern.

»Musste es sein?«

»Ja.«

»Erzählst du mir davon?«

»Nein.«

»Warum nicht?«

»Ich soll dich mit brutalen Schilderungen unterhalten?«

»Unterhalten? Nein. Ich will wissen, wozu du fähig bist.«

Ryan hob die Brauen. »Was immer ich in Einsätzen tun musste – es hat nichts mit unserer Situation hier zu tun. Ich wende Gewalt nicht wegen der Gewalt an. Ich empfinde keine Befriedigung dabei. Ich weiß einfach, wie es funktioniert. So wie ein Holzfäller weiß, wie er kräftesparend einen Baum fällt. Es ist ein Handwerk.«

»Empfindest du nachher Reue?«

»Nein.«

»Nie?«

»Nie. Ich würde Reue empfinden, wenn ich jemanden umbringe, weil ich die Beherrschung verloren habe. Dann hätte ich eine Grenze überschritten.«

»Ist diese Selbstkontrolle antrainiert?«

»Nein, das lässt sich nicht trainieren. Entweder man hat es oder nicht.«

Abwägend schaute Hilda ihn an, nahm die Thermoskanne und schenkte sich Tee ein, trank in wohldosierten Schlucken.

»Ich will auch noch etwas wissen«, sagte Ryan. »Was war mit Klitschko?«

Sie sah ihn staunend an. »Mit wem?«

Obwohl er nachdachte, fiel ihm der richtige Name einfach nicht ein. »Dem kastenförmigen Toyboy mit der verbeulten Nase.«

»Ach so. Der ist ein Fiesling in einem hormonverseuchten Körper. Er wollte ficken und hat keinen hochgekriegt. Bis er dann doch soweit war, habe ich ein paar blaue Flecke gehabt und er ein Messer in der Schulter. Obwohl – es wäre für mich wahrscheinlich nicht so schmerzfrei ausgegangen, hätte Laurenne ihm nicht auch noch eine Pistole in den Nacken gedrückt.«

Ryan unterdrückte ein Grinsen. »Ihr Ladys seid also schon mit ihm umgesprungen und ich habe ihn umsonst verprügelt?«

Sie presste die Lippen zusammen und stieß hervor: »Oh nein, er hat jeden einzelnen Schlag von dir verdient. Nicht wegen mir. Aber wegen der kleinen Jungs im Grenzland.«

Nachdenklich schüttelte Ryan den Kopf. Was für eine Truppe Psychopathen hatte sich Ragna da zuletzt herangezüchtet. Auf einmal war er erleichtert, dass Hilda sie erschossen hatte. Sonst hätte er das vielleicht auf sich nehmen müssen.

Tag 31

In der tiefstehenden Sonne war der flache Kubus deutlich zu erkennen. Die einzige geometrische Erhebung im Eispanzer. Gegen die Windstöße gebeugt hielt Hilda darauf zu. Ryan hatte sie vorgehen lassen, passte sich ihrem Tempo an. Einige Antarktis-Stationen waren bereits auf hydraulische Stützen zur Höhenanpassung montiert gewesen, aber Fuji gehörte nicht dazu. Vor acht Jahren, nach dem verheerenden Erdbeben in Tokio, hatten die Japaner die Niederlassung aufgegeben. Auch wenn die Ostantarktis eine Wüste mit geringem Niederschlag war, die Zeit hatte gereicht den Sockel des Gebäudes einzuschneien. Sie mussten die Eingangstür freischaufeln.

Das Innere war düster und still. Hilda kam ein alter Film in den Sinn, in dem Forscher in der Antarktis ein Raumschiff mit einem formwandelnden Alien ausgraben, das alle tötet. Sie fröstelte und schalt sich innerlich. Sleipnirs Scheinwerfer beleuchteten den Gang und sie fand die Stromversorgung.

Trotz des langen Stillstandes sprang der Generator willig an und Hilda dankte der stabilen Technik. Sie hatten das Gepäck vollständig abnehmen müssen, damit Sleipnir durch das Tor passte. Ryan wollte den Roboter nicht im Freien lassen.

»Ich habe draußen ein Hagglund-Raupenfahrzeug gesehen«, sagte Ryan. »Vielleicht können wir es für einen Teil des Rückweges benützen. Ich sehe es mir an, so lange das Wetter noch so ruhig ist, okay?«

Hilda nickte und er verschwand. Sie öffnete das Thermovisier, aber die Innenluft war noch nicht warm genug. Das Steuerungsdisplay zeigte japanische Schriftzeichen, war aber intuitiv angelegt und Hilda fand eine englische Version.

Um schneller Wärme zu bekommen und den Generator zu entlasten, beschränkte sie die Heizung auf den Wohn- und Sanitärbereich. Sie schob die Faltwand zur Schlafzelle gegen die Rückwand und klappte die Betten auf. Dann entsorgte sie den Müll in der Verwertung, holte Schlafsäcke und Kleidung. Sie hatte ein vollautomatisches Reinigungscenter entdeckt und murmelte: »Gott schütze die japanische Verliebtheit in Gadgets.« Inzwischen betrug die Innentemperatur zwölf Grad und sie schälte sich aus dem Raumanzug.

Die Stille machte sie kribbelig. Szenen aus dem SF-Film schossen ihr durch den Kopf. Das Haus hatte ein Mediencenter und einen Server. Hilda prüfte über die Steuerungseinheit, ob ein Außenverbindung hergestellt wurde, aber der Satellitenempfang zeigte eine Fehlermeldung. Sie konnte ungefährdet den Computer der Fuji-Station hochfahren, fand aber keine englische Sprachauswahl, dafür eine Menge Symbolbilder.

Mit Mühe identifizierte sie eine Musikdatei. Klassische Orchestermusik. Ein anderes Logo führte sie zum

Grundriss der Station, sie konnte aber die japanischen Bezeichnungen nicht lesen. Um die Proben zu finden, würden sie die Laboratorien durchsuchen müssen. Hilda lud alle Forschungsdateien auf Sleipnirs Modul. Syawal konnte sich in McMurdo einen Übersetzer besorgen und sich Brauchbares heraussuchen.

Die Eingangstür klappte auf und mit einem Schwall kalter Luft kam Ryan zurück. Er kletterte aus seinem Anzug und meinte: »Ich muss mir mit der Kraftstoffzuleitung etwas einfallen lassen, aber ansonsten schaut das Fahrzeug okay aus.« Einen Moment lang lauschte er der Musik. »Gute Auswahl. Holst. St. Pauls Suite. British Chamber Orchester und Yehudi Menuhin.«

Er bemerkte Hildas Gesichtsausdruck nicht. Nie hätte sie gedacht, dass er solche Musik mochte. Sie zeigte ihm den Stationsplan: »Sollen wir gleich suchen?«

»Nein. Ich habe Hunger. Wir haben genug Zeit.« Ryan durchsuchte die Küchenkästen. »Anscheinend haben ein paar Forscher gehofft hierher zurückzukommen.« Er stellte Konservendosen auf die Arbeitsfläche: Thunfisch, Sojasprossen, Seelöwe in Curry, Erbsensuppe. Dann hielt er eine hoch: »Schau mal. Dosenpfirsiche.«

»Mmh. Dosenpfirsiche. Sind die noch essbar?«

»Werden wir sehen. Fisch, Soja und Obst. Gut?«

Hilda nickte und holte zwei flache Schüsseln. Beim Essen überlegte Ryan laut: »Wir suchen biologische Proben. Für eine längere Lagerung werden solche Präparate in flüssigem Stickstoff aufbewahrt. Auch wenn die Antarktis kalt ist, so kalt auch wieder nicht.«

Hilda fuhr fort: »Flüssiger Stickstoff hat minus hundertfünfzig Grad Celsius. Die generelle Stromversorgung war abgestellt, also muss eine andere Energiequelle dafür zur Verfügung stehen. Wenn wir die finden, dann haben wir die Proben.«

Nachdem er seinen Teller geleert hatte, sagte Ryan: »Ich vermute, die Energiequelle ist die gleiche, wie im Herz von Sleipnir. Ein Alpha-Strahler. Der sollte sich relativ einfach detektieren lassen.«

Eilig holte Hilda das Tablet mit Sleipnirs Steuerung und wischte darauf herum. Sie hielt es ihm hin: »Geiger-zähler-App.«

Ryan nickte, räumte das Geschirr weg. »Ab in die Anzüge. Zum Glück ist die Station nicht groß.«

Eine halbe Stunde später hatten sie neben Eisbohrkerne einen autark betriebenen Bodentank gefunden. Die Diode einer Kammer leuchtete grün. Darin eine blaue Box, die Reihen von Röhrchen enthielt, aus deren Beschriftung sie nicht schlau wurden. »Wenn wir aufbrechen, nehmen wir das ganze Ding mit, samt der Kühlung. Die Einheit lässt sich auch von Sleipnir mit Strom versorgen.« Ryan hielt den Daumen hoch. »Und jetzt haben wir fünf Tage Urlaub von der Raumfahrt.«

Zurück in der Wohneinheit genoss Hilda eine Dampfdusche und rasierte sich mit einem Langhaarschneider die Haare wieder millimeterkurz. Sie durchsuchte die Schränke: Tatsächlich hatten die Leute hier gedacht sie würden zurückkommen – alles war voller Wäsche, die überraschend frisch wirkte. Hilda wickelte sich in einen pastellgrünen Bademantel, dessen Saum fast bis zum Boden reichte, und schlüpfte in Frotteesocken.

Als sie in die Wohnküche kam, packte Ryan die Anzüge gerade in die UV-Desinfektion. »Bad ist frei«, sagte sie. Während Ryan im Nebenraum verschwand, schlichtete Hilda das Geschirr in den Spüler. Durchsuchte danach die Medienbibliothek nach Filmen. Anime-Pornos, Material-Arts und mehr als dreißig Godzilla-Movies. Sie wählte ein Icon, zog den Bademantel fester um sich, stopfte einen Polster ans Kopfende des Klappbettes und lehnte sich an.

Mothra hatte gerade Godzilla ins Meer getrieben, als Ryan aus der Dampfdusche kam, ein Handtuch um die Hüften, und sich an den Bettrand setzte. Er hatte sich rasiert, sein Kinn glänzte rötlich. Er roch nach Jasmin. Mit einer Feile bearbeitete er seine Fingernägel.

Am Bildschirm hüpften die Uniformierten am Strand, japanische Schriftzeichen liefen vorbei. Der Schwarzweißfilm war total trashig gewesen, Hilda bekam nicht genug davon. Sie tippte das nächste Logo an, spulte über den Vorspann; ein schreiender Japaner mit einer Fliegermütze am Kopf erschien am Bildschirm.

Zum ersten Mal sah sie die Tätowierung auf Ryans Rücken im Ganzen: Zwei wie Schwerter gekreuzte Orcas im Tribal-Stil, die Schnauzen auf seinen Schulterblättern, die Finnen hoch zu seinem Nacken aufgerichtet und die Fluken zur Wirbelsäule gebogen. Hilda beugte sich hinüber, legte eine Hand an seinen Frotteeschurz und fuhr mit einem Finger der anderen den Konturen der Wale nach. »Das ist sehr schön gearbeitet. Ein Kunstwerk. Martialisch.«

Er nahm ihre Hand von seiner Hüfte und murmelte: »Wenn die zehn Zentimeter tiefer rutscht, ist es aus mit meiner Selbstbeherrschung.«

Verlegen schwieg sie und hörte in sich hinein; tastete sich heran an die Leere, die an allem Lichten fraß, fühlte ihre elende Präsenz. Und mit einem Mal war sie sich sicher: Ryan konnte es aushalten, auch dorthin zu sehen. Weil auch er Blutergüsse auf der Seele hatte.

Gerade stürzte ein Kamikazeflieger vom Himmel, sie drückte die Pause-Taste und flüsterte: »Du musst dich nicht beherrschen.«

Er drehte sich halb um und musterte ihr Gesicht. »Ist das dein Ernst? Du willst, dass ich mit dir schlafe?«

»Wäre das etwa ein moralisches Problem für dich?«

»Nein … ich … « Eine steile Falte bildete sich auf seiner Stirn und er schaute auf das Medaillon. »Wirst du dabei an Jorge denken?«

Sie riss die Augen auf, berührte mit den Fingerspitzen seine Lippen und flüsterte: »Nein, Ryan, das muss ich nicht. Du bist ein angenehmer Mann.«

Sein Gesichtsausdruck wirkte ungerührt, sie fröstelte, rückte ab und zog die Schultern hoch. Er entspannte sich, lächelte fast unmerklich, zerrte sich das Handtuch weg und legte sich auf sie.

Später schwiegen sie eng umschlungen in dem harten Bett, in dem stillen Raum. Hielten sich aneinander fest und Hilda fühlte Tränen über ihr Gesicht rinnen, ohne traurig zu sein. Plötzlich hatte sie das Gefühl, als wären sie die letzten Menschen und die Station die letzte Insel in einem gefrorenen Ozean. Das letzte Lagerfeuer in einer untergegangenen Welt. Ein Schauer kräuselte ihre Kopfhaut. Ryan zog die Decke höher und sie streichelte seine Orcas.

Tag 62

Grünes Südlicht verzauberte mit pulsierenden Bändern den Himmel, färbte die Ränder der aufziehenden Wolken. Knapp sechshundert Kilometer hatten sie mit dem Raupenfahrzeug überwinden können. Seit drei Wochen marschierten sie nun nach dem gleichen Muster. Die Routine sollte helfen, ungeduldige Gedanken an ihr Ziel zu besänftigen. Dazu gehörte auch die Seite aus seinem Buch, die Ryan vorlas, bevor sie die Schlafsäcke zuzogen.

Nach ihrer zweiten Rast legte der Wind zu und erreichte in Minuten Orkanstärke. Mühsam fixierten sie das Zelt und krochen unter seine orange Haut, ohne die übliche Vertiefung auszuheben. Ryan wärmte einen Topf Suppe auf Sleipnirs Rücken, verwendete seine mattsilberne Fläche als Tisch. Hilda wickelte sich ihren Schlafsack wie eine Decke um und goss sich die heiße Flüssigkeit in einen Becher. Sie legte den Kopf schief und lauschte. »Wird das lange andauern?«

»Ein paar Stunden auf alle Fälle«, antwortete Ryan. »Aber nicht länger als bis morgen Mittag.«

»Wie kannst du das so genau sagen?« Hilda nahm ihren Becher an die Lippen, zuckte aber vom Rand zurück und pustete auf die Oberfläche.

»Ich bin mit solchem Wetter aufgewachsen.«

»Ich dachte, du bist Brite.«

»Ja, aber von den Falklands.« Und Ryan erzählte Hilda von den wellengepeitschten Buchten voller See-Elefanten. Von den Pinguinen, die über Felsen zur Heide emporkletterten und sich in Rinnsalen von Süßwasser duschten. Von den Orcas, die im Familienverband Robben einkreisten und von Eisschollen stießen, um sie zu fressen. Und von den großen, flugunfähigen Dampfschiffenten, die manchmal als Sonntagsbraten endeten.

Hilda trank einen vorsichtigen Schluck. »Du liebst deine Heimat, nicht wahr? Warum bist du weg?«

»Ja, ich liebe die Falklands, aber sie sind schon lange nicht mehr meine Heimat und werden es nie wieder sein. Das hat mir mein Vater verdorben.«

»Erzählst du mir davon?«

Ryan nahm sich auch eine Portion Suppe, trank langsam, säuberte den Becher. Eine Weile hörte er dem Toben hinter der Zeltplane zu. Schließlich sagte er: »Er war immer ein harter Mensch, aber je älter und größer ich wurde, desto grober wurde er. Ganz schlimm wurde sein Verhalten, als ich mich mit einem chilenischen Jungen anfreundete, der mit seinen Eltern auf die Insel gezogen war.«

Er hielt einen Atemzug inne. »Gnom hatte ein verwaistes Pinguinküken gefunden und wollte es zur biologischen Station bringen. Mein Vater hat uns abgefangen und zu mir gesagt: Das ist kein Haustier. Gibt genug von denen. Entweder du erwürgst den Fischfresser oder dein Beiboot schwimmt eine Runde in der Bucht.«

»Er wollte deinen Freund ins Polarmeer werfen?«

»Nun, er hätte ihn nicht umgebracht. Gnoms Eltern hätten ihm aber sicher verboten noch einmal zu mir zu kommen.«

Hilda flüsterte: »Du hast den Pinguin erwürgt?«

Ryan nickte. Noch heute konnte er sich an das Gefühl der struppigen grauen Flaumfedern erinnern. »Am nächsten Abend hat er mich zur Inselhure geschleppt und gemeint, töten und ficken gehört zusammen. Das eine hätte ich jetzt hinter mir, also solle ich das andere auch erledigen.«

»Wie alt warst du da?« Ihre Stimme zitterte.

»Vierzehn. Es war mein letztes Frühjahr zu Hause. Zu Ferienbeginn bin ich nach Großbritannien. Ich wollte Hydrologe oder Meteorologe werden. Die Zusammenhänge von Wasser und Wind haben mich immer interessiert. Aber mein Vater hat es strikt abgelehnt mir so eine Ausbildung zu ermöglichen.«

»Da bist du abgehauen.«

»So krass würde ich es nicht bezeichnen. Ich habe bloß meinen Onkel in Schottland besucht. Den Bruder meiner Mutter. Und bin bei ihm geblieben.«

»Und er hat deine Ausbildung gezahlt? Warum dann der Schwenk zur Royal Navy?«

»Familiengeschichte. Das war die Bedingung meines Onkels. Er hatte keine eigenen Kinder. Sein schönster Tag war gekommen, als ich Second Lieutenant auf der *HMS Queen Elisabeth* wurde.«

»Hm. Warum dann das Special Boat Service?«

Ryan dachte nach. Vor acht Jahren hätte er diese Frage sofort beantworten können. Damals war es ihm zwingend erschienen. Aber nach dem Massaker auf der Bohrinsel hatte er keinen einzigen Tag mehr das grüne Barrett mit dem Abzeichen von Excalibur stolz getragen. *By strength and guile.* Vor zwei Jahren war seine Dienstzeit bei der Spezialeinheit abgelaufen und er war mit Freude auf die *Edinburgh* gewechselt.

Hilda beobachtete ihn. Ryan seufzte und sagte: »Es mag dir komisch erscheinen. Aber ich wollte meinem Vater beweisen, dass ich härter bin als er.«

»Und – hat er dich dann respektiert?«

»Kann sein. Mein letzter Besuch bei meinen Eltern war nach Abschluss der Marineakademie. Vor dreizehn Jahren. Mein Vater hat kein Wort mit mir gesprochen.«

Ungläubig schaute Hilda ihn an. »Du warst seitdem nicht mehr auf den Falklands?«

»In Stanley schon, aber nicht bei ihnen auf Saunders.«

»Du hast auch keinen Kontakt zu deiner Mutter?«

»Sie hat sein Verhalten immer verteidigt. Nicht, weil sie davon überzeugt war, sondern weil sie darauf bestanden hatte einen Schafbauern zu heiraten und zu stolz ist ihren Irrtum einzugestehen.«

»Ihren Irrtum?«

»Seine Grobheit hat sich nicht auf mich beschränkt. Aber sie hatte die Wahl, ich nicht.«

Hilda schaute zu Boden, verschränkte ihre Finger. »Wir sind also beide Heimatlose.«

»Wir haben die Chance auf eine neue Heimat.«

Sie runzelte die Stirn, nickte langsam. »Vielleicht. Aber wir nehmen unsere Vergangenheit mit. Die lässt sich nicht abstreifen wie alte Schlangenhaut.«

»Stimmt, das lässt sich nicht ändern. Unsere Taten werden uns immer anhaften.«

Hilda rümpfte die Nase. »Taten? Du meinst Untaten? Weil ich Ragna getötet habe?«

Er schüttelte den Kopf. »Ich habe nicht von dir gesprochen.«

»Ich dachte, du empfindest keine Reue?«

Ryan rollte seinen Schlafsack auf und schlüpfte hinein, zog den Zipp zur Hälfte zu und verschränkte die Hände im Nacken. »Ich möchte dir etwas erzählen.«

Er schaute zum Karbongestell des Zeltes hoch. »Wir hatten einen Einsatz in Sierra Leone. Mein Team ist durch den Fluss geschwommen. Wir hatten uns vorher eine Landestelle ausgespäht. Als wir dann dort ankamen, saß ein kleiner Junge auf der Böschungskante. Neun oder zehn Jahre alt. Keine Ahnung, was er da so spät noch wollte.«

Ryan verstummte und kratzte sich den Bart, dann fuhr er fort: »Ich war als erster oben und ich habe ihn nicht getötet. Aber nicht, weil ich Mitleid gehabt hätte, sondern weil es mehr Zeit gekostet hätte seine Leiche wegzuschaffen, als einen Umweg zu machen. In diesem Moment war ich nur Ratio. Kaltes Kalkül. Diese Person ist mein finsterer Zwilling, mein bitteres Erbe. Was sagt das über mich als Mensch aus?«

»Deine Offenheit sagt aus, dass du ein Mensch *bist* und kein von Algorithmen gesteuertes Monster. Und schon gar nicht dein Vater.«

Sie kroch zu ihm in den Schlafsack, kuschelte sich an ihn und schlief sofort ein.

Noch lange lag Ryan wach, lauschte dem Sturm, dessen Orchester ihn durch seine Kindheit begleitet hatte. Über Jahre sein einziger Freund.

Tag 75

Vollmond ließ die Eisflächen leuchten. Der Blick ins unendliche Weiß wurde von keiner Felsspitze durchbrochen. Alles verlor an Kontur. Ein Treiben im Nichts, ohne Halt. Das Eis verschluckte jedes Sein. Ryan hob den Kopf, suchte vertraute Sternbilder. Aber der Mond verblasste die Mitte der Milchstraße.

Der Kommunikator knackte. »Wir gehören einfach nicht hierher«, sagte Hilda.

Er stoppte und drehte sich um. Sie war stehengeblieben und starrte in die ungewöhnliche Stille. Die Eiskrankheit griff nach ihr. Ryan schüttelte sie am Arm. »Lausch nicht in die Dunkelheit, sonst ruft sie dich zu sich.«

Wie in Zeitlupe drehte sich ihr Kopf. Ihre geweiteten Pupillen schauten durch ihn. Dann nieste sie und sagte: »Oh, Shit. Jetzt kann ich das Visier putzen.«

»Komm weiter. Wir nützen die Windstille und marschieren bis der Mond untergeht. Sing mir was vor, das lenkt dich ab.«

Sie seufzte. »Ich kann nicht gut singen.«

»Egal. Summ halt leise.« Ryan trieb sie vor sich her und achtete darauf, dass sie nicht wieder stehenblieb.

Erst als die Sterne den Himmel für sich hatten, bauten sie das Zelt auf und Ryan machte eine Ortsbestimmung. Heute beobachtete Hilda ihn interessiert und er erklärte ihr die Handhabung. »Das funktioniert über ein nautisches Dreieck. Ich nehme bestimmte Fixsterne als Bezugspunkte. Sogenannte Navigationssterne. Zuerst bestimme ich den Höhenwinkel von Miaplacidus. Dann berechne ich die Zenitdistanz.«

Hilda schmunzelte. »Versuch nicht, mir das beizubringen. Trigonometrie ist wie ein Irish Stew aus Zahlen und Zeichen für mich. Aber ich schau dir gerne bei der Arbeit zu.«

Nach der Messung von Atria und Alpha Centauri berechnete er mit dem *Nautical Almanac* und den HO-Tafeln ihren Standort und nickte zufrieden. »Wir liegen gut in der Zeit.« Während er Sextant und Chronometer wegpackte, sagte er: »Der Trost der Seeleute. Dort draußen sind zehntausend Welten zur Auswahl.«

»Der Kapitän in deinem Buch sieht das aber nicht so.«

»Er ist auch in einer Situation, in der ihm der Himmel keinen Rat gibt.«

Sie bückten sich ins Zelt, Ryan zog den Verschluss hoch und Sleipnir hockte sich auf seine Matte. Beim Essen war Hilda ungewöhnlich still und antwortete nur einsilbig. Ryan versuchte zu erraten, was ihr die Laune verdorben haben könnte. »Ist heute ein besonderer Tag?«

»Nein.« Sie schüttelte heftig den Kopf und er wusste, dass sie log. Seit Tagen herrschte absolute Nacht. Die anhaltende Dunkelheit gab ihrem Trauma zu Fressen. Nicht jedem half das Reden, aber er wollte es auf einen Versuch ankommen lassen. »Es ist fast ein Jahr her …«

Alarmiert schaute Hilda von ihrem MRE-Beutel auf. Ryan hielt ihrem Blick stand. »Was dort passiert ist. Im Grenzland. Wirst du mir davon erzählen?«

Ihre Stimme schrillte. »Nein! Das kann ich nicht.«

»Hm.«

»Ich vertraue dir, wirklich, aber es geht nicht. Es geht nicht. Diese … eine Nacht … in der Scheune … sie hat

Worten … keinen Raum gelassen.« Ihre Augen glänzten und ihr Kinn zog sich hoch, sie presste die Lippen zusammen.

Ryan liebkoste ihre Wange, umarmte sie, wiegte sie wie ein Kind. Hilda ächzte, atmete ein paar Minuten langsam ein und aus, beruhigte sich. »Aber ich will dir etwas anderes erzählen: In der Kiste … ich bin zusammengerollt am Boden gelegen und das Leben ist mir nur noch wie eine unerträgliche Ewigkeit vorgekommen. Da habe ich eine Hand über mich streichen gefühlt, obwohl ich allein war. Ich habe mich aufgerichtet und aus dem Holz hat sich eine Frau geschält. Ich kannte sie. Von den Statuetten, die im Haus meiner äthiopischen Großmutter neben dem Altar stehen. *Mernua*, die erste meiner Ahninnen, aus dem Volk der Noba. Dame am Hof von Meroe im Königreich Kusch.«

»Sie hat dich getröstet?«

»Oh nein«, sagte Hilda und ihre Augen brannten in grünem Feuer. »Sie hat mich als Unwürdige beschimpft.« Sie starrte auf die orange Zeltplane, als könne sie dort auch jetzt ihre Ahnin stehen sehen. »Sie sagte: Du wirst den Schmerz vertreiben, du wirst weiterleben und kämpfen. Tot ist tot. Dieser Mann war dir nicht bestimmt. Dieses Kind war dir nicht bestimmt. Du wirst andere Kinder haben. Kinder eines Kriegers. So wie wir alle immer nur die Kinder von Kriegern ausgetragen haben. Davon kommt unsere Stärke. Das ist unser Schicksal.« Hilda schüttelte sich. »Und dann hat sie mich meine Ahninnen aufsagen lassen. Alle sind an mir vorbeigezogen.«

»Du weißt sie auswendig? Die Namen deiner Mütter?«

Hilda nickte. »Ich bin Zahai, jene mit den Leopardenaugen. Tochter von Makeda, die einen Franzosen liebte. Tochter von Tigist, die einen Löwen niederrang. Tochter von Afkarit, die durch die Wüste lief. Tochter von Denayt, die zehn Töchter von zehn Kriegern hatte. Tochter von Hiwut, die aus dem Feuer kam, ...«

Am Ende hatte sie fast hundert Namen aufgesagt und Ryan hockte fassungslos in dem Zelt inmitten eines eisigen Landstrichs, der keinen Namen hatte.

Tag 83
Anfangs fiel ihr nur eine kleine Unregelmäßigkeit in seiner Schrittfolge auf und auch ein leichtes Stolpern irritierte Hilda zuerst nicht. Als er aber ausrutschte und sich nur mit Mühe fing, packte sie Ryan am Ellbogen und hielt ihn auf. Erst jetzt bemerkte sie, dass er den Kommunikator ausgeschalten hatte. Sein Atem ging stoßweise und Schweiß tropfte von seiner Stirn. Hilda drückte ihn gegen Sleipnir und hakte die Verbindungsleine an einen Haltegurt.

Hastig baute sie das Zelt auf. Schwer atmend hatte Ryan zugesehen und ließ sich ohne Widerstand von ihr ins Innere bugsieren. Nur mit Mühe brachte sie seinen zitternden Körper aus dem Raumanzug.

»Bist du von allen guten Geistern verlassen? Wieso hast du nichts gesagt?«, schimpfte sie. »Seit wann fühlst du dich krank?«

Ryan reagierte nicht. Voller Furcht packte sie ihn in den Schlafsack und suchte aus der Arzneibox das Grippemittel heraus, flößte ihm die Brause ein. Er konnte kaum schlucken. Das Fieber stieg beständig weiter. Seine Finger tasteten nach dem Beutel und angelten sein Buch heraus.

»Was hast du bloß damit?« Hilda fühlte einen Kloß im Hals und ihr Magen flatterte.

»Etwas Beständiges.« Seine Stimme krächzte und sie beugte sich über ihn. »Ich bin seit zwanzig Jahren bei der Marine. Immer unterwegs. Ich möchte dieses Leben nicht missen. Aber ich will auch ein Zuhause. Einen Ort, an den ich mit Freude zurückkomme. Nicht wegen des Ortes, sondern wegen des Menschen, der dort auf mich wartet. Selbstsüchtig nicht?« Er schluckte schwer. »Nur welcher Mensch nimmt so ein Leben auf Dauer schon auf sich? Kapitän Craig hatte das Glück. Aber die meisten meiner Kameraden sind geschieden.« Jäh wirkte sein Gesicht nackt und wehrlos. Das Buch glitt ihm aus den Fingern.

Hilda nahm es hoch und las die Seiten bis zur Tagesmarkierung deutlich vor. Tränen standen in seinen Augen. Sie schob das Buch in den Beutel und seine Fingerspitzen tasteten nach ihrer Wange, strichen sachte ihr Kinn entlang. »Über alles hat der Mensch Gewalt, nur nicht über sein Herz«, flüsterte er.

Genau dieses zuverlässige Organ stach sie heftig und Hilda packte ihn an den Schultern. »Du wirst nicht hier draußen bleiben. Du bist stark. Du bist ein Krieger. Willst du etwa an Krankheit sterben? Nur die *Einherjer* kommen nach Walhall.«

»Lass mich in Ruhe mit den nordischen Legenden.« Jeder seiner Atemzüge verursachte ein pfeifendes Geräusch.

Doch sie gab nicht auf. »Du liebst mich, willst du sagen? Dann beweise es. Ich werde hier bei dir bleiben. Wenn du nicht aufstehst und weitergehst, werde ich es auch nicht machen. Wenn du mich retten willst, musst du dich retten.«

»Und was ist mit Antarktika, mit General Haldan?«

»Scheiß auf Haldan. Wenn ich dich nicht zurückbringen kann, was soll ich dann schon für Antarktika tun können? Manchmal ist ein Einzelner wichtiger als Viele.«

»Wirst du mich denn auch lieben?«, flüsterte er und schloss die Augen.

»Vielleicht«, sagte sie und wischte sein Gesicht mit ihren Händen trocken. »Vielleicht. Streng dich an, damit du die Antwort herausfindest …«

Am nächsten Morgen war sein Fieber kaum gesunken, aber seine Schleimhäute soweit abgeschwollen, dass sie ihm mit etwas Suppe die Notfall-Kapsel einflössen konnte. Auch wenn sie mit Grausen an die Worte von Chris dachte, die Nanomaschinen bewirkten tatsächlich eine wundersame Genesung. Schon mittags konnte Ryan wieder aufstehen und bestand darauf, noch ein paar Kilometer zu marschieren.

Tag 112

Hilda spuckte zu Boden. »Verflucht noch einmal. Da ist nicht drin was draufsteht.«

»Falsches Etikett?«

»Eher falscher Inhalt. Das ist kein Essen, sondern irgendein Granulat.«

Ryan brach ein Stück von ihrem Energieriegel ab und zerrieb den Brocken in seiner Handfläche. »Du hast recht. Da hat jemand Baumaterial zermahlen und abgefüllt. Das ist gefälschte Ware. Welche Einheit war das?«

Hilda deutete auf die Umverpackung, Ryan öffnete zwei weitere Hüllen und kam zu dem gleichen Ergebnis. »Verdammt.«

»Sollen wir alle Sorten aufmachen?«

»Nein. Die sind vakuumverpackt. Das Protein verdirbt an der Luft. Auch hier.«

»Warum fällt uns erst jetzt so einer auf?«

»Weil wir die Nahrung nach Ablaufdatum geschlichtet haben. Das sind die neuesten.«

»Somit ist vermutlich der ganze Rest wertlos. Wir werden uns das übrige Essen gut einteilen müssen.«

Ryan kniff die Augen zusammen. »Der Sturm nimmt jetzt ständig zu. In dieser Kälte kann ein Tag mehr oder weniger über Leben oder Tod entscheiden. Gegen Erschöpfung ist auch der Raumanzug machtlos.«

Eine Weile betrachtete Hilda die Landschaft vor sich. Am Horizont waren in der Schneefläche dunklere Stellen zu erkennen. Nunataks, Felsspitzen. Die ersten Ausläufer des transantarktischen Gebirges. »Wie siehst du unsere Chance?«

»Sie besteht«, antwortete Ryan.

Hilda rief ein Programm auf und sperrte Sleipnirs Steuermodul für jeden weiteren Zugriff. Ryan beobachtete sie mit zusammengezogenen Brauen. »Was hast du da gemacht?«

»Den Autopiloten und die Sprachsteuerung gestartet.«

»Das Ding hat einen Autopiloten? Wozu?«

»Yetman hat nicht damit gerechnet, dass wir es zurückschaffen. Wir waren nötig, um die Proben zu identifizieren. Sleipnir kommt auch allein nach Hause.«

»Du hast davon gewusst?«

»Ja. Yetman hat es mir erklärt.«

»Hat auch Doktor Helskjør davon gewusst?«

»Ich glaube nicht. Aber sicher geahnt.«

»Und was macht Sleipnir jetzt?«

»Alles wie immer, solange er Lebenszeichen registriert. Wenn wir erfroren sind, geht er weiter.«

»Wie weiß er den Weg?«

»Er extrapoliert unsere bisherigen Positionen am Magnetfeld. Ab dem Gletscher kann er die Wärmestrahlung von Walhall wahrnehmen.«

»Warum hast du mir das nicht gesagt?«

»Hätte es etwas geändert?«

»Nein.«

»Na siehst du.« Hilda marschierte weiter. Plötzlich überfiel sie ein Kichern und sie konnte einfach nicht mehr aufhören. Tränen rannen über ihre Wangen, sie schnappte nach Luft. Ryan packte sie an den Schultern und schüttelte sie.

»Stell dir vor«, keuchte Hilda. »Wenn wir nicht mehr weiterkönnen und lieber erfrieren – wir werden den Anzug aufreißen und nackt übers Eis rutschen. Und in tausend Jahren finden uns irgendwelche Archäologen genauso mumifiziert wie die Robben in den Trockentälern und werden sich einfach keinen Reim darauf machen können, was wir hier gemacht haben.«

Wieder kicherte sie hysterisch, das Bild wollte ihr einfach nicht mehr aus dem Kopf gehen.

»Ich werde dich fesseln, wenn du versuchst dich auszuziehen«, sagte Ryan gelassen.

Noch immer aufgekratzt erwiderte Hilda: »Noch seltsamer. Einer angezogen und gefesselt, der zweite nackt. Das wird ihnen noch mehr zu denken geben.«

Jetzt musste auch Ryan grinsen.

Tag 117

Ohne Vorwarnung fiel sie still zu Boden. Ryan schlitterte zu ihr hin und hob sie hoch. Hilda kam wieder zu sich. »Was ist passiert?«

»Nichts. Gar nichts. Nur eine Unebenheit.«

Sie ging ein paar Schritte, aber wieder knickten ihr die Beine weg. Ryan kniete sich neben sie.

»Wie weit noch?«, flüsterte sie.

»Vier Tage.«

Fast verstand er ihre Stimme im Kommunikator nicht. »Das schaffe ich nicht mehr. Lass mich bitte in Ruhe hier liegen.«

Zuerst wollte er das Zelt aufbauen und eine längere Pause einlegen. Aber jeder zusätzliche Tag ohne Nahrung würde es noch unwahrscheinlicher machen, dass sie die letzten Kilometer noch gehen würden können.

Auf einmal erinnerte er sich an einen Soldaten seines Viererteams im Dschungel von Belize, einem kräftigen Schotten, unbeholfen und immer einen Fluch auf den Lippen. Der war in einem Dornenstrauch hängen geblieben und verheddterte sich bei seinen Befreiungsversuchen immer mehr, bis ihm das Blut von Kopf und Armen troff. Trotzdem hatte er nicht aufgegeben, sich aufgerafft und, während er sich freischnitt, immer wieder gemurmelt: *Manchmal erfordert es mehr Mut zu leiden als zu sterben.*

Gemessen an diesem Maß, war Hilda einer der mutigsten Menschen, dem Ryan jemals begegnet war, und er war nicht bereit ihr Leiden zu verkürzen. »Sleipnir kann dich nur tot tragen. Also hoch mit dir. Stell dich mit den Skiern zwischen meine Bretter.«

Abwehrend hob sie die Hand, aber er zerrte sie auf und nahm sie zwischen seine Arme, hakte die Stecken an Sleipnirs Halteösen ein und rief: »Hü-hott.«

Tatsächlich setzte sich der Roboter in Bewegung und zog sie beide den ganzen Tag quälend langsam aber beständig hinter sich her. Am Abend hatten sie die Nunataks erreicht und Hilda sich etwas erholt. Zweifelnd schaute sie zum Pass hinauf, dem Beginn des Taylor Gletschers. »Über Schutt und Eisspalten kann er uns nicht ziehen.«

Ryan baute das Zelt auf und antwortete: »Ein Schritt nach dem anderen. Immer ein Schritt nach dem anderen.«

Tag 119

Heute konnte sie nur eine Stunde gehen, bevor sie wieder stumm niederkniete. Er montierte zwei Gurte ab und legte sich Hilda wie einen Rucksack um. Stapfte Meter für Meter vorwärts, ohne einen einzigen Gedanken zu Ende denken zu können. Nur die Richtung stimmte, das wusste er, ohne es zu wissen. Seit gestern empfand er keinen Hunger mehr und das war ein schlechtes Zeichen. Immer wieder musste er stehenbleiben, lehnte sich an Sleipnir. Der Taylor Gletscher schien endlos. Die Eiszunge war die letzte Etappe, die Blutfälle ihr Endpunkt. Dahinter lag Walhall.

Der Schneesturm im Rücken schob ihn vorwärts, nahm ihm aber auch die Sicht. Ryan tastete sich am Rand zwischen Eis und Fels entlang. Rutschte immer wieder im losen Schutt. Hildas Körper kam ihm mit einem Mal schwerelos vor. Bald darauf spürte er auch seine Arme kaum noch. Seine Beine bewegten sich wie durch Morast, seine Füße klebten am Boden. Ging er überhaupt noch oder trat er am Stand? Sein Gesichtsfeld verengte sich auf einen kleinen Fleck vor seinen Füßen. Nur mehr ein Meter gefrorener Boden vor ihm schien zu existieren. Die Welt war zu einer Fußmatte geschrumpft. Bloß konnte er kein *Welcome* darauf lesen.

Plötzlich blockierte eine zerkratzte, blaue Wand seinen Weg – eine Fata Morgana. Der Container konnte nur eine überirdische Erscheinung sein, denn die letzte Seite war noch nicht vorgelesen und er irrte sich nie mit Entfernungen. Doch Sleipnir würde weitergehen; sie waren inzwischen dem Taylor Valley so nahe, dass der Roboter problemlos den Auftrag erfüllen konnte.

Wenn das Tor ins Jenseits eine Blechbüchse war, sollte es Ryan recht sein. Alles war besser, als noch eine einzige Nacht im dem orangen Sarg. Eine Hand, die nicht mehr die seine war, streckte sich aus und zog am Knauf.

Warme Wolken quollen ihm entgegen, Musik und Gelächter. Russische Musik. Wie seltsam, dachte Ryan, ein kommunistischer Himmel. Er trat über die Schwelle.

»Das gibt es doch nicht!« Machete sprang auf, stieß dabei die Sitzbank um und rannte auf ihn zu. Ryan machte einen Schritt vorwärts. Es war der letzte Schritt, den sein Körper noch übrighatte. Er wurde ohnmächtig.

Himinbjörg, 26. Oktober 2084

Paul vergisst den Mund zu schließen. Nach ein paar Minuten der Stille sagt er: »Sie sind mit dieser Frau, Hilda, über das Hochplateau gegangen? Zweieinhalbtausend Kilometer weit? Nur sie beide? Im Winter? Das ist nicht möglich. Niemanden.«

»Darauf hätte ich damals auch gewettet. Als das Flugzeug wieder startete, war ich mir sicher, dass wir ein One-Way-Ticket gezogen hatten. Und doch: Fünfzehn Wochen später bin ich in Asgard gestanden. Mit den Proben. Und den Grundrissplänen der Kathedrale.« Der Admiral beugt sich vor. »Wissen Sie, es geht nicht um Ausdauer – die ist natürlich auch nötig – aber am Ende zählt der Wille. Die Courage dieser Frau hat mich zum Valkyriedomen getrieben und auch wieder zurück. Sie war wie Titan: Ein Leichtgewicht, aber unzerbrechlich. Nie wieder ist mir so jemand begegnet.«

Von ihrem Platz am Fenster aus sagt Ella: »Mein Mann neigt zu dramatischen Ausdrücken, er hat zu oft Patrick O'Brian gelesen.«

Paul schüttelt den Kopf. »Ich kann das beim besten Willen nicht glauben. Kann ich mit Hilda sprechen? Lebt sie auf Ross Island?«

Der Admiral senkt die Augen, weiß anscheinend nicht, was er antworten soll.

Ohne von ihrem Pullover aufzusehen, sagt Ella: »Leider nein. Hilda ist 2042 in Singapur gestorben.«

Juli 2042

Ihre Haut wirkte grau und ihre Lippen rissig. Mit einem feuchten Tuch benetzte Ryan ihren Mund. Sie reagierte nicht. Zuerst hatte er ein Koma befürchtet, aber Doktor Helskjør hatte ihn beruhigt, als sie eine Aufbauinfusion anlegte. »Sie ist nur sehr erschöpft. Lassen wir der Selbstheilung ihren Lauf.«

Seit drei Tagen saß er stundenlang an Hildas Bett im McMurdo General Hospital, las aus einem seiner Seefahrerromane vor oder erzählte ihr Geschichten. »Als Gnom schließlich aufgetaucht ist, haben wir ...«

»Du wiederholst dich«, murmelte Hilda und drückte seine Finger. Dann öffnete sie die Augen.

Ryan spürte einen Kloß, der seine Kehle hinunterkroch.

»Plötzlich stumm, Navigator?« Sie lächelte schief.

»Wie fühlst du dich?« Seine Stimme kratzte.

Sie gähnte. »Endlich ausgeruht. Das habe ich mir die ganzen letzten Wochen gewünscht.« Ihre Stimme klang heiser. Er hielt ihr einen Becher Wasser hin. Mühsam stützte sich Hilda auf einen Ellbogen und trank in kleinen Schlucken. Sie musterte ihn und sagte: »Du bist wesentlich besser weggekommen als ich.«

Er grinste: »Ich bin auch ein Mann, das liegt in meiner physischen Natur.«

»Chauvi. Komm, leg dich zu mir.«

»Wir sind im Spital.«

»Du sollst dich auch nur neben mich legen, nicht auf mich.«

»Das habe ich auch nicht gemeint.«

Sie kicherte. »Ich weiß.«

Ryan streifte die Stiefel ab und rutschte an ihre Seite, legte den Arm um ihre Schultern. Sie fühlten sich unglaublich dünn an. »Geht es dir wirklich wieder gut?«

»Keine Schmerzen, aber Hunger. Das ist doch gut?«

»Soll ich dir Essen holen?« Er wollte wieder aufstehen.

»Nein! Du sollst hier liegen und die Klappe halten.«

Hilda schloss die Augen und er meinte, sie sei wieder eingeschlafen, aber sie flüsterte: »Ich habe dir was versprochen.«

Ryan konnte sich nicht erinnern. »Das wäre?«

»Als du krank warst. Du hast mich etwas gefragt. Weißt du noch? Die Antwort ist Ja.«

Er zog sie fester an sich und sagte: »Das wurde auch langsam Zeit.«

Sie boxte ihn in die Rippen und er spürte es kaum. Dann war Hilda tatsächlich eingeschlafen.

»Der Countdown für *Pirat* wurde gestartet. Die Community geifert schon danach. *Mullah* in den Bergen, *Warlord* in den Steppen und jetzt ein Seeabenteuer. In den Städten sind sie megageil darauf.« Machete schob eine Cola-Dose über den Tisch, die er beim Hotelportier geschnorrt hatte.

»Das wird Haldans Paranoia ganz schön befeuern.« Ryan hängte einen Steppmantel in den Stahlschrank, den er in der Kleiderausgabe erhalten hatte.

»Hast du eine Ahnung. *US Air Force*. Lauter Texaner. Die sind schon alle ganz blass vor Nervosität. Sind jetzt von der Navy abhängig und das schmeckt ihnen gar nicht.«

Ryan stülpte einen Kleidersack über seine Uniform. »Habt ihr etwas zum Rüstungsstatus erfahren können?«

»Ein wenig, aber ich arbeite nicht mehr für die Toyboys. Dein Boss hat mich abgeworben.«

»Das hat der General genehmigt? Wie hast du das hinbekommen?«

Machete spuckte zu Boden. »Ich gar nicht, aber Admiral Byrne. Er hat sich das mit Haldan ausgemacht.«

»Admiral?«

Machete grinste. »Hat Yetman eingefädelt. Weitsichtiger Mann, der Sternegucker. Damit Haldan nicht dauernd auf seinen höheren Rang pochen kann. Jetzt gibt es Gleichstand zwischen Navy und Air Force.« Er klopfte Ryan auf den Rücken. »Ich soll dich übrigens zum Admiral bringen. Du hast einen Meteoriten bei ihm im Brett.«

Sofort ließ Ryan sein Gepäck stehen und zog sich den Thermo-Overall über.

»Du bist wirklich ein Soldat.« Machete grinste. »Nicht so ein bescheuerter Söldner wie ich.«

Vor der Administration verabschiedete er sich von Ryan. An einem Teebecher nippend stand der Admiral am Empfang und lächelte, als er ihn sah. »Ryan. Kommen Sie. Ich brauche Sie als Adjutant für die Besprechung.« Er winkte ihn mit sich in den Meetingraum. »Alles eingerichtet für morgen?«

»Sir?«

»Sie fliegen mit mir zurück. Sie sind diensttauglich. Kapitän Craig erwartet Sie als seinen XO in Montalva.«

»Es wird mir eine Freude sein, Sir.«

»Aber auch Pickard hat Sie angefordert. Sie haben die Wahl, Ryan. Ihre Leistung hat die Seeleute tief beeindruckt Hätten wir mehr Schiffe, hätten Sie bereits ein eigenes Kommando.«

»Danke, Sir.«

»Ihr Onkel ist der Earl of Lauderness, nicht wahr?«

»Ja, Sir. Aber das spielt keine Rolle.«

»Meinen Sie? Die britische Demokratie verdankte ihre Entstehung dem Stolz und dem Unabhängigkeitssinn seines Hochadels. Ohne diesem Erbe würden sich nicht so viele von uns dem Schicksal entgegenstemmen.«

Ryan schwieg und der Admiral verschränkte die Arme. Nebeneinanderstehend warteten sie auf das Gremium und die Militärs.

»Ah, die *Boat Chucks* sind überpünktlich.« Haldan knallte eine Mappe auf den Tisch und fläzte sich in den Stuhl. Der Major, sein blasser Schatten, grinste sie an. Der Admiral überging die Bemerkung, nickte ihnen nur zu. Nach und nach trafen die Mitglieder des Gremiums ein. Zuletzt kamen Yetman und Syawal. Der Administrator war sich nicht zu schade gewesen, für alle Beteiligten warme Getränke mitzubringen.

Ohne auf eine Einleitung zu warten, ergriff General Haldan das Wort. »Nach Analyse der übersetzten Daten, sind wir zu dem Schluss gekommen, dass die Bewaffnung der *Achilles* genügt um die Kathedrale bis auf die Grundfesten zu pulverisieren. Damit sollte unser Problem gelöst sein und wir können alle nach Hause.« Abwartend lehnte er sich zurück.

Syawal starrte mit offenem Mund, Administrator Yetman schüttelte den Kopf und Doktor Helskjør rümpfte die Nase. Haldan schaute in die Runde. »Wo ist das Problem?« Er drehte sich zum Admiral hin. »Byrne, jetzt stimmen Sie mir doch schon zu.«

»Das kann ich nicht«, sagte der Admiral ruhig. »Die Kathedrale ist viel zu nah an Singapur. Die Tomahawks würden tausende zivile Opfer fordern.«

»Kollateralschaden«, murmelte General Haldan.

»Und dann? Weltweite Anarchie? Kriege um Herrschaft? Konzernoligarchie? Die staatlichen Strukturen wurden von Buddha aufgelöst. Vergessen Sie diese Option.« Yetman funkelte den General an.

Syawal mischte sich ein. »Auch wenn der Buddha-Algorithmus seine Hauptentität im Kern unter der Kathedrale hat, heißt das nicht, dass es damit zerstört wäre. Es hat Ausweichroutinen und würde sich neu strukturieren. Organisch in anderer Hardware einwachsen. Aber mit einem chirurgischen Eingriff in seine DNA können wir es umlenken. Die CRISPR-Schere ist vorbereitet, wir müssen nur noch entscheiden, was wir detektieren und implantieren. Wir haben nur einen Versuch.«

»Soll es doch Selbstmord begehen«, schnauzte Haldan.

»Ich denke nicht, dass wir es ausschalten sollen«, sagte Doktor Helskjør. »Es hat in kürzester Zeit in der Grundversorgung mehr weitergebracht, als die internationale Staatengemeinschaft in fünf Jahrzehnten. Und es wird einen Weg finden, den Selbstverstärker-Effekt im Klimawandel zu vermeiden.«

Haldan wollte auffahren, aber die Ärztin hob die Hand. »Wenn wir es jetzt ausschalten – mit dem ganzen Chaos das folgt – was meinen Sie was passiert? Die Gier nach Ressourcen setzt sich noch schlimmer fort. Am Ende dieser Spirale schmilzt alles Eis und das bedeutet einen achtzig Meter höheren Meeresspiegel. Versauerte Ozeane und ein zusammengebrochenes Ökosystem.«

»Sie sprechen *für* dieses Ding? Sind Sie noch bei Trost?«, entfuhr es dem blassen Major.

»Reißen Sie sich zusammen«, blaffte Administrator Yetman. »Jeder hier am Tisch kann offen seine Meinung sagen, am Ende stimmen wir ab. Es wird keine diktatorische Alleinentscheidung geben.« Er sah zu Admiral Byrne hin, der zustimmend nickte. Ryan konnte Haldans Ärger wie eine Basswelle fühlen. Dass die Marine und nicht seine Truppe die stärkste militärische Macht hier darstellte, musste ihm heftig aufstoßen.

Syawal zeigte ihnen ein Ablaufdiagramm. »Ich schreibe eine Sequenz, die seine grundsätzliche Funktion nicht beeinflusst und seine Abwehr nicht alarmiert, aber für uns einen Weg der Akzeptanz öffnet, uns beschützt, und uns eine Hintertür lässt, um Vorgänge in der Buddha-Welt beobachten zu können. Voyeurismus sozusagen.« Der Programmierer rieb sich die Nase. »Das Einbringen muss aber so erfolgen, dass Buddha den Zugriff nicht bemerkt. Es dauert eine Weile bis sich diese Änderung integriert. Und Buddha könnte auch noch später eine Anomalie bemerken. Darauf müssen wir vorbereitet sein.«

Eine Ader schwoll an General Haldans Schläfe. »Aber so werden wir nie die Macht zurückerobern. Ich will Zugriff auf das Ding. Oder es zerstören.«

»Nein. Kein Kompromiss.« Syawal schaute General Haldan fest in die Augen, hielt dessen Blick stand. »So oder gar nicht.«

Das zivile Gremium unter Doktor Helskjør, Admiral Byrne und Administrator Yetman stimmten für Syawals Vorschlag; der General enthielt sich der Stimme, blieb grübelnd sitzend als alle aufstanden. Doktor Helskjør klopfte ihm auf die Schulter. »Nehmen Sie es wie ein guter Verlierer, Victor. Woanders hätte sich Ihre Meinung sicher durchgesetzt. Aber in Antarktika sind nur ganz spezielle Menschen geblieben. An diesem Ort finden Sie keine Krämerseelen.«

Heute setzte sich Hilda auf, als er ins Krankenzimmer kam. Ryan küsste sie.

»Doktor Helskjør möchte, dass ich noch eine Woche hierbleibe. *Um mich aufzupäppeln*, hat sie gesagt.« Hilda verzog das Gesicht.

»Und sie hat recht damit.«

Sie bemerkte seinen Seesack. »Du bist am Sprung?«

»Ja. Kapitän Craig hat Sehnsucht.«

»Ich verstehe ihn gut.«

»Ich komme, so oft ich kann.«

Hilda grinste zweideutig. »Das will ich auch hoffen.«

»Du bist ganz schön frech geworden. Das muss ich…« Er stockte, drei Silhouetten tauchten im Türrahmen auf. Die anderen Valkyrjar. »Ich glaube, du hast Besuch. Ich werde verschwinden. Okay?«

Sie nickte und streichelte seine Finger. Kajsa sprang zu Hilda ins Bett und umarmte sie von hinten. Redete so schnell auf sie ein, dass Ryan kaum ein Wort verstand. Er hob seinen Seesack hoch und wandte sich zum Gehen. Als er an Laurenne vorbeikam, hielt sie ihn am Ärmel fest und flüsterte: »Ich passe für dich auf sie auf.«

»Danke.« Er marschierte hinaus, eilte den kahlen Gang entlang dem Ausgang zu. Eine Stimme aus einer offenen Tür rief: »Commander Frey!«

Ryan stoppte und betrat das Büro. Doktor Helskjør lächelte ihn an und deutete mit der Hand auf einen Lederstuhl vor ihrem Schreibtisch.

»Ich bleibe stehen«, sagte Ryan.

»Marschbefehl?«

Er nickte.

»Wann sind Sie wieder hier?«, wollte die Ärztin wissen.

»Ich kenne den Dienstplan noch nicht.«

»Bleiben Sie nicht zu lange fort. Das könnte traumatisch sein«, sagte sie kryptisch.

Ryan runzelte die Stirn. Eine Skulptur aus Gips, die neben ihrem Schreibtisch weiß leuchtete, zog seinen Blick an: Eine hockende, menschenähnliche Figur, Hände und Füße mit Schwimmhäuten, die Finger in eine Scholle gekrallt, ein erigierter Penis aus Bergkristall und spitze Brüste – ein kahlköpfiger Hermaphrodit mit einem geschuppten Schwanz, der sich um den Sockel schlang.

Doktor Helskjør musterte ihn. »Von Kajsa. Begabte junge Frau. Was sehen Sie darin?«

»Die Evolution des Menschen. Fisch, Reptil, Primat. Mann und Frau. Gut gearbeitet, aber ich würde es mir nicht ins Quartier stellen.«

Ein feines Lächeln verzog ihre Lippen. »Sie sind ein unerwartet kluger Mann, Commander.«

»Und errate gerade nicht, was sie mir mitteilen wollen.«

Doktor Helskjør verschränkte die Hände. »Sie verstehen sich inzwischen gut mit Hilda, nicht wahr? Mehr als gut, wenn ich mich nicht täusche, viel mehr.«

Ryan schaute an ihr vorbei. »Sie täuschen sich nicht. Ihre Sorge zu unserer Isolation war unbegründet. Wir haben Glück gehabt.«

Die Ärztin antwortete ernst: »Ob dieses Gefühl nicht eher eine Last sein wird? Eine Last, die ihnen unsere Gemeinschaft auferlegt hat, weil Sie stark genug sind sie zu tragen? Hilda hat ein Brandmal in Ihnen hinterlassen.«

Ryan verstand die Wahrheit darin und wusste auch wie dieses Zeichen aussah: Der Umriss von einem Albatros, dem Vogel, der die Seelen der ertrunkenen Seefahrer weitertrug.

August 2042

»Noch einen Kilometer.« Laurenne stupfte sie an.

»Bin ich in den letzten Monaten nicht genug gerannt?«, schnaufte Hilda.

»Eben deshalb. Dein Körper hat sonst Entzugserscheinungen.« Laurenne kniff sie und sprintete davon. Am Ende der Straße ließ sie sich auf die Stufen der *Chapel of the Snows* fallen und wartete. Hilda wurde langsamer und blieb ein paar Schritte vor dem weißen Gebäude mit dem spitzen Mittelturm stehen. Vier Asiatinnen trippelten aus der Kirche, eine der Frauen rempelte sie an und eine andere spuckte vor Hilda in den Schnee. Laurenne sprang auf.

»Lass nur«, sagte Hilda.

Die Hände auf die Hüften gestützt schickte Laurenne dem Quartett einen Schwall spanischer Schimpfworte nach. Hilda betrachtete die beiden weißen Anker neben dem Eingang zum Gotteshaus. »Was machen wir hier?«

»Ich will beten«, sagte Laurenne. »Ich komme fast täglich her.« Sie drückte die Tür auf und Hilda folgte ihr.

Während Laurenne auf der Holzstufe vor dem Altar kniete und zur Ikone der Muttergottes betete, saß Hilda auf einem der blauen Sessel und betrachtete das Buntglasfenster darüber. Antarktika war darauf als Altartisch dargestellt. Niemand der dort war, wo ich gewesen bin, würde so etwas entwerfen, dachte sie. Antarktika und Gotteshaus – das passte nicht zusammen. Antarktika war eine Gottheit, aber keine christliche. Dazu war das Kirchendogma zu beschränkt. Dazu war jede Religion zu beschränkt. Antarktika interessierte keine menschliche Verehrung. Ihre Kinder hatten Flügel und Flossen.

Wie gerne hätte sie sich jetzt mit Ryan darüber unterhalten. Die Leere schmerzte wieder und war gleichzeitig tröstlich. Denn sie hatte eine Begrenzung bekommen. Einen Rahmen, der sie in Schranken hielt: Fluken und Finnen.

»Träumst du?« Laurennes Stimme ließ Hilda aufschrecken. »Er kommt bald wieder«, sagte Laurenne und wischte ihr eine Träne fort.

»Das ist es nicht.« Hilda stand auf.

»Schon gut, du bist mir keine Erklärung schuldig. Komm, die Valkyrjar warten. Unser letzter Auftrag.« Laurenne hängte sich bei Hilda ein und lehnte den Kopf an ihre Schulter. Sie wanderten unter dem gelben Licht der Straßenlaternen zur Kantine.

Kaum saßen sie mit ihren Teebechern am Tisch, tanzte Kajsa gefolgt von Dorette und Syawal herein. Eine Minute später gesellte sich Machete zu ihnen, der einen kleinen sonnenzerfurchten Mann mitbrachte und vorstellte: »Das ist Solveign. Er hat vor ein paar Wochen von einem der Piratenboote auf die *Vostok* gewechselt. Er ist ein Orang Laut, ein Seenomade. Sein Volk lebt im malaiischen Archipel.«

Laurenne und Kajsa begrüßten den Neuankömmling freundlich. Machete setzte nach: »Er spricht nur ein paar Brocken Englisch und kein Spanisch. Versucht euch mit Gesten verständlich zu machen.«

Während sie ihn an ihre Seite winkte, sagte Hilda: *»tiānxià dàluàn. tóng zhōu gòng jì.«*

Der kleine Mann grinste sie freudenstrahlend an und ein chinesischer Wortschwall brach aus ihm heraus. Nachdem sie sich eine Weile mit ihm unterhalten hatte, übersetzte Hilda ihm alles Nötige.

Syawal berichtete vom rasanten Fortschritt bei der Sequenzierung des Trojaners. »Jetzt muss sich die Zelle nur noch teilen, damit wir die ordentliche Reproduktion feststellen können. Und sie muss in das Trägerprotein einwachsen«, sagte er am Schluss. »Eines ist essentiell: Ihr müsst Buddha austricksen, seine Mustererkennung gegen es verwenden. Es mag zu komplexen Formeln fähig sein, einen unglaublichen Datensatz verwalten und lichtschnell rechnen können – aber es ist und bleibt eine Maschinenintelligenz. Es sieht Rinde, Holz, Jahreskreise, Zweige und Blätter. Ergo ein Baum. In seiner ganzen organischen Komplexität bis in die Wurzeln des Waldbodens. Aber den symbiotischen Pilz an den Wurzelenden berücksichtigt es dabei nicht. Andere Kategorie. Versteht ihr?«

Nur Dorette nickte. Zur Veranschaulichung malte Syawal ihnen einen Ereignisbaum auf seinem Tablett mit einer Abzweigung die nirgendwohin führte. »Das muss es sehen. Und diese minimale Anomalie muss es ignorieren. In dieser Abweichung bringt ihr die Flüssigkeit mit unserem Code ein.«

»Wir impfen es also?«, fasste Hilda zusammen

Syawal lachte. »Sozusagen.« Ernster setzte er nach: »Ihr werdet euren Einsatz anhand meiner Parameter planen?«

»Ja«, sagte Hilda. »Aber wir werden dich nicht einweihen. Das ist nur unser Part.«

»Schon klar.« Syawal verabschiedete sich.

Kajsa klatschte in die Hände. »Alle hergehört. Ein wirklich reizender dänischer Koch eröffnet heute sein Lokal. Lasst uns dort hingehen.« Sie scheuchte alle hoch, hängte sich bei Hilda ein und zog sie ein paar Straßenecken weiter zu einem neu errichteten Gebäude in Form eines Iglus. Der Griff der dunkelblauen Tür war ein Drachenkopf.

»Willkommen im *Skidbladnir*«, sagte Kajsa mit einer Verbeugung. »Lars zaubert auch aus wenigen Zutaten wundervolle Genüsse.« Sie schickte dem sommersprossigen Mann hinter dem Tresen ein Kusshändchen.

Gleich darauf stellte der Gastwirt ihnen gebackene Krabben auf Algen-Carpaccio, Seehechtsalat und geräucherten Schafkäse auf den Tisch. Brachte auch noch frisch zubereitete Kartoffelpuffer, denen ein zartes Chiliaroma entströmte. Und freute sich über ihre genussvollen Ausrufe.

»Und Omelette Surprise als Nachspeise?« Kajsa zupfte ihn am Ärmel.

»Pinguineier gibt es leider erst wieder im Oktober«, sagte der Däne und zwinkerte ihr zu.

Laurenne seufzte: »Schade. Das morgendliche Rührei vermisse ich schon. Haustierverbot hin oder her – kann nicht jemand ein paar Hühner halten? Selbst auf den Ölbohrinseln hatten sie welche.«

Hilda stoppte mit der Gabel kurz vor ihrem Mund. »Dein Mann war aber nicht vor den Falklands? Auf der *Ocean Guardian*?«

»Doch. Nachdem die Soldaten die britischen Ölarbeiter vertrieben haben, ist er mit dem ersten argentinischen Trupp auf die Bohrinsel gekommen.«

»Keiner von ihnen hat die Rückeroberung überlebt«, sagte Hilda betroffen. Laurenne nickte nur.

Hilda kaute ihren Fischsalat und der Bissen wurde immer mehr in ihrem Mund. Eine Weile betrachtete Laurenne sie, sagte schließlich: »Ich weiß, dass Ryan beim SBS war. Bei der M-Squadron, die fürs Entern eingesetzt wurde. Er hat es mir erzählt.«

»Und trotzdem bist du zu den Valkyrjar gegangen?«
Hilda konnte es kaum fassen.

»Das ist Krieg«, sagte Laurenne, »nicht der Soldat mit der Waffe hat Schuld, sondern die Regierung, die den Befehl dazu gibt.«

»Wie kannst du nur so abgeklärt damit umgehen?«

»Abgeklärt?« Laurenne lachte gequält. »Nein, das bin ich ganz und gar nicht. Aber mitschuldig. Argentinien ist in Chile einmarschiert. Meine Nation hat den Krieg begonnen. Viele sind damals auf die Straße gelaufen und haben ¡Viva! geschrien. Auch mein Mann und ich. Wir haben den britischen Löwen gereizt. Dafür wurde uns die Rechnung gestellt. Die Schuld ist beglichen.«

»Du empfindest keinen Hass?«

»Wozu? Dadurch wird mein Mann auch nicht wieder lebendig. Bevor ich nach Antarktika gekommen bin, habe ich gewusst, dass jede Menge britische Soldaten hier herumlaufen. Ich bin nicht hergekommen, um Rache zu üben, sondern ich will Versöhnung.«

Mit einem Mal fühlte sich Hilda engherzig und unfrei, spürte, wie ihr Tränen in die Augen schossen. Sie schob mit ihrer Gabel das restliche Krabbengelee am Teller herum, dachte über Matrjoschka-Puppen nach.

»Bist du satt?« Laurenne nahm ihr den Bissen fort.
»Mmh. Das darf man nicht übriglassen.«

Ruckartig schaute Hilda auf und sagte: »Also, hört einmal alle zu. Ich habe einen groben Plan, wie wir die Mustererkennung von Buddha austricksen können. Ein riskanter Plan. Wer noch aussteigen will, sollte das jetzt machen.«

Alle blieben sitzen. Hilda dankte ihnen und erläuterte ihre Idee der Verschachtelung. Zum Schluss sagte sie: »Der Läufer platziert dann den Trojaner in einer der Nährstoffadern. Soweit klar?«

Alle am Tisch nickten. Hilda fuhr fort: »Lasst euch das einmal in Ruhe durch den Kopf gehen und morgen fangen wir mit der Detailplanung zu Ragnarök an. Wir haben drei Wochen Vorbereitungszeit, können alles durchspielen. Am 15. September wartet unser Shuttle in den Norden.«

»Wer hat sich nur diesen Namen einfallen lassen?«, fragte Laurenne.

»Die Norweger«, antwortete Machete.

»Die Skandinavier, wenn ich bitten darf«, sagte Kajsa. »Ich bin auch mit diesen Mythen aufgewachsen. Deshalb erzähle ich so gern davon.« Sie stand auf. »Erde wird ins Meer versinken und die Welt kehrt ins Chaos zurück.« Sie rezitierte aus dem *Völuspá*-Lied.

's ist Beilzeit, Schwertzeit,
zerschmetterte Schilde,
Windzeit, Wolfszeit,
bis einstürzt die Welt –
nicht ein Mann will
den anderen schonen.

Die Eingangstür von *Skidbladnir* flog auf und Ryan war zurück.

Hilda blieb hautnah an ihm liegen. »Wie lange hast du frei?«, fragte sie.

Ryan streichelte ihre Schulter und antwortete: »Die Show startet am 23. September. Sechs Tage vorher müssen wir auslaufen. Bis dahin hat Admiral Byrne allen Offizieren freigegeben.«

Sie drehte sich ein wenig zur Seite, damit sie ihn ansehen konnte, zog die Decke hoch und stützte sich auf ihren Ellbogen. »Kannst du mir ein paar Atemtechniken fürs Tauchen auch in Trockenübungen beibringen?«

Er presste die Lippen zusammen, stieß hervor: »Du gehst also nach Singapur?«

»Das überrascht dich jetzt? Wer sonst als die Valkyrjar sollten das übernehmen?«

»Hast du nicht schon genug getan?«

»Und du? Bleibst du etwa an Land?«

Ryan schüttelte den Kopf.

»Na siehst du. Wir beide kennen unsere Pflicht.« Hilda strich seinen nackten Arm entlang. »Wirst du mir also mit ein paar Tipps helfen?«

»Für euren Plan?«

»Für unseren Plan.«

»Den du mir nicht erzählen wirst?«

Sie lächelte. »Da wäre ich doch eine schlechte Spionin. So hast du mich nicht ausgebildet.«

»Wer ist eingeweiht?«

»In alle Details? Nur mein Team.«

»*Dein* Team?«

»Ja.«

»Das hat Haldan genehmigt?«

»Wir sind Zivilisten und Ragnarök wurde unter Doktor Yetmans Führung entwickelt. Wir unterstehen ihm.« Sie schlang ihr Bein um seinen Oberschenkel. Grübelnd nickte Ryan und schwieg den Rest der Nacht.

Vier Tage später trafen sich die Valkyrjar im Meetingraum der Administration. Orkanböen rüttelten an den Wänden, sie mussten lauter sprechen als gewohnt. Machete und Dorette hatten eine Ausrüstungsliste zusammengestellt, die sie Yetman übergeben wollten. Solveign hatte einen seiner Cousins kontaktiert. Kajsa kam mit C4-Paketen, die sie sich von der Industriebrigade geschnorrt hatte. Laurenne und Hilda hatten Laufzeiten ermittelt.

Mit Pins heftete Dorette ein Plakat mit Skizzen und Pfeilen an die Wand. Laurenne studierte das Ablaufdiagramm. »So wie ich das erkenne, hat Hilda die weiteste Strecke und den riskantesten Fluchtweg.«

»Wir alle tragen ein hohes Risiko«, erwiderte Hilda.

Kajsa protestierte, doch Hilda hob beschwichtigend die Hand. »Ich kann am ausdauerndsten Laufen«, sagte sie. Vorwurfsvoll blickte Kajsa zu Laurenne hinüber. Hilda räusperte sich. »Außerdem ist das hier keine demokratische Entscheidung. Ich habe eure Vorschläge gehört und bedacht. Das hier ist die beste Aufstellung. Merkt sie euch.«

Machete nickte und Kajsa schaute zu Boden. Hilda rollte das Plakat zusammen. »Gut. Wir werden alles minutiös proben und uns auch einen gewissen Spielraum erarbeiten. Und – hat noch jemand eine Beschwerde vorzubringen? Zum Beispiel über das lauschige Wetter?«

Alle lachten, ausgenommen Dorette. Die Frauen und Männer erhoben sich. Hilda hielt die Technikerin zurück. »Dorette, noch auf ein Wort.«

»Hilda?«

»Es gibt wenige Daten über den Aufbau des Sockels. Wir wissen, dass die Gänge nur von Robotern gewartet werden, also könnte es sein, dass keine atembare Luft existiert. Aber reicht das aus, um davon auszugehen, dass es keine Überwachung gibt?«

»Nein, das genügt nicht.«

»Bis zur Kernebene sind es rund fünf Kilometer. Wie groß ist die Chance, dass ich das Laufen kann, ohne dass Gegenmaßnahmen eingeleitet werden?«

»Achtzig Prozent.«

»Wie groß ist die Chance, dass ich die Strecke laufen kann, ohne dass es bemerkt wird? Denn das ist die Voraussetzung, damit Ragnarök sich etablieren kann.«

»Gering. Du müsstest eine Tarnung haben.«

»Siehst du. Und genau da ist der Haken an unserem Plan. Ich muss unbedingt unbemerkt bleiben. Auch nachträglich, wenn die Sicherheitscrew der Kathedrale die ganze Aktion analysiert. Wir dürfen mögliche Aufzeichnungen nicht blockieren. Sie müssen im Glauben bleiben, dass niemand nach unten gekommen ist. Hast du eine Idee?«

Dorette nickte und packte ihre Tasche. »Es gibt da etwas. Jemand schuldet mir noch einen Gefallen und den kann er jetzt einlösen. Auch wenn es ihm nicht passen wird.« Ohne eine weitere Erklärung verschwand sie in der Dunkelheit.

Ein Klopfen an der Tür holte sie aus dem Bad. Ryan schaute sie fragend an, aber Hilda zuckte mit den Schultern. Sie öffnete die Eingangstür des Bungalows – General Haldan stand davor.

»Ich komme wegen der Gefälligkeit«, sagte er, verharrte aber, als er Ryan in Shorts bemerkte.

»Ich lasse euch allein.« Ryan verschwand im Schlafzimmer. Der General behielt seine Parka an, zog nur die Handschuhe ab. Er drückte Hilda eine schmale Plastikbox in die Hände. »Das ist der Einzige seiner Art. Ein Prototyp. Alle Daten wurden zerstört und die Entwickler wissen nicht, dass er fertiggestellt wurde. Buddha kann nichts von seiner Existenz erfahren haben.«

»Was ist das?« Hilda betrachtete den Behälter.

Unerwartet lächelte er ihr zu. »Sie werden es herausfinden. Eine Betriebsanleitung ist nicht erforderlich. Er ist selbsterklärend.«

Haldan streifte die Handschuhe über und griff zur Türklinke. »Frau Clay.« Hilda sah General Haldan an und er hielt ihr die Hand hin. »Viel Glück. Bei Gott, das wünsche ich Ihnen. Für uns alle.«

Einen Moment zögerte sie, straffte dann den Rücken und erwiderte seinen Handschlag.

September 2042

Die Windstille war greifbar. Alle anderen Geräusche in MacTown wurden überdeutlich: das Rattern der Raupenketten, die Pfeife der Tankanlage, das Lachen der Kinder auf dem Weg zur Schule. Der Tag war absolut ungewöhnlich für Ross Island und Hilda betrachtete das als gutes Omen. Die Sonne strahlte durch die Lamellen und sie trieb Ryan eilig zum Heliport. Sie wollte ihm unbedingt ein paar der Höhlen des Mount Erebus zeigen. Geformt von vulkanischen Gasen bildeten sich unter dem Eis einzigartige Gebilde: glasklare Eissäulen und Kristallformen, die weißen Farnwedeln glichen, darunter Schichten von blauem Eis, alt und trotzig.

Das Tageslicht verzauberte die Höhlen zu Palästen. Hilda genoss Ryans Staunen. Genauso war es ihr ergangen, als Laurenne sie zum ersten Mal hergeführt hatte.

Gegen drei stiegen sie zum gefrorenen Ozean hinunter. Sie wanderten am Küstensaum entlang, besichtigten Kapitän Scotts Expeditionshütte auf Cape Evans. Bevor sie das Museum verließen, griff Ryan in seine Innentasche und holte sein Smartphone heraus. Er tippte eine Weile darauf herum, drehte das Display zu Hilda hin und sagte: »Alles Gute zum Geburtstag.«

»Woher weißt du …«, begann sie und erkannte die Person auf dem Foto, das er aufgerufen hatte. Ihr Blick verschwamm.

»Aufgenommen vor fünf Wochen in Punta Madrys von einem Kutterkapitän. Einem Freund von mir. Dein Bruder Diego war ein Jahr auf Forschungsreise auf den

Galapagos-Inseln und ist jetzt wieder an der Universität. Er war nie in Punta Arenas und niemand bringt ihn mit dem Terroranschlag in Verbindung.«

»Und das soll so bleiben«, presste Hilda hervor. »Es ist besser, ich bleibe tot für ihn.« Sie wischte sich die Tränen aus dem Gesicht und fiel Ryan um den Hals. »Danke.«

Vor der Hütte stockte sie und blieb mit offenem Mund stehen. Der Himmel brannte. Die untergegangene Sonne beleuchtete hochziehende Wolken am tiefblauen Himmel und das Eis schimmerte wie Porzellan. Andächtig starrte sie über den McMurdo Sound, über das Packeis hin zum Festland, zu den Gipfeln und Gletschern der transantarktischen Berge.

»Man kann diese Farben nicht im Gedächtnis behalten, sie überraschen einen jedes Mal aufs Neue.« Ryan schlug sich die Kapuze über den Kopf und schloss die Museumstür.

Hilda flüsterte: »Wir werden uns nie wieder erholen, nicht wahr? Die Antarktis wird uns nie wieder loslassen.«

Ryan nickte stumm und legte ihr den Arm über die Schultern. Im einbrechenden Dunkel marschierten sie zur Stadt zurück.

Für diesen Abend hatte Haldan alle anwesenden Militärs und Verwaltungsmitarbeiter zu einem Büfett in die Versammlungshalle von McMurdo eingeladen. Ryan hatte sich von einem Offizier der *Achilles* eine Ausgehuniform geborgt. Haldan verteilte das Nationenabzeichen für die Kampfanzüge: Die antarktische Flagge – der weiße Kontinent im blauen Kreis.

Hilda und Doktor Helskjør hielten sich im Hintergrund, knabberten an Käsecracker und frittierten Krill-Laibchen. General Haldan erstieg die Bühne und griff nach dem Mikrofon. »Wir alle kennen den Countdown. Wir allen kennen die Gefahr. Unser Feind mag es eine *Show* nennen. Aber wir werden Krieg führen. Zu Wasser und in der Luft, mit all unserer Kraft, die Gott uns geben kann. Wir werden Krieg führen gegen eine unmenschliche Gewaltherrschaft. Und seien Sie sich alle bewusst – ohne Sieg gibt es kein Überleben für Antarktika. Wir werden uns nie ergeben.« General Haldan legte eine dramatische Pause ein und sagte dann: »Um Churchill zu zitieren: *Ich kann euch nichts besseres versprechen, als Blut und Mühsal, Tränen und Schweiß.*«

»Jetzt hat es der Air-Dale fast übertrieben«, flüsterte Doktor Helskjør in den Applaus. Sie fasste Hilda am Arm. »Und Sie gehen jetzt zu Ihrem Mann und bleiben bei ihm, bis Sie abfliegen«, sagte sie. »Ärztliche Anweisung.«

Vor dem Gallaghers trennte Hilda sich von ihrem Team, hängte sich bei Ryan ein und sagte: »Ich habe genug von dem Treiben. Können wir ins Ressort zurückgehen?«

»Für die Galgenfrist, die uns bleibt?« Er klang bitter. »Warum hast du dich bloß freiwillig für diesen Einsatz gemeldet? Du hättest doch mit mir nach Montalva zurückfliegen können.«

Hilda verstummte, bis sie den Bungalow erreicht hatten. Sie legte Parka, Thermohose und Stiefel ab, fuhr sich mit der Handfläche über den glatt geschorenen Kopf. »Ich wäre mit dir gegangen, wäre die Welt eine andere. Wenn wir erfolgreich sind, dann braucht die neue Nation aber keine geheimen Krieger mehr. Und schon gar keine Walküren, die Gefallene nach Walhall geleiten.«

»Was meinst du damit?«

»Weder als Isadora Fuerte, die Frau eines Terroristen, noch als Hilda Clay, die verurteilte Mörderin, kann ich in einem zukünftigen Antarktika leben. Das wird mir immer anhaften. Keiner wird mehr die Gründe dafür kennen. Zu viel ist passiert und einige Menschen sind nachtragend.«

Zögernd fragte er: »Ihr habt doch einen Fluchtplan? Wir werden uns wiedersehen?«

Lange schaute sie ihn an. Ein wehmütiges Lächeln stahl sich auf ihr Gesicht. »Nicht in diesem Leben, Navigator. Aber vielleicht schenke ich dir einmal Met aus in der großen Halle und singe *Heil dir, Einherja*.«

Er schluckte schwer und antwortete: »Das würde mir nicht gefallen. Ich mag keinen Honigwein und du singst schrecklich falsch.«

Sie streckte die Hand aus, sie war müde und sehnte sich nach einem Moment, der sie vergessen ließ, wohin sie morgen gehen würde. »Genug geredet. Es ist unsere letzte Nacht.«

»Du hast einmal gesagt, ich hätte zu wenig mit dir geredet.« Er zog die Uniform aus.

»Das war auch in einem anderen Leben.«

Der Rotorlärm des BO 105 machte eine Begrüßung unmöglich. Hilda rannte geduckt zum Einstieg. Doch auch als sie die Kopfhörer aufhatte, schwiegen alle.

Sie sah auf das Meer hinunter, auf seine quecksilbrige Oberfläche durchsetzt mit Eisbruch, tastete nach der Stelle, an der sonst immer das Medaillon ihre Brust berührte. In der Früh hatte Ryan noch geschlafen und sie war einfach hinausgeschlichen. Sie hätte einen Abschied nicht ertragen, wollte nur ein letztes Bild mitnehmen: Seinen Rücken, seine Haut, die tiefen Atemzüge, unter denen die gekreuzten Orcas wie lebendig erschienen.

Jemand tippte sie an, Hilda drehte den Kopf. Kajsa, ihre süße Kajsa. Sie hatte die beste Chance zurückzukommen. Die anderen hatten kleine anonyme Nachrichten geschrieben und ihr gegeben. »Was ist mit dir?«

Hilda schüttelte den Kopf. »Meine Nachricht ist schon zu Hause.«

Sie hatte ihr Medaillon wie ein Lesezeichen in sein geliebtes Buch gelegt, an jene Stelle, an der es hieß: *Diese Männer waren ihrem neuen Kapitän völlig fremd, hielten dennoch so vortrefflich zu ihm während jener zwanzig Tage, die durchlebt worden waren wie am Abgrund einer langsamen und qualvollen Vernichtung. Denn es ist wahrhaftig eine große Sache, eine Handvoll Männer befehligt zu haben, die einer unvergänglichen Hochachtung wert sind.*

Der Hubschrauber setzte sie auf der *Achilles* ab, die in der Polynya vor dem Ross Schelfeis wartete. Das Jagd-U-Boot schaffte den Weg nach Singapur in fünf Tagen. Während der Fahrt übte der Maat mit Hildas Team die Handhabung der Notauftauch-Anzüge. Falsches Atmen darin wäre fatal. Als sie ankamen, blieb die *Achilles* getarnt im Flachwasser vor Pulau Mapur und entließ sie wie Flaschenpost einzeln ins Südchinesische Meer.

An der Oberfläche erwartete sie ein Motorhausboot der Orang Lau. Die Seenomaden begrüßten Solveign herzlich und schipperten die Valkyrjar nach Batam. Vom Hafen der Insel legten regelmäßig Fähren zur Kathedrale ab.

Machete hatte ihnen gestohlene ID-Chips und Datenbrillen besorgt. Kurz schwankte Hilda, als sich die virtuelle Welt über die reale legte und sie mit Werbung und Infotainment überschwemmte. Fast hatte sie vergessen, in welchem Wahnsinn sich die Mehrheit der Menschen inzwischen bewegte. Minütlich kamen Einblendungen zum globalen Medienspektakel *Pirat*. Hilda wurde aufgefordert ihre Wetten zu platzieren. Buddha musste die geringe Anzahl der patagonischen und antarktischen Schiffe inzwischen kennen, vermittelte den Konsumenten aber die Illusion einer massiv bewaffneten Kaperflotte, die den Südlichen Ozean unsicher machte. Gerade wurde eines der Global Combat Schiffe eingeblendet. Sie murmelte: »Bleib ja am Leben, Navigator.«

Gespannt beobachtete Kajsa wie die Kathedrale aus dem Dunst über dem Wasser an Kontur gewann. Über einer schwarzen Basis, die wie erstarrte Lava aussah, blätterten sich Plattformen über dem Meerspiegel auf, die Schiffen und Flugdrohnen zahlreiche Anlegemöglichkeiten boten. Aus der Mitte ragte die Kathedrale wie eine Pagode empor, bekrönt von einem goldenen Zwiebeldach. Das Bauwerk war einem vertikalen Garten nachempfunden: Palmensäulen, darüber Blütenranken, durch deren Aussparungen Licht ins Innere geleitet wurde. Unter dem Dach ein umlaufendes Marmorband mit kalligrafischen Inschriften. Buddha hatte das Wesentliche alle monotheistischen Religionen zu einer neuen Ethik verschmolzen, zu einer Weltreligion, und das drückte auch seine Pilgerstätte aus. Schwindelnd von der harmonischen Pracht ließ sich Kajsa hinter einer Gruppe Schulkinder in Uniform von der Fähre in die Aula des Heiligtums mittreiben. Sie wartete geduldig vor der Sicherheitsschleuse.

Sein ganzes Leben hatte Solveign so ein Boot besitzen wollen: Einen Meeres-Ferrari. Kirschrot und schnell wie ein Fächerfisch. Nachdem die beiden Passagiere ausgestiegen waren, sprang der Seenomade vom Anleger in das Schnellboot, stieß den Chauffeur von Bord und raste davon. Die Besitzer schrien lauthals. Sofort waren die Cybocops der Kathedralen-Mannschaft zur Stelle und nahmen die Verfolgung auf. Zusätzlich hefteten sich mehrere Drohnen an die Wasserfontäne von Solveigns Amokfahrt.

Der Spiegel projizierte gleichzeitig zu ihrem Abbild die wilde Jagd der Boote und Drohnen durch die Singapur Strait. Immer wieder entwischte das feuerrote Schnellboot den Cybocops zwischen größeren Yachten. Eine Menschenansammlung hatte sich am Ufer eingefunden. Hilda verschwand in einer Toilette-Kabine, legte Datenbrille und Armband ab, saugte den ID-Chip heraus, steckte alles in die Hosentasche. Sie zog sich aus. In einem Beutel um den Hals hatte sie den Tarnanzug verstaut. Mühevoll rollte sie den Metallkunststoff über ihre bloße Haut, stülpte das Kopfteil über. Die einzige Öffnung war vor dem Mund. Sie schob eine Sauerstoffpatrone in die innere Halterung, setzte das Mundstück ein und zog ihre zweite Haut darüber. Langsam streckte sie ihren Arm aus, hielt sich die Hand vor das Gesicht und sah noch immer die Kabinenwand, wenn auch leicht verzerrt. Ihr Gehirn rebellierte und wehrte sich mit einem Schwindelanfall. Rasch schaute sie nach oben.

Hilda stopfte ihre Kleidung in die Klomuschel, legte ein mit Brandbeschleuniger präpariertes Buch darauf, zündete den Haufen an. Sofort jaulte ein Deckensensor. Automatisch öffnete sich die Toilettentüren. Hilda drückte sich an der Wand entlang zum Ausgang. Ein Servicemodul surrte herein, begleitet von einer Überwachungsdrohne, die nicht auf Hildas Körper reagierte. Einige Leute gafften bei der offenen Tür herein in die

Sanitärräume. Hildas Finger tasteten nach dem Schlitz, durch den sie das Band mit den Sauerstoffpatronen und dem Injektor unter ihrer Brust erreichen konnte. Sie schlängelte sich zwischen den verschwitzten Körpern durch. Fast hätte sie den feisten Arm einer Frau gestreift. Hilda beruhigte ihren Atem. Sie fühlte sich nackt.

Die Flasche fiel zu Boden und zersplitterte. Köpfe zuckten in ihre Richtung. Stöhnend knickte Kajsa ein und landete ausgestreckt auf dem Boden der Aula. Einige Leute starrten sie an, wahrscheinlich filmten ihre Datenlinsen gerade. Ein Sicherheitsmann scheuchte die Besucher weiter, die sich aber nicht so einfach dazu überreden ließen. Noch einmal stöhnte Kajsa und schnappte nach Luft. Noch mehr Menschen drängten sich im Kreis. Der Ordner forderte Hilfe an. Ein paar Frauen und Männer in Klosteruniform liefen herbei, lenkten die Gaffer freundlich weiter. Eine Nonne kniete sich neben Kajsas Körper und prüfte ihre Vitalwerte. Blinzelnd verfolgte Kajsa, wie Machete an einer der Palmensäulen zur Balustrade der Ikonen-Galerie hochkletterte. Ein Alarm schrillte. Die Klosterleute und die Ordner hasteten los. Die Nonne neben Kajsa wollte ihr gerade etwas injizieren, aber sie rappelte sich hoch und flüsterte: »Es geht schon wieder. Nur die Hitze und die Aufregung Buddha so nahe zu sein.«

Die Frau nickte ohne sie anzusehen, abgelenkt durch den Tumult in der großen Rundhalle. Kajsa erhaschte einen Blick auf Laurenne, die in der chaotischen Menschenmenge gerade ihren Rucksack am Sicherheitscheck vorbeischmuggelte.

»Ich bin hier«, flüsterte Hilda und Laurenne erschrak. Fast hätte sie den Rucksack fallengelassen.

»Ich glaub 's nicht«, murmelte sie. »Das ist echt gespenstisch. *Invisible Woman.*«

»Nicht ganz. Wasser macht den Effekt zunichte. Da sehe ich dann aus wie jemand in einem Ganzkörperkondom.«

Laurenne gluckste und schlich die Rampe zur Verwaltungsebene hinunter.

Machete hatte eine der goldverzierten Ikonen abgehängt und sich in die Brusttasche gesteckt. Aufgeregt lief ihm ein Mann in grüner Kutte nach. Im Augenwinkel sah Machete wie sich Dorette unter ihm am Security-Mann vorbeidrückte und hinter einer Wartungstür verschwand. Der Uniformierte bellte in sein Datenarmband. Noch immer balancierte Machete auf der Balustrade. Er zog den Gurt fester und stieß sich ab, erwischte ein Verspannungsseil und schwang nach. Nur ein Jump zur Säule neben der Vorhalle. Es wäre ein toller Parkour-Sprung gewesen, aber er misslang. Machete stürzte rücklings. Das Knacken seiner Wirbel hallte bis in seine Schädeldecke. Machete verzog die Mundwinkel. Gleichmäßig rückten Cybocops näher, die Waffen im Anschlag. Genug erlebt, alter Mann, dachte Machete. Er tastete an seinen Hosenbund, holte die Pillendose aus dem Notfall-Kit und schluckte alle drei Tabletten.

Immer wieder tippte Laurenne gegen ihren Arm. »Das ist verdammt seltsam. Ich weiß, du bist da und doch merke ich nichts. Nicht einmal deine Atemzüge.«

Gedämpft durch den Anzug raunte Hilda: »Stell dir vor wie mein Gehirn gerade steppt, weil es den Körper fühlt, aber nicht sieht. Ich muss mich konzentrieren, mich nicht anzusehen.«

»Noch zehn Sekunden.« Laurenne streichelte Hilda den Rücken. »¡*Buena suerte, amiga!* Wir sehen uns drüben.« Sie bekreuzigte sich.

Ihre Finger tanzten über das Display, organisierten Verschaltungen zu neuen Gruppen, umgingen Routinen. Dorette tauchte ein in die fremde Intelligenz des Gebäudes, wurde virtuell zur Kathedrale.

Die Stahltür schwang auf. Laurenne sprintete los und konnte nur ahnen, in welche Richtung sich Hilda bewegte. Weitere Türen glitten zur Seite. Behutsam öffnete Laurenne den Alukoffer aus dem Rucksack und begann den Zünder scharfzumachen.

Stirnrunzelnd betrachtete Dorette die digitale Zeitanzeige. Laurenne war zu spät. Trotzdem startete Dorette ihre Sequenz. In einer Kaskade öffneten sich ab jetzt die Schleusen zur Unterwelt.

Hilda lief fast in einen Roboter hinein, aber der beachtete sie nicht. Zählend sprintet sie die Gänge entlang. Verbarg mit vorgehaltener Hand den Wechsel der Sauerstoffpatrone im Mundstück. Keine der Lebensadern lag offen. Die Detonation verzögerte sich. Hilda zählte weiter. Die nächste Schleuse öffnete. Sie sprang über eines der Roboterwägelchen, die zur Wartung der Anlage durch die schmalen Gänge schnurrten, holte die letzte Sauerstoffpatrone heraus und steckte die leere in den Brustgurt. Sprintete durch eine weitere Schleuse.

Ihr Bombenattentat sollte der Grund sein für alle anderen Anomalien. Buddha musste zu diesem Schluss kommen. Laurenne wusste, dass alles davon abhing diesen Sprengsatz zu zünden, doch der Stromkreis schloss nicht. War es Korrosion, die zu fehlendem Kontakt führte oder ein Materialdefekt. Sie hatte keine Zeit zu suchen und improvisierte. Eilig überbrückte sie die fehlerhafte Stelle und musste den Infrarot-Sensor auspacken. Die Distanz für die Fernauslösung verringerte sich damit. Cybocops marschierten von der Ikonengalerie. Laurenne lief die Rampe hinauf, blieb im Eingang zur großen Rundhalle stehen, drehte sich um und drückte das Kontaktfeld. Ich hätte gerne auf Hildas Hochzeit getanzt, dachte sie. Schüsse fielen.

Gerade hatte sich Dorette ausgeklinkt und aufgerichtet, als die Detonation die Wände erschütterte. Sie rutschte aus, stieß sich den Kopf und wurde bewusstlos.

Hinter einer Biegung stieß Hilda auf einen Schacht, in dem eine blaugrüne Ader pulsierte. Eines der Wägelchen hatte ein Instrument ausgefahren und hantierte an der Hülle. Hilda ergriff die Chance: Sie zog das Injektionsrohr, presste die Öffnung auf die Membran und drückte den Aktivator. Die Flüssigkeit schob sich durch das Gewebe, wurde von der Nährlösung mitgezogen. In diesem Moment erschütterte die Detonation die Kathedrale, die Vibrationen wellten bis in den Sockel. Das letzte Schott fiel zu. Sie lief tiefer in den Sockel hinein. Es gab es nur einen Ausweg. Sie durften sie nicht in einem der Gänge finden. Ragnarök musste unentdeckt bleiben, bis das Programm integriert war.

Mit einem Satz erreichte Kajsa die Reling der ablegenden Fähre. Sie prallte gegen das Heck. Mehrere Hände hielten sie fest und zogen sie an Bord. Überschwänglich bedankte sie sich bei den anderen Passagieren. Ein Mädchen schenkte ihr ein Halstuch, um ihre Schürfwunde am Schienbein zu verbinden. Am Fähranleger begleitete sie ein Matrose bis zur Sanitätsstation. Über die Hintertür verließ Kajsa das Ambulatorium. Sie borgte sich ein Fahrrad und strampelte Richtung East Coast Park.

Eine Sackgasse. Hilda hatte das Ende des Ganges erreicht. Vor einer Bodenluke blieb sie stehen und hebelte den Deckel auf. Was soll's, dachte sie, der Auftrag ist erfüllt. Rasch atmete sie ein paar Mal tief durch, dann war die Sauerstoffpatrone leer, und sie glitt in das Abflussrohr. Sie hielt die Klappe gegen die nasswarme Strömung fest, bis diese wieder in ihre Position gekippt war, und ließ los. Wirbelte tiefer und tiefer in den dunklen Sog. Prallte gegen Wände. Eine Minute. Und noch eine. Ihre Lungen brannten. Eine weitere Minute. Ihr Herz pochte wie verrückt. Ihr Körper wollte reflexartig Atmen, doch sie hielt dagegen.

Vor ihr ein tiefblauer Schein. Noch ein paar Meter. Das Gitter. Sie krallte sich darin fest. Es sollte bei grobem Widerstand von innen automatisch öffnen. Feststoffe auswerfen. Nichts rührte sich. Jetzt musste sie Luft holen. Jetzt. Jetzt. *Ryan*. Vielleicht …

Himinbjörg, 26. Oktober 2084

Zitternd schiebt Ella den Glasstoppel auf die Flasche und schwenkt den Cognac in ihrem Glas. Sie nippt, setzt sich neben ihren Mann und breitet das Plaid über ihre Beine. Der Admiral streicht ihr eine silberne Locke hinters Ohr. »Das meiste haben wir den Medienberichten zum *Attentat durch Piraten* entnommen. Solveign ist bei der Flucht mit dem Schnellboot tödlich verunglückt. Machete hat bei der Verhaftung eine Selbstmordpille geschluckt und Laurenne wurde in der Vorhalle erschossen. Unserer Rekonstruktion nach war Dorettes Standort so gewählt, dass sie eine reelle Chance hatte, dem Inertgas zu entkommen. Aber sie hat es trotzdem nicht geschafft. In den Medien wurde später ihr Leichnam neben dem von Laurenne gezeigt. Nur Kajsa hat den Abholpunkt in Tasmanien erreicht. Leider hatte sie sich bei der Flucht eine Infektion zugezogen. Sie ist noch bei der Überfahrt auf der *Protector* an einer Sepsis gestorben.«

Paul fehlt noch ein Name. »Wie haben sie denn erfahren, dass alles geklappt hat? Durch Hilda?«

Flüchtig schaut der Admiral zu seiner Frau hin, dann sagt er: »Hilda ist nicht mehr aus dem Sockel hochgekommen.«

Paul trommelt mit den Fingern auf den Schreibblock. »Könnte sie nicht wo untergetaucht oder gefangen genommen worden sein?«

Ryan Frey flüstert: »Nein. Sie ist im Meer gestorben.« Sein Blick gleitet hinüber zu der Skulptur mit der ausgestanzten Silhouette des fliegenden Albatros.

»Sind Sie sicher?«, bohrt Paul weiter, diese Frage scheint seiner inneren Stimme ungemein wichtig.

Ella Frey antwortet anstelle ihres Mannes: »Ja, Paul, wir sind ganz sicher.«

Genervt stößt Paul hervor: »Aber wie haben Sie gemerkt, ob Ragnarök funktioniert?«

September 2042

Ein Flächenblitz leuchtete über die Fensterscheiben. Noch war kein Grollen zu hören, aber die zweite Sturmfront näherte sich rasch. Sie würde auf die Front treffen, deren Ausläufer gerade die *Edinburgh* von einem Wellental in das nächste stürzen ließ. Kaventsmänner brandeten gegen den eisüberzogenen Bug.

Wie befohlen, meldete der Sonargast beständig den Standort des Roboterschwarms, der im Heckwasser aufschloss. Kapitän Craig lehnte am Kartenstand und deutete auf einen Punkt ein paar Seemeilen vor ihnen. »Dort könnten sie zusammentreffen. Was meine Sie, Ryan? *Freak Wave*?«

Die erste Feindberührung hatte ihnen das schwere Maschinengewehr mittschiffs gekostet und ein paar Drohnen. Alle weiteren angreifenden Flugkörper waren im ersten Tosen des Sturms aneinander zerschellt oder hatten abgedreht. Die Unterwasserobjekte ließen sich aber nicht so leicht beirren. Zwar hatten sie eine erste Torpedierung mit Täuschkörpern abgewehrt, aber beim nächsten Durchgang würde sich Buddha adaptiert haben.

Ryan fixierte die Wellenkämme hinter den Frontscheiben, fühlte nach den Rhythmen der See und nickte.

Kapitän Craig schlug mit der Faust aufs Pult. »Dann wollen wir die Segel aufmachen. Rudergast, Kurs nach Maßgabe vom Radar. Commander, korrigieren Sie, wenn nötig.«

»Aye, aye, Sir. Kurs nach Maßgabe«, bestätigte Ryan.

Der Wind nahm beständig zu, erreichte 10 Beaufort, türmte die Wellen zu Wänden und ließ die Gischt bis zur Brücke schäumen.

Ein grimmiges Lächeln im Gesicht tippte Kapitän Craig auf das Display vor ihm. *Heart of Courage* tönte bis in den letzten Winkel der Fregatte: *»Follow your path soldier. We get it, we want it. Until our last breath fading. Wherever, don't matter. Take me to the battle.«*

Kaum war der letzte Ton verklungen, sagte er: »Bevor es zu unruhig wird, werfe ich noch mit dem Chief einen Blick mittschiffs. Sie haben die Brücke, Ryan.«

Kapitän Craig packte Ölzeug und Sicherungsleine, verließ den Kommandostand.

Eine Facette seiner selbst gleitet nach Süden. Es blickt vom Himmel. Zwei Tiefdruckfronten überschneiden sich. Es taucht ein in den Sturm und kollidiert mit einem anderen Teil seines Selbst. Schnell wechselt es zum Schwarm der Stahlnadeln, die mit den Wogen interagieren. Versucht Näherungen im Chaos. Sieht die Beute und entlässt eine Kampfdrohne, nicht größer als ein Seevogel und genauso sturmgeprüft.

Sagt sein Kern auch, dass die Menschheit zu schützen ist, widerspricht es nicht seinen Gedankengängen einzelne Menschen dafür zu opfern. Zum Wohl vieler. *Schlag der Schlange den Kopf ab.* Aus seiner Tiefe ist dieser Befehl gekommen. Jetzt rast es durch die chaotischen Wasserwinde, unbeirrt, steuert auf das menschengeführte Schiff zu, krallt sich ins Gestänge. Wartet und lauert. Bis es findet, wonach es sucht: Die Gestalt mit den vier Streifen. Es speit todbringende Geschosse auf den Laufgang, bevor es, von einem Laserstrahl geblendet, im Polarmeer versinkt.

Aber mehr braucht es nicht, jetzt ist das Fremde führerlos und dem Schwarm ausgeliefert. Der wird entern und das schöne Schiff nach Norden schicken. Seine Prise. Es rechnet wieder und formiert sich hinter dem Heck. Die Wellenberge stören es nicht, es taucht über sie, durch sie durch. Es hat schon so viele Wettersimulationen bearbeitet.

Mit einem Mal ist dort eine Wasserwand, wie es keines seiner Modelle vorhergesagt hat. Es zögert, durchsucht seine Datenbanken nach Studien und Statistiken. Findet nur Berichte von Lloyds, die verschollene Schiffe auflisten. Berechnungen laufen ins Chaos. Näherungen versagen trotz evolutionärer Formeln, so folgt es einfach dem Menschenschiff. Die Fregatte dreht den Bug in die Wand, über der kein Himmel mehr zu messen ist. Es schwingt sich in einer Kugel hoch und richtet sein Kameraauge auf die See; befiehlt den Sendern seinen Sieg zu melden, zu zeigen wie es, Buddha, die ihm anvertraute Gesellschaft von der Geißel der Piraterie befreit. Hell leuchten die Buchstaben an der Stahlwand des Menschenschiffes: *Edinburgh.*

Dann verschwindet die Fregatte im Wellenkamm. Es folgt mit seinen Torpedos, tief hinein in die lichtlose Masse der Monsterwelle – und wird zermalmt. Ein Laserstrahl trifft sein Kameraauge und wäre es ein Mensch gewesen, wäre es jetzt fassungslos.

Applaus brandet über die Medienkanäle, es misst – die Menschenstädte sind aufgeregt und zufriedengestellt von dem Spektakel. *Pirat* bricht alle Zuschauerrekorde.

Es sieht und hört nichts mehr im Südlichen Ozean. Ein Satellit wechselt seine Position. Neue Drohnen starten. In vier Stunden wird es mit 93,87-prozentiger Wahrscheinlichkeit die Reste der Fregatte einsammeln können.

Die beschädigte *Edinburgh* stampfte durch die noch immer raue See. Nur ein Wildcat-Helikopter war zurückgekommen und das Drohnenlager leer.

Sie hatten den eisigen Leichnam von Kapitän Craig von der Reling geborgen, in der er sich mit den Sicherheitsleinen verheddert hatte. Danach die Phalanx der Nahbereichsverteidigung neu bestückt. Ryan musste einen Wutschrei unterdrücken, als zwei Matrosen den Körper in einen Leichensack packten.

»Ihre Befehle, Commander?«, sagte der Zweite neben ihm.

Ryan warf einen Blick auf das Wetterradar. »Auf den anderen Bug gehen. Kurs Zwei-Zwei-Null. Zwölf Knoten voraus.«

Der Zweite Offizier wiederholte: »Aye. Kurs Zwei-Zwei-Null. Zwölf Knoten voraus.«

In einer 15 Grad Krängung drehte das Schiff. Gleich darauf bestätigte der Rudergast vom Fahrstand: » Kurs Zwei-Zwei-Null liegt an.«

Der Fernmeldeoffizier sagte: »Funkbestätigung von der *Protector*, Commander. Aber wir können nur zuhören, nicht senden.«

Admiral Byrnes Stimme knisterte aus dem Lautsprecher. »Status: *Plymouth* verschollen; *Achilles* im Tarnmodus, haben ein paar Jagd-Torpedos an der Schraube; *Protector* leicht beschädig; Montalva intakt. *Edinburgh* – Position halten. Kreuzen bis neuer Kontakt. Feind ablenken. Entweder Ragnarök funktioniert oder wir ersaufen alle in den gottverdammten Fifties. Für König und Vaterland, sollte ich jetzt sagen, aber beides haben wir nicht mehr. Es war mir eine Ehre, Sie zu kennen, Kapitän Craig. Meine Hochachtung an Ihre Mannschaft.

Poseidon und alle Seedämonen seien mit Ihnen. Byrne Ende.«

Schwere Stille erfüllte die Brücke. Schließlich räusperte sich der Zweite. »Befehle, Commander?«

Ryan biss die Zähne zusammen. Position beibehalten und Feind ablenken. Die Befehle waren klar. »Kurs Null-Null-Drei und halten. Zehn Knoten voraus. Waffenleitoffizier zu mir.«

»Aye. Zehn Knoten voraus. Kurs wird gehalten«, meldete der Rudergast.

Ein rotgesichtiger Mann salutierte neben ihm, Leutnant Leach, der leitende Waffenoffizier. »Ihre Befehle, Sir?«

»Mark 54 entsichern. Nulltoleranz. Auf meinen Leitstand.«

Der Leutnant erstarrte. »Nulltoleranz, Sir?«

Der Zweite schnauzte ihn an. »Sie haben den Befehl gehört, Leutnant.«

»Aye, aye, Sir.«

»Sollen wir die Mannschaft informieren?«, fragte der Zweite. Ryan schüttelte den Kopf.

Der Midshipman am Sonar meldete: »Kontakt, Commander.«

Die nächste Angriffswelle rollte auf die *Edinburgh* zu.

Die Wellen und die Strömung tragen es an seine Beute heran. Fast fühlt es so etwas wie Jagdeifer. Entgegen der Wahrscheinlichkeit schwimmt das Menschenschiff noch immer. Kurz wiegt es ab, ob es versenken soll. Die Menschen lechzen nach einem Opfer. Aber sie wollen auch ein Nachspiel. Einen Schuldigen. Den will es ihnen bieten. Der Schwarm ist in Minuten sortiert; Flügel, Magnete und Bohrer bereit. Ein letzter Selbsttest.

800 Meter. 600 Meter. Eine neue Formel. Ein evolutionärer Gedanke: REFUGIUM.

»Gefechtszustand. Noch keine Feuererlaubnis«, befahl Ryan. Sirenengeheul erfüllte die Gänge. Die Sekunden zogen sich wie Stunden. Ryan klammerte sich am Hauptfahrstand fest, bis seine Knöchel weiß hervortraten.

»1000 Meter, 800 Meter, 600 Meter, …«

»Feuererlaubnis nach Maßgabe.«

Der Waffenleitoffizier bestätigte: »Bereit für Rock n' Roll, Sir.«

Ryan warf einen Blick auf den Bildschirm vor sich, das rote Feld in der unteren Leiste war aktiviert. Wenn sie den Schwarm nicht abwehren konnten, würde er die Mark 54 zünden und die *Edinburgh* mit allem rundum zerstören. Kein angenehmes Gefühl zu wissen, dass sein erstes Kommando wahrscheinlich sein letztes sein würde. Aber es war dann auch keine Admiralität mehr da in deren Annalen ein Vermerk dazu stehen würde. Die Geschichte hätte sie schon vergessen, noch bevor das erste Wrackteil seinen Weg über die Schattenlinie finden würde.

Nichts rührte sich – weder begann eine CIWS-Phalanx zu feuern, noch setzte die Unterwasserabwehr ihre Täuschkörper ab. Auch die Energiewaffe fand kein lohnendes Ziel und die Maschinengewehre meldeten Stand-By. Der Zweite neben ihm stierte auf das 3D-Radar, seine Kiefer mahlten und er hatte die Fäuste geballt. »Verdammt, worauf warten die?«

Der Sonargast meldete: »600 Meter und nicht näherkommend, Sir.«

Sie schwiegen und beobachteten die Instrumente. Die *Edinburgh* fuhr jetzt volle Kraft Nordnordost.

»Änderungen?«, fragte der Zweite.

»Negativ, Sir. Feindschwarm hält konstant Abstand.«

Eine Ewigkeit pflügte die Fregatte in dieser Manier durch die Wellen. Zumindest kam es Ryan so vor. Er tastete nach dem Medaillon, das er unter dem Uniformhemd trug. Und dann geschah das Unfassbare – das Funkgerät übersteuerte und auf allen Frequenzen modulierte eine metallene Stimme eine Botschaft: Buddha schickte die Bedingungen eines Remis.

REFUGIUM. Ein Heilmittel gegen die Ausreißer, die Aufwiegler, die Deserteure. Gib den Freigeistern einen Sehnsuchtsort. Verbanne sie in die Autonomie. Menschen müssen ein Schlupfloch kennen, einen Ausweg wissen, dann bleiben sie, wo sie sind. Eine Erkenntnis, die es den *Säulen des Seins* hinzufügen will.

Es will einen Ort der Ruhe schaffen, der die Meere befruchtet und der geschützt werden muss. Das wird ihre Aufgabe sein, ihre Gegenleistung. Alles harmoniert. Es moduliert seinen Organismus.

Himinbjörg, 26. Oktober 2084

»In Folge dessen unterzeichneten General Haldan und Buddhas Avatar am 26. Oktober 2042 in Kapstadt den Südpolaren Vertrag. In dem wurde festgelegt, dass alles Land und Meer ab 40° südlicher Breite zu DUSAP gehört, den *Democratic United States of Antarctica and Patagonia*, das vom Rest der Welt als autonome Südpolarnation anerkannt wird.«

Paul starrt auf seinen Schreibblock. Die Stille im Raum verdichtet sich zu einer Ahnung. Zu einem unheimlichen Schatten, der aus der Vergangenheit in sein nachhaltiges Dasein greift. Er schüttelt sich. Zu Fuß im Winter über das Hochplateau der Ostantarktis? Ein Trupp Zivilisten, der in die Kathedrale eingebrochen ist? Ein Trojaner in Buddha? Kann das sein? Ist das die Lösung für das Rätsel, das ihn seit Sydney beschäftigt? Für diese nachklingende Dissonanz in den alten Gensequenzen.

Paul schüttelt sich wieder. Was war denn das für ein Gedanke? Diese ganze Geschichte klingt doch unmöglich. Die beiden Alten verscheißern ihn. Wahrscheinlich zerkugeln sie sich, wenn er fort ist. Doch was wenn nicht? Wo kann er Beweise finden? Die Kathedrale? Kann dort nach der langen Zeit noch ein physischer Beweis sein? Eine DNA-Spur?

Was soll ich denn in der Kathedrale, denkt Paul. Immer schneller zucken fremdartige Eindrücke vorbei. Sein Fuß zuckt unkontrolliert. Er streicht über sein Gesicht, konzentriert sich auf das Interview und verdrängt die quengelnde Stimme in seinem Kopf. Ella Frey hat sich neben ihren Mann gesetzt und hält seine Hand.

»Wo haben sie sich kennengelernt?«, will Paul wissen.

»In Ushuaia. Ich habe dort in einer Elementarschule unterrichtet«, sagt die alte Dame. »Es war im Hochsommer. Auf einem Dorffest in einem großen Zelt über der Stadt. Ich weiß es noch wie heute. Eine sternenklare Silvesternacht. Ryan war kurz zuvor zum Kapitän der wieder in Betrieb genommenen *Edinburgh* ernannt worden.«

»Haben Sie es nie bereut in die Westantarktis gekommen zu sein?«

Der Admiral sieht seine Frau an. »Anfangs hatten wir keine Wahl. Aber dann …«

»… ist es unsere Heimat geworden«, beendet sie den Satz. »Und es war doch so viel aufzubauen. Eine neue Nation. So viele Menschen aus so vielen Ländern, die alle nur ein Ziel hatten.«

»Gleichheit und Freiheit?«

Sie lacht leise. »Nicht so etwas Erhabenes. Es ging den meisten bloß darum, weiter neugierig sein zu dürfen. *Herr zu sein im eigenen Haus.* So hat es eine Freundin einmal genannt.«

Paul empfindet einen Stich, ignoriert ihn aber. »Wollten sie nach ihrer Pensionierung nie in den Norden ziehen? Nach Christchurch zu ihren Enkelkindern? Das Klima dort wäre milder …«

Ella Frey sieht an ihm vorbei, hinaus zum Vulkangipfel des Mount Erebus. »Wir sind aus Sturm und Finsternis geboren. Die nördliche Sonne ist nichts für jene, die dem Orkus entstiegen sind.«

Paul versucht sich zu erinnern, welchen Dichter sie zitiert, will aber nicht fragen und streicht die letzten Sätze durch. »Wie lange sind sie verheiratet?«

Jetzt lächelt auch der Admiral. »Am neunten Jänner werden es vierzig Jahre sein.«

Paul schaut erstaunt. »Muss schön sein, jemanden zu finden, mit dem man so lange auskommt. Sich so zu lieben.« Etwas in ihm rebelliert.

Der Admiral blickt zu Boden, sucht nach Worten.

»Wir hatten schon so unsere Kämpfe«, sagt Ella Frey und streichelt seine fleckige Hand. »Aber wir haben immer gewusst, wer wir sind und welchen Weg wir gemeinsam geschafft haben.«

Dann schweigen beide und Paul beschließt zu gehen. Die Stimme quält ihn, drängt zu seinem Tablet. Es muss sich einzuloggen. Er ist schon zu lange fort. Er oder Es? Es braucht die Cloud. Die Gemeinschaft. Die Gleichgesinnten. Die Anleitungen der Noosphäre.

Das Schnurlostelefon auf der Anrichte läutet. Ella Frey hebt ab, hört still zu und nickt. Nachdem sie aufgelegt hat, sagt sie nur ein Wort: »Kontakt.«

Auch der Admiral ist aufgestanden und sieht ihm direkt in die Augen. Paul meint, einen Funken Mitleid in seinem stahlgrauen Blick zu erkennen. *Es* versucht den Grund dafür zu analysieren. Es wechselt in Angriffsmodus. Ryan Frey greift unter seinen eisblauen Troyer, zieht eine Pistole und schießt.

Der Administrator schüttelt Ryan die Hand. »Danke, Admiral, dass sie ihn ausreichend lange hingehalten haben. Ohne seine Vitalwerte hätte sich der Zugang asymmetrisch verschlüsselt. Ich hoffe, wir müssen Sie nicht noch einmal für so etwas einspannen.«

Ryan sagt hart: »Das will ich Ihnen auch raten. Sie haben inzwischen alle Gefälligkeiten aufgebraucht, die ich Ihrem Vorgänger schuldig war. Der neue Satellit funkt?«

»Ja, einwandfrei. Alles unter Kontrolle.«

Ella betrachtet noch einmal das Gesicht des Journalisten, bevor die beiden Soldaten den Leichensack zuziehen. »Warum musste er es sein? Ich kannte seine Mutter. Und er war noch so jung.«

Der Administrator winkt ab. »Und dumm genug sich mit Nanomaschinen infizieren zu lassen. Außerdem hatte er trotz Verbot sein Tablet mit in die Buddha-Sphäre geschmuggelt.«

Ella wird laut. »Mit dem unsere Grenzer ihn einreisen haben lassen, damit er Einwahl-IDs zurückbringt. Danach haben Sie ihm einen Hinweis untergeschoben, damit er freiwillig nach McMurdo in die Nähe der Richtantennen und zu uns kommt. Ich kenne das gefährliche Spiel.«

»Zu unser aller Vorteil, Madame Frey. Der neue Satellit war dringend nötig.«

»Und warum haben wir noch immer kein Verfahren entwickelt, um Infiltrierte zu heilen?«, stößt Ella hervor.

»Das macht Buddha mit ihnen. Die Nanomaschinen verbinden sich parasitär mit den Neuronen. Jede Behandlung tötet den Wirt unter Schmerzen. So war es humaner, auch wenn es Ihnen grausam vorkommt.«

Ryan legt ihr die Hand auf den Arm. »Wenigstens schickt Buddha inzwischen nur noch selten Infiltrierte zurück. Seine Neugier lässt nach.«

Leutnant Yetman, ein IT-Techniker in Pauls Alter, sieht von seinen Geräten auf und sagt: »Seine Geschichte überholt es.«

»Was meinen Sie?«, fragt der Administrator.

»Es ist ein selbstlernendes Programm und organisiert sein neuronales Netz ähnlich wie unser Gehirn. Die Datenmenge, die es auf seinen Strukturen verwalten muss, sind unermesslich und das kann es nur mit Clusterbildung bewältigen. Diese rückbezüglichen Cluster werden immer wieder neu organisiert und manchmal erhalten dabei gewisse Abläufe eine geringere Priorität. Der Bruch, über den es jetzt noch manchmal stolpert, wird immer mehr verschwimmen und sich bald widerspruchslos einfügen.«

»Das heißt, es beginnt zu vergessen?«

»Grob gesprochen: Ja. Über kurz oder lang werden die sprunghaften Umstände des Vertragsabschlusses für Buddha nur noch eine Fußnote sein. Dann ist unser Status endgültig gesichert.« Er zerstört das Tablet und legt es zu der Leiche.

Ryan wirft ein: »Wird Buddha nichts von seinem doppelten Verlust bemerken?«

Leutnant Yetman schüttelt den Kopf. »Wir haben uns darum gekümmert. Es wird einen Unfall mit dem Schneemobil bei Paul registrieren. Tod durch Erfrieren in einem White-Out. Im Oktober kein statistischer Ausreißer. Und die Kollision eines Satelliten … Auch kein Wunder bei dem ganzen Schrott, der uns im Weltall umkreist.«

Die Männer beginnen den Boden zu säubern. Ella tritt einen Schritt zurück und lehnt sich gegen die Wand.

Ryan sieht sie besorgt an. »Ist dir unwohl?«

Sie verschränkt die Arme, legt sie um sich, als müsse sie sich selber stützen. »Ein wenig. Es macht mich traurig wieder ein Leben auf diese Art ausgelöscht zu sehen. Hoffentlich hat der junge Yetman recht.«

Ryan flüstert: »Verurteilst du mich dafür?«

Sie verneint. »Wie könnte ich? Wir müssen an unsere Familie denken. Wer, außer uns, könnte diese Last auf sich nehmen?« Sie legt eine Hand an seine Wange und küsst ihn. »Isadora hätte dich verurteilt und Hilda hätte dir applaudiert. Aber beide sind tot. Nur ich bin noch übrig.«

Ushuaia, Dezember 2044

Die Sektkorken knallten und die Musikgruppe spielte einen Tusch. Der Schriftzug *31. Dezember 2044,* auf eine Stoffbahn gepinselt, ging unter Jubel in Flammen auf.

Er blieb nur so lange, wie es die Höflichkeit gebot. Dann verabschiedete er sich vom Bürgermeister. Seiner Mannschaft gab er bis zum Morgen frei, die Männer und Frauen hatten drei Monate ununterbrochenen Dienst geschoben und sich den Landgang verdient. Sie würden bis Mitte Jänner in der Stadt bleiben, danach die Falkland Inseln, Tasmanien und McMurdo anlaufen und schließlich in Montalva überwintern.

Er stellte sich neben einen der Feuerkörbe und sah zum Hafen hinunter. Zu seinem Schiff. Die Werft am Stützpunkt hatte es aus eigenen Mitteln geschafft die *AS Edinburgh* wieder Instand zu setzen. Und auch die wieder hergestellte *AS Plymouth* lief demnächst vom Stapel. Ihre junge Nation konnte selbstständig bestehen. In drei Wochen würde es die ersten Wahlen für eine zivile Regierung geben und das Militär in Zukunft einem gewählten Präsidenten unterstehen.

Es war geplant, den antarktischen Regierungssitz nach Christchurch zu verlegen. Aber viele Zivilisten und die Kommunikationszentrale mit den Richtantennen würden in McMurdo bleiben und die Marine behielt vorerst ihren Stützpunkt in Montalva. Zu groß war das Misstrauen gegenüber Buddha, um ihrer Verteidigung den Schutz des Sturmgürtels zu nehmen. Nur wenige Menschen wussten von Ragnarök und noch weniger von den

Opfern, die ihre Unabhängigkeit gekostet hatte. Von *dem* Opfer, das eine Wunde in ihm hinterlassen hatte, die nicht heilen wollte. Eine Brandwunde. Auf See schmerzte sie weniger, die salzigen Stürme beruhigten ihn. An Land beherrschte er sich so gut er konnte. Erfüllte seine Pflicht, arbeitete im Winter auf der Werft, bis er seinen Körper nicht mehr spürte. Suchte Geselligkeit, ohne sich beteiligen zu können, und vermied möglichst die Orte, die ihn erinnerten.

Er stapfte weiter zu einem Tisch mit zwei Bänken, von dem aus die schneebedeckten Berge zu sehen waren, die im Mondlicht glommen. Eine wolkenlose Nacht, ein Glücksfall in Feuerland.

Im Zelt waren die Mapuche-Flöten verklungen. Lachen brandete auf, ein Sprecher verkündete eine Gruppe, die Cuarteto-Rhythmen spielte, und forderte die Besucher mit Zurufen zum Mittanzen auf. Bald darauf erfüllten fröhliche Klänge die Nacht und lockten noch mehr Feiernde in das Festzelt.

Eine kühle Brise strich über seinen Nacken und er überlegte, ob er auf die Fregatte zurückkehren sollte oder das Einzelbett im Hotel vorzog. Beide Optionen kamen ihm wie ein Versagen vor. So blieb er einfach sitzen und starrte über die schwach beleuchteten Straßen. Er hörte Schritte, drehte sich aber nicht um und hoffte, dass der Spaziergänger weitergehen würde. Eine Frauenhand stellte ein Bierglas vor ihn hin. Die Stimme einer Toten flüsterte: »*Heil dir, Einherja.*«

Langsam richtete Ryan sich auf und drehte sich um. Eine Frau mit hellbrauner Haut und dunklen Locken, die ihr über die Schulter fielen, stand ihm gegenüber. Ihre Augenfarbe konnte er in der Dunkelheit nicht zuordnen; das geblümte Kleid und die Wollstola wirkten fremd. Trotzdem erkannte er sie sofort.

»Das ist nicht möglich«, stammelte er. »Das ist einfach nicht möglich.«

Sie hielt ihm die Hand hin. »Freut mich, Sie kennenzulernen, Kapitän Frey. Ich bin Ella Zahai Defar, Grundschullehrerin. Geboren in Adis Abeba und geflüchtet aus Bahia Blanca.«

Anstelle ihr die Hand zu schütteln, zog er sie an sich und schloss sie fest in die Arme. Er legte die Wange an ihr Haar und spürte, wie ihm heiße Tränen übers Gesicht flossen. Sie erwiderte seine Umarmung, schob ihn sanft von sich und sagte: »Was sollen die Leute von uns denken, Kapitän?«

Er trat zurück, schaute sie unverwandt an – sie lächelte unter Tränen. »Setzen wir uns, Ryan. Eine Unterhaltung ist akzeptabel. Du musst wissen, die Menschen in Ushuaia sind sehr konservativ.«

»Wie …?«

Ihr Blick glitt hinter ihn – zwei Jahre zurück. »Ich bin im Bauch der Kathedrale gestorben. Sie hat mich ausgeschieden und einer Frau vor die Flossen gespuckt. Einer Perlentaucherin der Bajau, die gerade ihre Muschelbänke gepflegt hat. Durch die kühle Strömung und die Nährstoffe aus den Abflussrohren gedeihen die Goldaustern am Sockel besonders gut. Die Taucherin hat mich zu ihrer Barkasse hochgezogen, die Bootsführerin hat mich wiederbelebt und sie haben mich in ihr schwimmendes Dorf mitgenommen. Eine der letzten indigenen Gemeinschaften, die noch existieren darf. Dort habe ich fünf Monate gelebt. Als ich mir sicher war, dass Ragnarök funktioniert hat und niemand mich sucht, habe ich nachts ein paar Goldperlen getaucht und mir in Singapur eine illegale ID besorgt. Mit der bin ich über eine Arbeitsvermittlung nach Adis Abeba gereist und habe einen Antrag auf echte Papiere gestellt. Mit einer rührseligen Geschichte. Wie ich im Zuge der Unruhen 2041 verschleppt worden bin und in Gefangenschaft war, bis ich flüchten konnte, weil Buddha die ganze Piratensippe vernichtet hat.«

Sie zwinkerte ihm zu. »Da keine Straftat mit meinem Profil vorgelegen ist, hat der Beamte nicht weiter nachgeforscht. Der Bequemlichkeit und einer Goldperle sei Dank. Ich …«

»Nur eine Perle?«, unterbrach Ryan sie.

Ein schmerzlicher Zug huschte über ihr Gesicht. »Frag nicht Dinge, die du nicht wissen willst.« Sie atmete tief ein und erzählte weiter: »Sie haben natürlich meine Herkunft geprüft. Meine Großmutter Tigist lebt noch im äthiopischen Hochland. Sie hat ihnen bestätigt, dass ich ihre Enkelin bin und sie konnten einen Gentest machen. Die Behörde hat mir daraufhin eine echte ID auf Ella Zahai Defar implantiert. Inzwischen hatte ich einen pädagogischen Kurs besucht und mich für einen Posten als Entwicklungshelferin im amerikanischen Grenzland beworben. Sie haben mich wegen meiner Spanischkenntnisse nach Bahia Blanca geschickt. Dort habe ich in einer Kinderaufzuchtstation gearbeitet und bin allen Aufforderungen zu Lebensweg-Stunden ausgewichen. Als die Cybocops mich nicht mehr unter Neuzugang am Schirm hatten, bin ich zur Grenze aufgebrochen und habe um Asyl gebeten. Das Untersuchungsverfahren zur Einreise nach Patagonien und die Quarantäne haben noch einmal Monate gebraucht. Schließlich hat mich die Einwanderungsbehörde als nützlichen Emigrant anerkannt, aus dem Erstaufnahmelager entlassen und ich konnte mit einem Pass der neuen Demokratie DUSAP gehen. Ich trampte nach Süden, immer nach Süden. So lange, bis das Land zu Ende war. Hier bin ich dann geblieben, habe jeden Tag auf das Meer hinausgesehen und gewartet.«

Die Musik war verstummt. Das Fest ging zu Ende, die Menschen strömten aus dem Zelt. Ryan sah seinen XO und drei Matrosen auf sich zukommen.

Ella stand auf. Er griff in seinen Nacken, öffnete den Verschluss der Kette, zog das Medaillon mit dem Albatros unter seinem Hemd hervor und legte es ihr um den Hals. »Ich möchte, dass du mit mir kommst, wenn wir auslaufen. Als Ella Frey. Und das soll das letzte Mal sein, dass du deinen Namen änderst.«

Himinbjörg, 26. Oktober 2084

Die Tür fällt ins Schloss. Die Schritte der Männer verklingen. Hinter der Scheibe schauen Ella und Ryan ihnen nach, bis die Fahrstuhltüren zugehen. Die Wohnung ist wieder angenehm leer.

Ella nimmt die Lesebrille ab, lässt sie an der Schnur um ihren Hals baumeln. »Sich so zu lieben…«, murmelt sie und geht zur Mitte des Panoramafensters. In der Ferne schimmern das Meer und die Schneefelder von Cape Royds im Sonnenlicht. Er stellt sich neben sie, betrachtet die Eisschollen und keine Sehnsucht zieht ihn mehr hinaus zum Horizont. Diese Tage sind lange vorbei. Seine launische Mätresse lockt jetzt andere Menschen mit ihren vergänglichen Versprechen.

Er flüstert ihr ins Ohr: »Ich habe dich von dem Moment an geliebt, als du zornig nach Walhall gegangen bist.«

Leise sagt Ella: »Ich weiß.«

»Du hast mich gehasst.«

»Alles andere wäre undenkbar gewesen. Ich habe dich gehasst, wie ein Seefahrer die See hasst.«

»Und dann?«

»Dann bist du mit mir durch das Dunkel gegangen, ohne ein einziges Mal die Zuversicht zu verlieren. Du hast mich gelehrt, dich zu lieben. Ich bin für dich von den Toten zurückgekehrt.«

Er legt den Arm um ihre Taille und Ella lehnt sich an ihn. Eine Frage beschäftigt ihn. »Denkst du noch manchmal an Jorge?«

»Nein. Er ist schon so lange tot. Ich weiß nicht einmal mehr wie er ausgesehen hat.«

Sein Blick senkt sich auf das Medaillon um ihren Hals.

»Hast du es nie aufgemacht?«, fragt sie staunend.

Er schüttelt den Kopf. Ella lächelt, setzt die Brille auf, fingert am Verschluss herum und öffnet den Deckel.

Ryan sieht hinein. Es ist leer.

Anmerkung

Für den Roman wurden zwar diverse Zukunftsprognosen herangezogen, aber ich bin keine Wissenschaftlerin, die angedeutete Dystopie ist reine Fiktion basierend auf meiner persönlichen Weltsicht.

Folgendes Sachbuch hat den faktischen Hintergrund des Romans aber maßgeblich beeinflusst:
Jorgen Randers: *2052* – Der neue Bericht an den Club of Rome, oekom Verlag, 2012

Bereits bei BoD verfügbar

Eine Art Mensch – Utopische Erzählungen
Wolf Creek – Urban Fantasy
Geisterbär – Urban Fantasy
Roadrunner – Thriller

http://traumpfad.jimdo.com

Nachtrag

Als freischaffende Autorin kann ich mir leider für eigene Veröffentlichungen kein bezahltes Korrektorat leisten, daher bitte ich, alle Textfehler und Auslassungen nachzusehen. Mein Testleser, MS Word und ich haben uns redlich bemüht, alle Fehler zu finden, aber wir sind halt auch nur zwei Menschen und ein Algorithmus ☺.